상수리나무와 함께한 시간

The Oak Papers

상수리나무와 함께한 시간

제임스 캔턴 지음·서준환 옮김·리모 김현길 그림

한길사

일러두기

- 이 책은 영국에서 출간된 James Canton의 *The Oak Papers*
  (Canongate Books Ltd., 2020)를 옮긴 것이다.
- Oak는 참나무과를 의미한다. 참나무과에는 신갈나무, 갈참나무, 굴참나무,
  졸참나무, 떡갈나무, 상수리나무 여섯 종이 있다. 저자 제임스 캔턴이 관찰한
  나무는 '로부르참나무'인데 이 책에서는 '상수리나무'로 옮겼다.
- 독자의 이해를 돕기 위해 옮긴이가 각주를 넣었다.

에바와 몰리 그리고 조에게

상수리나무의 세계 속으로

내가 오랜 상수리나무의 품에 안겨 세상살이의 위안을 얻기 시작한 것은 5년 전쯤이다. 그 나무는 800년된 노목으로 우리 집에서 얼마 떨어지지 않은 시골 마을 사유지의 작은 숲 한 귀퉁이에 서식하고 있다. 어쩌면 처음 마주쳤을 때부터 내가 미처 의식하지 못한 사이에 묘한 친밀감이 싹텄는지도 모른다. 나는 나중에야 나무들, 특히 상수리나무가 우리 삶에서 얼마나 중요한 존재인지 깨달았다.

처음에는 그저 가볍게 휴식이나 취하려고 상수리나무 곁에 가서 앉았다. 가르치는 직업, 내 일상, 내게 지워진 책임감 따위에서 벗어나 에덴동산과 가까운 다른 세계로 옮겨가는 게 가능할 것 같았다. 내 세계를 넘어 상수리나무의 세계 속으로 뛰어드는 일도 있을 수 있겠다 싶었다. 마음이 차분하게 가라앉는 것 같았다. 계속 거기 남아 새와 벌뿐 아니라 그 오랜 상수리나무 둥치 안팎에서 생태계를 이루고 사는 여러 생명체가 들락날락하는 것을 지켜보고 싶었다.

나를 감싸는 평화로움에 나는 늘 그 상수리나무가 있는 사유지로 발길을 옮기곤 했다. 몇 달이 지나자 친구보다 상수리나무를 찾는 일이 더 많아지기 시작했다. 나는 상수리나무와 훨씬 더 가까워졌다. 이제는 나무의 생리적 측면과 그 둥치 안에서 서식하는 생명체들에 대해서도 파악해야 할 필요가 생겼다. 나는 날씨가 어떻든 계절이 바뀌든 개의치 않고 밤낮으로 상수리나무 곁을 지켰다. 그러다 보니 새 가족만큼이나 그 상수리나무가 친근해졌다.

이제는 지난날을 되돌아보며 내게 무슨 일이 일어났는지 헤아려볼 수 있을 정도로 시간이 많이 흘렀다. 내가 그토록 상수리나무의 너른 품에 안겨 있기를 원한 데는 다른 이유도 있었다.

그 무렵 긴 세월 나와 함께해온 아내와의 관계에 금이 가기 시작해서 결국은 파경 직전에 이르고 말았다. 그녀와 나는 별거를 시작했다. 그때 문득 호니우드 오크 곁에서 시간을 보내야겠다는 생각이 나를 사로잡았다. 그게 집에 들어가기 싫어서인지, 아니면 혼자만의 시간이 필요했던 것인지는 아직 확언할 수 없다. 실은 양쪽 모두 어느 정도 해당될 게 뻔했지만.

지상에서 상수리나무가 자라는 곳이라면 어디든 사람들은 그 나무와 친밀한 관계를 맺어왔다. 인류사가 이어지는 동안 몇몇 상수리나무는 자연환경, 수명, 크기 등과 관련해 사람들에게 따뜻한 환대를 받았다. 오랜 상수리나무는 언제나 특별하게 여겨졌다.

사람들은 그 나뭇가지 아래 모여 산다. 사람들이 거기 모여 사는 이유는 자연경관에 의미를 부여해서이기도 하고 단순히 주거하기 편하기 때문일 수도 있다. 우리 인간은 움직여야만 하는 생명체이지만, 상수리나무는 가만히 한곳에 머무는 존재다.

상수리나무는 옮겨 다니지 않는다. 상수리나무는 지상의 한 지점에서 태어나 거기서 죽는다. 그 단단한 뿌리내림은 확실히 매혹적이다. 상수리나무의 생명력은 강하다. 시간을 가로질러 한 장소에 굳건히 버티고 서 있다는 안정감이 우리의 마음을 사로잡는다. 우리는 나이 많은 상수리나무에 매료된다.

커다란 상수리나무 아래 서 있다 보면 당신은 당신의 머먼 조상들도 그랬다는 것을 느낄 수 있으리라. 상수리나무는 아득한 이전 세대의 기억을 간직하고 있다. 상수리나무의 표면을 쓰다듬다 보면 이미 앞서 스쳐 지나간 이들의 흔적을 희미하게나마 느낄 수 있다.

사람과 상수리나무는 아주 오래전부터 서로의 곁에서 이웃으로 살아왔고 지금도 그렇게 살아가고 있다. 이제는 집을 짓거나 땔감으로 던져 넣기 위한 재목이 필요하지 않다. 또한 보릿고개와 흉작을 견디게 해주는 양식인 도토리에 매달릴 필요도 없다. 그런데도 우리는 여전히 삶의 어떤 면에서는 상수리나무에 기대어 살아간다. 누구나 충분히 이해하기는 어려울지 몰라도 우리에게는 그들이 필요하다.

상수리나무가
우리와 함께 살아가는 방식

호니우드 오크는 노스 에섹스에 있는 마크스 홀 에스테이트에 서식하는 상수리나무다. 나무 둘레에는 둥그런 울타리가 쳐져 있다. 울타리의 낮은 목재 난간은 그 일대의 소나무들과 이 오랜 상수리나무를 구분 짓는다. 상수리나무는 800년이 넘는 세월을 그 자리에서 살아왔다. 옹이가 박히고 골이 파여 있는 둥치의 둘레는 9미터쯤 된다. 푸릇푸릇한 우듬지는 30미터 정도의 너비로 봄 하늘을 향해 펼쳐진다.

영국에서 대헌장이 제정되고 존 국왕이 잉글랜드를 통치할 무렵까지만 해도 이 상수리나무는 그저 한 그루 묘목에 지나지 않았다. 상수리나무가 400살이 되었을 때 영국 내전이 벌어졌고 나무는 무성하게 우거진 자신의 나뭇가지로 병사들을 품안에 감싸 안았다.

마크스 홀 에스테이트의 주인은 토머스 호니우드 경이었

다. 그는 1648년 콜체스터 소도시 포위 작전에 참전한 적이 있는 의회 지도자였다. 오랜 세월이 흘러 최근에야 이 거대하고 나이 많은 나무에 토머스 호니우드라는 이름이 붙여졌다.

상수리나무가 많아지면서 동시에 수백 그루의 노목이 이 대지에 우거졌다. 여기 그중 한 그루가 있다. 홀로 외롭게 버티고 서 있는 이 나무는 800년 전 토양의 맨 가장자리에서 태어나 눈 깜빡할 사이에 밤톨만 한 크기에서 거대한 나무로 자라났다. 어느 날, 현재 살아 있는 사람들의 기억이 가닿지도 못할 만큼 아득히 먼 옛날에 태어난 이 나무가 눈에 들어왔다. 그 앞에 다가가서 앉자 나는 이것이 곧 평화임을 깨달았다.

나는 이 나무를 찾아올 때마다 마차 차고 옆에 내 자동차를 주차한다. 거기에는 사유지 한가운데로 들어갈 수 있는 나무 쪽문이 나 있다. 그 쪽문을 지나쳐 걸음을 내딛는 순간, 뭔가 경이로운 일이 벌어졌다. 그것은 내 어깨에 쌓인 온갖 근심 걱정을 말끔히 사라지게 하는 변화였다. 그 문으로 나서자마자 나는 또 다른 세계에 발을 들인 셈이었다.

문을 나서면 곧바로 과수원이 보인다. 그 과수원을 지나면 사유지를 가로질러 완만히 굽이진 냇가의 협곡으로 따라 내려가게 된다. 길은 호숫가 돌다리로 구불구불 이어진다. 그 너머에 호니우드 오크가 있다. 이 짧은 산책은 낙원으로 귀환하는 통과제의와 같다. 문을 통과해 과수원으로 들어서서 호숫가를 따라 내려가다 다리를 건너 오랜 상수리나무에 다다르기까지의 여정. 이 여정은 기껏해야 몇 분밖에 걸리지 않는다. 그런데도 그 짧은 시간 동안 나는 온갖 부담에서 벗어났다.

강인한 생명력을 지닌 나무들

조나단 주크와 인사를 나눈다. 그는 차분하고 소탈한 사내로 직업은 나무 큐레이터다. 우리는 마차 차고에서부터 돌다리를 거쳐 걸어 내려간다. 내가 상수리나무에 눈길을 주는 동안 주크는 그 나무 말고도 이 땅에서 서식하는 상수리나무 노목이 300여 그루나 더 있으며 한때는 사슴 수렵지에 광활하게 분포했었다고 이야기한다. 1950년대에 이르자 사람들은 질 좋은 목재를 구하기 위해 상수리나무를 상당수 벌목했다. 300살가량의 어린나무 네 그루는 사냥터지기의 오두막 모서리를 보수하는 여분의 목재로 사용하기 위해 정원으로 옮겨 심었다.

나무들의 생명력은 강인하다. 이른바 '절규하는 상수리나무'로 알려진 또 다른 상수리 노목은 가지만 빼놓고 나머지 몸통이 송두리째 불에 그을려 참혹하게 뒤틀리고 말았지만 놀랍게도 살아남았다. 나이 많은 상수리나무 중에서는 단 한 그루만이 하늘의 도움을 받았는데 그 나무가 바로 호니우드 오크다. 유일하게 원래의 모습 그대로 생존하고 있으니까.

호니우드 오크가 머무는 곳은 한때 약 10제곱킬로미터에 달하는 면적에 펼쳐져 있던 오랜 삼림지대의 가장자리다. 어떻게 이런 외톨이 나무가 도끼와 톱날의 공격을 피할 수 있었는지는 여전히 수수께끼다. 그와 관련해서 한동안 깊은 생각에 잠겨 있던 주크─그는 현재 품위 있게 늙어가는 이 나무의 후원자로도 활동 중이다─는 나중에 사유지의 소유주가 된 토머스 필립스 프라이스가 이 나무를 애지중지한 게 틀림없을 거라고 믿는다.

"프라이스는 대저택의 꼭대기 층 방에서 창밖으로 거대한 우듬지를 바라보는 것을 즐겼을 거예요. 벤치에서 상수리나무의 몸통에 기대 앉아 있는 그 당시 사진도 있고요."

프라이스는 봄이면 풍성하게 흐드러지는 나무 잎사귀의 파라솔 아래 앉아 있는 것을 즐겼을 것이다. 또한 여름 햇살의 열기를 피해 시원한 나무그늘에서 시간 보내기를 좋아했을 것이다. 프라이스는 1932년에 죽었다. 그 후로 황폐해진 그의 대저택은 1950년에 철거되었다. 그렇기에 지금 살아 있는 사람 가운데 300여 그루의 다른 상수리나무 노목들, 수백 년 동안 잉글랜드의 구석진 자리에 숨어 행복한 생을 이어가던 그 나무들마저 화를 입는 와중에 어떻게 이 오랜 나무 한 그루만 살아남을 수 있었는지 정확히 아는 이는 아무도 없다.

쾌청한 날씨다. 푸른 하늘 아래 펼쳐진 여름날이다. 상수리나무가 있던 자리에 대신 심어진 소나무가 우리를 에워싸고 있다. 그 사이에 소나무는 호니우드 오크만 한 크기로 자라 지금은 경치를 굽어본다. 우리는 어린 소나무 조림지의 관목 덤불을 빠져나온다. 방치된 돼지 떼가 여러 해에 걸쳐 조림지의 튼튼한 목책으로 구축된 블랙베리나무를 야금야금 다 먹어치웠다. 돼지 떼는 이 땅의 진공청소기다. 녀석들이 바닥을 말끔히 훑고 다닌 지 18개월쯤 지나서야 지상에는 새 생명이 꿈틀거리기 시작했다. 찬란한 분홍빛 디기탈리스*가 지표면 위로 빼꼼히 고개를 내밀더니 오랫동안 땅 밑에서 숨죽이고 있던 여러 씨앗이 비로소 솟아올랐다.

주크는 1950년대 나무꾼 일당이 숲속을 누비고 다닌 시절 이야기를 꺼낸다. '만스'Mann's라는 이름의 지역 조합이었다. 그들은 몇 주 또는 몇 달 동안 계속해서 나무를 베고 다녔

---

* 현삼과의 여러해살이풀. 높이는 1미터 정도이고 온몸에 털이 있다. 7~8월에 붉은빛을 띤 자색 꽃이 줄기 끝에 긴 이삭을 이루어 밑에서부터 피고 열매를 맺는다.

다. 나는 그 살풍경을 상상해본다. 길쭉한 도끼와 신축성 있는 2인용 톱으로 일당은 물러났다 돌진하기를 거듭하면서 나무를 찍고 쪼갰을 것이다. 그러다 결국은 숲의 심장까지 공격했을 것이다.

로버트 버튼은 『우울의 해부』[1]라는 자신의 수상록에서 "오래된 상수리나무는 일격에 쓰러지지 않는다"라고 다소 잠언적으로 썼다. 몇 세기 후, 토머스 하디는 자신의 시 「나무 베기」[2]에서 "두 명의 사형집행인"에 의한 벌목 현장을 그려 보였다. 두 명의 사형집행인은 "육중하고 널찍하며 번쩍번쩍 벼려진 도끼 두 자루와/길게 축 늘어져 있긴 해도 절단용으로는 충분히 이가 살아 있는 2인용 톱"으로 무장한 모습이다. 마지막 행에서 하디는 이렇게 말한다.

"200년 넘도록 평탄하게 자라왔지만, 최후의 순간은 두 시간도 채 걸리지 않는구나."

그렇다면 800살 먹은 상수리나무를 벨 때는 시간이 얼마나 걸렸을까.

주크가 말한다.

"얼마 전 어느 장례식에서 누군가와 만난 적이 있어요. 그 시절에 여기 살았던 분인데 당시 오랜 나무를 벌목하는 일을 하며 먹고살았다더군요. 마을 일대에서 찾아보면 그분처럼

60년 전 젊었을 때 몇 푼이라도 벌어보겠다고 나무를 목재로 바꾸는 일에 뛰어든 사람이 아마 꽤 될 거예요."

그런 사람들이 있다면, 아마도 지금쯤은 나이가 지긋해졌을 것이다.

롤런드 블라이트가 얼마 전 내게 오랜 상수리나무가 마을 주민들의 특별한 사랑을 받은 이유는 신체적인 교감으로 자신들과 가까웠던 고인을 떠올리게 하기 때문이라고 말했다. 흔히 산울타리와 들판을 잇는 소로의 길섶이나 마을 공터처럼 마을의 생활 중심지에서 상수리나무가 눈에 띄는 경우가 종종 있다. 거기 있는 나무들은 먼저 저세상으로 떠난 이들과 우리를 이어주는 다리 역할을 한다. 골이 깊게 파인 나무껍질에는 사랑하는 부모, 숙모, 삼촌, 조부모 등을 비롯한 이전 세대의 손길이 묻어 있고, 지금은 살아 있는 우리의 손길이 그때와 똑같이 울퉁불퉁한 나무의 살결을 쓸어내린다. 오랜 상수리나무를 그저 매만지기만 해도 신체적인 유대감 속에서 그토록 애틋한 추모의 감정에 사로잡힌다. 그것은 시간을 관통하는 육체적 기억이다.

"상수리나무는 너무나도 가혹한 대접을 받았어요."

옅어져가는 그늘 속으로 걸어가면서 주크가 말했다. 그는 여기서 벌목당한 상수리나무에 대해 이야기하는 중이다. 그가 말하는 것은 강탈당한 나무의 삶이다.

우리는 호니우드 오크 곁으로 돌아왔다. 나무는 어느덧 노령에 다다랐다. 그것은 "또 한 번의 성장기를 맞은 셈"이라고 주크는 말한다. 60년 전 이 숲에서 도끼를 휘둘러댔지만 마지막으로 생존해 있는 벌목꾼들과 마찬가지로 상수리나무도 이제 평화로운 제3의 연령대로 접어들었다. 내가 묻는다.

"그 나무들 모두가 호니우드 오크와 비슷한 나이였을까요, 어땠을까요?"

"글쎄요. 꼭 그랬을 것 같지는 않아요. 그래도 개중에는 상당한 연령대와 더 높이 자란 나무도 있긴 했겠지만요."

"그럼 혹시 호니우드 오크보다 더 나이 많은 나무도 있었을까요?"

주크는 있었을 거라고 믿는다.

그는 한때 이 땅에 서식했던 주요 상수리나무 목록이 마크스 홀 아카이브에 보관되어 있다고 말했다. 프라이스가 1897년 사유지를 매입한 이후, 그의 토지 관리인은 비교적 높이 자란 상수리나무의 크기를 측정했다. 그 나무들의 높이와 둘레가 오늘날에도 열람 가능한 장부에 기록되어 있다.

"덕분에 당시 사슴 수렵지에 있던 상수리나무의 키와 허리 둘레가 어땠는지 알 수 있죠."

나는 좌우를 두리번거리면서 소나무의 우람한 골격을 살펴본다. 그러고는 오래전 그 자리에 있었을 상수리나무를 떠올려보려 한다. 쉽지 않다. 얼마나 많은 상수리나무가 그 자리에서 사라졌는지 그 규모를 상상하기는 쉽지 않은 일이다.

"사람들은 결코 상수리나무를 베지 말았어야 했어요. 프라이스의 유언장에는 이런 말이 적혀 있었어요. '절대로 상수리나무를 벌목하지 말 것'이라고요."

주크가 굳은 말투로 입을 연다.

그런데도 상수리나무는 그런 운명에 처하고 말았다.

100년 전, 마크스 홀 에스테이트에 있었던 그 시절의 여러 상수리나무는 각자의 이름 대신 한데 합쳐 '호니우드 오크'라고 불렸다. 1950년대 사슴 수렵지의 수많은 상수리나무가 도태되면서 호니우드 오크라는 이름은 특정한 나무를 가리키는 명칭으로 바뀌었다.

사슴 수렵지에 있던 모든 상수리나무가 사라졌다는 사실과 마주하면 깊은 슬픔이 복받쳐 오른다.

예전의 상수리나무는 언제나 우리의 애정을 자아냈지만 이따금 경외감을 불러일으키기도 했다. 프랜시스 킬버트가 1876년 이포셔주에 있는 모카스 공원의 오랜 상수리나무에 대해 쓴 글을 보면 그도 이처럼 대비되는 감정을 느꼈다는 것을 알 수 있다.

"나는 두렵다. 머리가 잿빛으로 물든 모카스의 노인이. 그
잿빛 온몸에는 옹이가 박혀 있고 이마가 좁으며 안짱다리
로 낮게 머리를 숙이고 등도 구부정하게 휘었지만 형체가
어마어마하게 크고 괴이한데다 팔을 길게 늘어뜨리고 뒤틀
어진 곱사등이. 그렇게 기형적인 모습의 상수리나무 인간
은 수 세기에 걸쳐 그 자리에 버티고 서서 뭔가를 기다리고
바라본다. 그런 상수리나무에는 사람이 감히 범접할 수조
차 없다. 그들은 '주님께서 몸소 심은 나무'[3]다."

나무는 '상수리나무 인간'이 되어 괴이하고 무시무시한 형
체로 등장한다. 어쩌면 그와 같은 변형 속에서 그들의 구원이
도래할지도 모를 일이다. 그들은 신성성을 띠고 있기도 하다.
그렇기 때문에 그 누구도 신이 직접 빚은 경외의 대상을 함부
로 베거나 죽이기를 바라지 않는다.
한 그루 노목을 잃는 것은 삼림지대 군락지 전체를 잃는 것
과 다름없다. 하나의 오래된 나무는 박쥐, 곤충, 새, 곰팡이, 초
목 등과 같이 복잡다단한 다수의 동식물 집단에게 집과 같은
존재다. 주크는 오래된 나무를 연립주택에 견준다. 윌리엄 쿠

퍼는 「야들리 오크」에서 나무를 "부엉이가 쉬어가기 위한 동굴"로 보기도 했다.[4] 하지만 나무는 부엉이에게만 주어진 집이 아니다. 나무밑바리에서부터 말벌에 이르기까지, 나이 든 상수리나무는 어떤 나무와도 견줄 수 없을 정도로 폭넓고 다양한 생태계 동식물들에게 집주인 노릇을 한다.[5]

나는 숲속에 서서 만약 100여 그루의 상수리나무가 여전히 이 토양에 살고 있었다면, 그대로 여기 남아 있었을 야생동식물의 개체수가 그 사이 얼마나 어마어마하게 감소했을지를 골똘히 상상해본다. 그들은 유령이 되어 예전의 삼림지대를 떠돌아다니고 있으리라.

_6월 21일

깨달음의 가능성을 여는 순간

부슬부슬 여름비가 내리는 날, 주크와 만난다. 우리는 상수리나무의 삶에 관한 이야기를 나누며 낮은 목재 난간을 넘어간다. 주크는 최근 들어 참나무 역병*에 관한 언급과 글이 부

---

* 곰팡이 수목 병원균인 파이토프토라 라모룸(Phytophthora ramorum)에 의해 발생하는 치명적인 전염병. 이 병에 걸린 수목은 궤양 등의 여러 질병을 앓다가 말라 죽게 된다. 아직까지 이 병의 원인과 방제법을 알아내지 못해 세계 각국에서 나무들이 고사하고 있다.

쩍 늘어났다고 한다. 그러면서 호니우드 오크의 건강상태를 걱정한다. 이미 사유지 건너편의 다른 나무들에는 피고름처럼 까만 얼룩이 생겨나더니 몇 그루가 질병에 감염된 증세를 보이고 있다. 입구 근처의 가장 나이 든 나무 한 그루는 다시 살리기 힘들어졌다. 그보다 어린 나무들은 질병에 시달리다 서서히 회복하기도 했다. 향후 몇 년 동안 질병이 어떻게 퍼져 나갈지는 아무도 모른다. 호니우드 오크가 감염되기라도 하는 날에는 그야말로 큰일이다.

"그러면 몇 년을 못 넘기고 죽고 말 거예요."

주크가 말한다. 우리는 상수리나무 그늘 아래 머물며 조금 더 이야기를 나누다 주크가 먼저 떠난다. 그의 트럭이 소나무 숲을 지나쳐 서쪽으로 멀어져 가는 게 보인다.

나는 멀거니 서서 나무만 빤히 바라본다. 이렇게 혼자 나무 가까이 와 있는 것은 이번이 처음이다. 잠시 동안 나는 얼어붙은 듯 꼼짝 않고 제자리에 서 있기만 한다. 그러다 손을 내밀어 상수리나무의 표면에 가져다댄다. 손끝과 손바닥으로 거친 껍질을 쓰다듬는다. 뭔가가 전해져온다. 마음이 편안해진다. 나로서는 오랫동안 느껴보지 못한 편안함이다. 심장박동이 느려진다. 정신이 맑아진다.

나는 근처에 다른 사람이 있는지 주위를 둘러본다. 이렇게 목재 난간 너머 울타리 안에 들어와서 상수리나무 옆에 머물러 있으니 불현듯 내가 무단침입해서 금단의 영역을 범하고 있는 기분이 든다.

나는 내 곁에 있는 것이 바로 상수리나무라는 사실을 깊이 의식하고 있다. 한편으로는 소나무 숲에서 빠져나온 누군가가 샛길 모퉁이를 돌아 나타날 수 있다는 사실에 불안해지기도 한다. 아무도 다가오지 않는다. 머뭇거리다 말고 스르르 두 눈을 감는다.

시간이 흐른다.

마치 담요로 어깨를 두른 듯 평안한 온기가 나를 감싼다.

신의 가호 같은 평화가 내려앉는다.

눈을 떠보니 내 앞에는 액자에 담긴 듯한 상수리나무의 골격만이 나타난다. 잿빛 나무껍질에는 굵직한 이랑이 나 있다. 정물화처럼 너무나도 적막하다. 마법에 홀린 기분이다. 내가 눈을 몇 번 깜빡이자 상수리나무는 이제 어마어마한 몸집의 께느른한 매머드가 되어 우람하고 거대한 자태로 나를 압도한다. 표면은 코끼리 피부와도 같은 주름으로 둥글납작하게 뒤덮여 있다. 북쪽으로 커다랗게 뒤얽혀 있는 나뭇가지는 코처럼 뻗어 있다. 육중한 네 다리는 지표면에 단단히 뿌리박혀 있다.

토끼 한 마리, 지난해 마주친 적 있는 아기 토끼가 호숫가의 샛길에서 튀어나온다. 귀를 쫑긋 세우고 몸을 잔뜩 웅크려 경계하며 비탈길을 사뿐사뿐 기어올라서는 내 쪽으로 다가오더니 이내 사라진다. 토끼가 뛰어간 쪽은 냇가 협곡의 완만한 경사지에 뒤덮여 있는 양치류 수풀이다. 지금은 모든 게 벌거벗겨지는 한순간이다. 바로 이 순간 평범한 일상의 흐름이 얼어붙는다. 대신 다른 존재 감각이 나와 이 세계를 송두리째 장악해서 뒤흔드는 것처럼 느껴진다.

불교에서는 이러한 찰나를 '사토리'satori, 깨달음라 한다. 이것은 우리의 일상적인 존재의 허울이 벗겨져 우리가 그 너머를 보게 되면서 깨달음의 가능성을 여는 순간이다. 우리는 한평생 동안 나름대로 매일 매일의 일과를 계획하고 꾸려 나간다. 어떻게 살아야 바른 길로 가는 것인지 안다는 믿음 속에서 저마다 살아간다. 하지만 어쩌다 경이로운 순간과 맞닥뜨리기라도 하면 우리는 우두커니 서서 마냥 시선을 고정하게 될 뿐이다. 우리는 더 이상 일상을 볼 수 없다. 그저 우리가 여기서 살아간다는 사실이 공기만큼 가볍다는 것을, 이 지구상에서 깃털 정도에 지나지 않을 우리의 존재가 바람에 휩쓸려 다니는 볍씨만큼이나 덧없고 연약하다는 것을 느낄 수 있을 뿐이다.

_7월 3일

그 자리에 고요히 머물러 있는 상수리나무의 평화로움이 나를 불러낸다. 벤치 위로 연파랑빛 실잠자리가 날아간다. 한적한 여름날이다. 물끄러미 나무를 바라보고 있으니 상수리나무가 거대한 나침반처럼 느껴진다. 가지치기를 해놓은 나뭇가지는 한 해의 중요한 절기에 밤하늘에서 살펴봐야 할 별자리의 위치뿐 아니라 한여름의 해돋이, 금성의 횡단, 페르세우스 유성우가 밝게 빛나는 지점을 가리키고 있는 것 같다.

북극성을 가리키고 있는 듯한 가지 하나는 여러 해 전 그 끝이 짧게 잘려 나갔다. 시커먼 동그라미 하나가 창백한 몸통의 곡선 단면에 또렷이 드러나 있다. 딱따구리 둥지다. 깃털 아래 몸을 숨긴 새 한 마리가 그 구멍 속에 틀어박혀 있다.

빗방울이 후드득 떨어진다. 구름을 뚫고 나온 햇살이 소나무에 쏟아진다. 나무껍질에 환한 윤기가 흐른다. 상수리나무 잎사귀도 푸릇푸릇 빛난다. 나뭇결 구석구석이 밝아진다. 부름켜*가 드러났다 그늘에 가려진다. 일정하게 반복되는 명암의 대비가 현란하다.

---

* 쌍떡잎식물, 겉씨식물, 일부 외떡잎식물과 양치식물의 줄기나 뿌리의 물관부와 체관부 사이에 있는 분열 조직으로 세포 분열이 왕성하게 일어난다.

상수리나무의 남쪽으로 눈을 돌리자마자 5미터 정도 되는 높이에서 언뜻 모기 떼가 아닌가 싶은 게 보이는 까닭은 거기 벌집이 있어서다. 쌍안경으로 보니 벌집의 육각형 무늬가 선명하게 눈에 들어온다. 곧바로 그것과 사촌지간이라 할 수 있는 식물의 오엽배열이나 마름모꼴이 떠오른다. 토머스 브라운이 『키루스의 정원』에서 우리에게 호소한 지적 설계의 청사진은 명백히 신이 존재한다는 증거이리라.

_7월 10일

상수리나무와 함께한 인류 역사

후텁지근한 여름날이다. 상수리나무 근처 벤치에 앉아 있으니 부러울 게 아무것도 없다. 세상이 어떻게 돌아가든 아랑곳하지 않으련다. 바로 지금 여기 이렇게 존재한다는 사실만이 중요하다. 나무 벤치에 앉아 있는 동안 내 가슴은 한껏 부풀어 오른다. 나는 두 눈을 감는다. 모든 게 제대로다. 다 좋다.

상수리나무가 있는 자리에서 5미터쯤 눈길을 들어 올리니 한창 자라고 있는 블랙베리나무 한 그루가 보인다. 벤치로 날아든 파리 한 마리가 쉬지 않고 주위를 맴돌다 자꾸 내게 달려든다. 빨간 눈알을 보니 사악해 보인다. 이윽고 놈이 한자리에 머무르는 틈을 타서 좀더 유심히 관찰해보기로 한다.

나로서는 이 파리가 어떤 종류인지 잘 모르겠지만 마침 참고할 만한 책을 가지고 있다. 스틸레토 파리의 일종이려나? 아마도 포레스트 실버 스틸레토인가 보다. 놈은 특유의 공격성을 지닌 파리로 잘 알려져 있다. 주로 상수리나무 줄기 안에 깊이 틀어박혀 살면서 붉게 썩는 병을 유발시켜 오랜 나무의 속재목을 허물어뜨리기로도 악명 높다.

최소한 한 가지만큼은 확실하다. 벤치 팔걸이에 앉아 대가리에서 붉고 큼지막하고 동그란 눈알을 앞으로 튀어나오게 하는 놈과 마주하고 있으니 내게는 영락없이 에이리언처럼 보인다는 것.

유럽뱀눈나비가 튀어 올랐다 내려앉는 모닥불의 재처럼 목초지 위에서 팔랑거린다. 공기는 부드러운 선율에 실려 살랑거린다. 몇 주 만에 화창한 날씨를 맞이해 그 열기와 햇볕 속에서 모든 것이 활력 넘친다. 남향에서는 야생벌이 윙윙거리며 활기차게 보금자리를 들락거린다.

나는 나무 둘레를 따라 걸음을 내딛는다. 각다귀가 볕이 들지 않아 눅눅해진 부벽의 구멍을 거점 삼아 활개 친다. 끝이 잘려나간 잿빛 가지는 북쪽을 가리킨다. 우듬지에서 튀어나온 말벌이 그 근처에서 뱅글뱅글 비행 중이다. 코발트빛 하늘을 배경 삼아 떠오른 말벌은 형체가 또렷하고 어마어마해 보

인다. 녀석은 완벽한 포물선을 그리며 나무 속으로 사라진다.

　벤치에는 상수리나무에 관한 책이 몇 권 남아 있다. 마을 도서관에서 빌려오긴 했지만 정작 내가 주의 깊게 보고 있는 것은 그 책이 아니라 상수리나무 안팎에서 날아다니고 솟아오르고 윙윙거리는 것들의 생태다. 계절에 맞지 않는 눅눅한 날씨가 한동안 계속되다가 이제 세상이 따뜻해지고 있다.

　상수리나무는 약 2,600만 년 전 제3기 말엽 이후부터 이 지구상에 존재해왔다. 상수리나무는 100만 년 넘게 줄곧 브리튼 섬에서 서식했다. 북쪽에서부터 빙하기가 엄습하자 상수리나무 대열은 남쪽으로 내려왔다. 혹한의 시기가 지나고 지반이 따뜻해지면서 빙하가 녹기 시작하자 상수리나무는 원래 서식하던 지역으로 되돌아갔다. 상수리나무가 마지막으로 돌아간 시점은 대략 1만 년 전이었다. 당시는 이 지대의 동쪽 극단이 아직 유럽 본토와 맞닿아 있을 무렵이었다. 기후가 변하고 기온이 오르자 상수리나무는 브리튼섬 전역에 널리 분포하며 얼음이 녹은 이 지대에서 대거 서식하게 되었다. 동물들도 몰려들었다. 그러고는 인류가 뒤따라왔다.

북반구를 가로질러 생존해온 인류의 역사는 상수리나무와 긴밀하게 연결되어 있다. 인류는 잔뜩 벼려진 부싯돌 도끼로 상수리나무뿐 아니라 소나무와 개암나무를 베고 쪼갰다. 인류는 그 나무들을 선사시대의 숲에서 베어다 썼다. '원시림'이라 불리는 이 숲은 빙하기가 완전히 물러나면서 대륙을 뒤덮을 정도로 울창해졌다. 살아남기 위해 강인한 영혼으로 무장한 인류는 겨울을 날 수 있도록 원시림 일부에 불을 질러 난방에 활용하기도 했다.

불과 벌목으로 소나무 숲이 줄어든 덕분에 오히려 상수리나무는 번성했다. 약 5,000~6,000년 전부터 사람들은 계절에 따른 유목생활에서 동물을 가축으로 길들이고 밭갈이하는 농경생활로 옮겨가기 시작했다. 농경생활은 원시림을 좀더 체계적으로 파괴하는 진행과정의 출발점이었다. 우선 작물을 재배하기 위한 경작지를 만들기 위해 땅을 갈아엎어야 하고 가축 방목지도 조성해야 했기 때문이다.

상수리나무는 특별했다. 불을 지필 땔감으로 사용하는 동시에 그 나무줄기는 집의 틀을 짜는 건축자재로도 활용할 수 있었다. 집은 막 갈아엎은 땅에 후다닥 생겨나곤 했다.

상수리나무는 단순히 나무에서 얻으리라 기대한 것 이상을 제공했다. 상수리나무에서 열리는 도토리는 쉽게 얻을 수 있고 쌓아두었다가 먹을 수도 있었다. 그러다 보니 인간과 동물 모두에게 행여나 기근이 오더라도 굶주림을 피할 수 있는 요긴한 비상식량이었다. 그 당시 농부들이 곡물 수확에 실패하자 대체식량으로 도토리 가루를 사용한 선사시대 유적이 유럽 전역에 증거로 남아 있다. 청동기시대 베를린 인근의 정착지에서는 1미터 깊이의 저장 구덩이에 '껍질을 벗겨 쪼갠 후 구운' 도토리를 그득 채워두는 일이 흔했다. 그 말은 곧 도토리는 가축의 사료가 아니라 오히려 사람을 위한 소비물자로 비축해두고 있었다는 뜻일 것이다.[6]

인간의 역사가 이어져오는 내내 도토리 가루는 빵을 빚는 식재료로 쓰였다. 지금도 여전히 세계 곳곳에서 사람들은 도토리 가루를 식재료로 활용하고 있다.[7]

그 시대 초기 농사꾼들은 자신이 사는 지역 경관에 동화되어 돌과 나무로 기념물을 지었다. 상수리나무 목재 울타리는 지상에서 높은 곳에 지어져 신성한 영역으로 지정되었다. 상수리나무의 나무껍질과 옹이 따위에서 추출한 타닌즙은 동물 가죽을 무두질하는 데 사용되었다. 상수리나무 판자는 여러 조각으로 잘려 질퍽질퍽한 소택지와 늪지에 길게 이어지는 보행로를 내는 데 깔리기도 했다. 석기시대 최초의 보트는 상수리나무를 통으로 자른 카누였다. 그런가 하면 초기 청동기 시대에 만들어진 보트는 상수리나무 판자에 비틀린 주목나무 가지를 엮고 밀랍으로 방수처리를 했다.

사람들이 석기시대의 생활수준에서 벗어나 문명의 진보를 이룰 수 있었던 것도 상수리나무 목탄 연료 덕분이었다. 상수리나무 숲은 초기 연료의 원천이었다. 그곳에서 광부가 목탄을 생산해내기 시작했다. 목탄을 연료로 사용하니 온도와 열기가 상승했다. 그렇게 지핀 불로 광물 함유량이 풍부한 광석에서 추출해낸 구리와 금, 주석 등을 제련할 수 있었던 것이다. 청동이 생산된 것은 그로부터 한참 전에 상수리나무 목탄 연료로 인해 칼 만드는 사람을 비롯한 대장장이가 무쇠에 이어 강철까지 생산해내는 마법의 야금술에 다다를 수 있게 되고 나서 가능해진 일이었다.

_7월 17일

해거름 녘의 합창.

흰털발제비 떼가 재잘재잘 지저귀며 위협적인 속도로 획획 날아간다. 박새의 울음소리가 시투, 시투 하고 소나무 숲 일대에 메아리친다. 각다귀 떼가 몰려나온다. 날이 저물자 희미한 빛줄기만 마지막으로 남는다.

동쪽 하늘에 두둥실 보름달이 떠오른다. 노을에 물든 듯 달 표면의 빛깔이 붉다. 어두운 허공에서 넝마 조각처럼 이리저리 너울거리는 것은 박쥐 떼다. 녀석들은 나무 근처에서 농밀한 공기 사이를 누비고 다닌다. 굴뚝새 한 마리가 잎사귀로 뒤덮인 상수리나무의 줄기 가운데 어디쯤에서 틱, 틱, 틱 하고 스타카토로 울어댄다. 그 울음소리는 소나무 숲으로 덜커덕거리며 멀어져 가더니 블랙베리나무에 이른다. 그 위에는 천사처럼 새하얀 나방 한 마리가 선연한 윤곽으로 떠올라 있다. 빛이 사위어갈 무렵이라 그 윤곽이 더욱 형형해 보인다.

상수리나무에 서려 있는 정적은 하루 중 고요한 동틀 녘에 가깝다. 그것은 숲 저편에서 문자크 사슴이 거친 울음소리로 아침이 왔음을 알리기 전까지 나지막이 지속되는 숨결이다. 하얗고 둥근 달은 이내 구름 뒤로 사라진다.

나는 추억 어린 벤치에 등을 기대고 앉아 어둠 속에 편히 몸을 파묻는다. 집박쥐 한 마리가 손전등 불빛 한 귀퉁이에 걸린다. 녀석은 한동안 날개를 활짝 펼친 모습으로 그 불빛 테두리 안에 비추어진다.

두 해 전 여름이 생각난다. 나는 박쥐 탐사대의 일원으로 이른 아침 어느 다른 숲―호랑이 숲―일대를 탐색하고 있었다. 반향의 위치 측정을 위해 박쥐 탐지기에서 나는 딸깍거리는 소리에 귀를 기울였다. 기기로 확인해보니 감지되는 가장 작은 울음소리는 집박쥐의 소프라노 음역대보다 훨씬 높았다. 집박쥐와는 확연히 구별되는 초고역대 주파수였다.

지난 10년 사이 밤에만 활동하는 집박쥐 두 종은 분류상 서로 다른 종으로 판명 났다는 말을 들은 적이 있다. 오늘 밤 나로서는 어둠을 가로질러 퍼덕거리는 이 박쥐 떼가 어떤 종인지 구분할 수 없다. 우리는 아직 서로를 잘 모른다.

숲 저편에서는 올빼미의 울음소리가 밤공기를 가르며 200~300미터까지 멀리 퍼져 나간다. 나는 그 자리에서 올빼미의 야행성 활동을 기다린다. 그러는 동안 보름달이 구름 사이에 구멍을 내고 제자리로 돌아온다. 마치 창 너머로 저 멀리 다른 세계가 잠시 나타났다 사라진 듯한 정경이다.

나는 벤치의 널조각을 딛고 그 위로 올라선다. 블랙베리나무와 쐐기풀 사이에서 활기차게 연주하는 귀뚜라미 오케스트라에 귀 기울인다. 또 다른 집박쥐가 휙휙 날아간다. 이제 어둠이 나를 집어삼킨다. 한 치 앞도 보이지 않는다. 여기 이렇게 검은 안개에 휩싸여 있으니 더할 나위 없이 유쾌한 생기가 느껴진다.

이제 나의 지각을 지배하는 것은 음향이다. 규칙적으로 철벅거리는 저편의 폭포 소리는 늘 현재형이다. 귀뚜라미는 서로의 울음소리를 조율한다. 꿩이 자기네 나무 보금자리로 날아들더니 이내 잠잠해진다. 그 경관 안에서 점점 더 넓은 공간이 열린다.

낮에 활동하는 새들의 지저귐은 이제 완전히 사라진다. 해거름도 마찬가지다. 이제 진짜 밤이 찾아왔다.

여러 순간이 지나간다. 어떤 생명체 하나가 내 곁으로 곧장 다가온다. 어둠이 너무 짙어서 나는 그게 여우인지 담비인지 사슴인지 아니면 오소리인지 분간할 수 없다. 내가 그쪽으로 불빛을 들어올리기도 전에 녀석은 어디론가 사라졌다.

나무에 앉아 있던 부엉이가 북쪽으로 날아오른다. 나는 벤치 아래로 내려와서 나무줄기와 나뭇가지 사이에 선다. 내가 망각된 이국땅과 같은 한밤중 숲속으로 과감하게 발을 들여놓았다는 사실이 실감난다. 여기는 몸속 깊이 뿌리내린 원초적 지각이 솟아오르고, 난데없이 아무것도 보이지 않는다는 공포에 사로잡혀 몸서리를 치게 되는 곳이다. 어두워지고 난 이후의 숲은 결코 근대 이후의 인류에게 거리낌 없이 여겨질 만한 장소가 아니다. 옛 시대에조차 우리는 숲에서 벗어나 멀리 떨어져 살았다.

우리는 자연이 아닌 재창조된 공간에서 살기 위해 주거지 지반을 말끔히 정비했다. 집을 지을 때도 나뭇가지를 베어와서 공들여 다듬었다. 밤에 혼자 숲으로 들어가는 것은 또 다른 영역, 온전히 또 다른 시대로 돌아가는 일이다. 나는 노을이 지고 나면 나뭇가지의 큼지막한 껍질 아래서부터 야행성 생명체가 기어 나오리라 기대했다.

지금 내가 마주하고 있는 것은 딴 세상에 와 있는 듯한 괴괴함이다. 깊고도 완강한 이 정적은 들리지는 않지만 느리고 꾸준하게 지속되어온 지구의 호흡처럼 느껴질 지경이다. 바로 이것이 지금 여기 머물러 있는 내 존재를 매혹한다.

내게는 활력이 샘솟는다. 온몸이 감전된 듯 찌릿하다. 나는 사냥감을 추격할 때 신중해지는 사냥꾼처럼 억제된 에너지를 떠안고 어쩔 줄 몰라 한다.

각다귀 떼가 바람에 날리는 먼지처럼 손전등 불빛에 비친다. 또 다른 생명체가 희미하게 나 있는 수풀 사이의 오솔길 위로 솟아올라 춤추듯 검은 형체를 뒤흔들어댄다. 도대체 그게 뭔지 유심히 바라본다. 앞이 뿌옇고 어두컴컴해도 나는 그게 여우임을 직감적으로 알아차린다.

솔방울 하나가 떨어지려 한다. 12미터 위에서 솔방울이 가지를 벗어나려는 소리가 들리더니 잠시 멈춰 있다 이내 네 발자국 정도 떨어진 지점으로 추락하는 소리가 난다.

보온병에서 미지근한 차를 따라 마시며 눅눅해진 비스킷을 우적우적 씹는다. 나 또한 각다귀나 귀뚜라미처럼 온갖 소음으로 밤의 묵상을 깨뜨리는 미물에 지나지 않는구나 싶다. 거대한 상수리나무 곁에 붙어사는 여느 생명체만큼이나 덧없는 존재처럼 말이다.

올빼미 한 마리가 남쪽을 향해 큰 소리로 운다. 폭포수는 개울로 흘러내린다. 아무 일도 벌어지지 않는 것 같으면서 이렇게 많은 일이 일어나고 있는 이 자리를 벗어나기는 쉽지 않다.

나는 상수리나무를 향해 돌아선다. 나무는 늘 그러하듯 미동도 없이 침묵에 잠겨 있다. 이제 그만 상수리나무와 헤어져 어두운 밤길로 걸음을 옮겨야겠다는 생각이 든다. 그때 북쪽에서 산탄총 소리가 울려 퍼진다. 그 소리는 사람을 멍하게 할 정도의 폭음으로 숲의 고요를 산산조각 낸다. 폭음은 엄청난 파괴력을 지니고 숲을 관통했다가 스산한 잔향 속으로 가라앉는다. 호수 표면의 파문처럼 서서히 사그라진다. 얼마 지나지 않아 긴장감 어린 정적이 폭음의 여파를 뒤덮는다. 이전과 다름없이 괴괴한 적막감만이 숲을 지배한다.

손전등을 켜고 상수리나무 둘레를 따라 넓게 원을 그리면서 그 두터운 나트륨등 불빛 아래 그 어떤 생명체의 흔적이라도 잡히는 게 없는지 찾아본다. 손전등은 어둠 속으로 거칠고 투박한 빛줄기를 쏘아 올린다. 그 조명은 어둠의 바다를 헤집고 다니는 탐조등이자 깔끔한 빛줄기의 테두리로 허공을 밝히는 카바이드 불꽃이나 다름없다. 내가 그 불빛으로 찾을 수 있을 거라 기대한 것은 나뭇가지에서 편히 쉬는 여느 새와 잠에서 깨어난 부엉이 같은 동물이었다.

하지만 나와 깜짝 마주친 것은 민달팽이 무리다. 올리브 무늬의 노란 민달팽이가 꽤 큰 규모로 무리 지어 상수리나무 밑동의 서쪽 모퉁이를 살금살금 기어가고 있는 게 아닌가. 녀석들이 화성인처럼 느껴진 것은 하늘에서 구름 띠를 뚫고 불쑥 나타난 달이 이전보다 더욱 어마어마한 크기로 되돌아왔기 때문일 수도 있다. 달은 여러 시간 전의 일출을 모방해 마치 동쪽 하늘에 높이 솟아올라 있기라도 한 듯한 모습이다. 이제는 호박색 불덩이처럼 달아오를 기세다. 또한 세 가닥으로 나뉜 구름 줄기를 표면에 수놓인 무늬처럼 두르고 있다.

이제 달은 창백한 외관으로 우리 주위를 맴도는 지구의 그림자에서, 아직은 그 크기가 못 미치기는 해도, 밤하늘에 이글거리는 또 하나의 목성으로 변신하는 중이다. 상수리나무 곁에 우뚝 멈춰 서서 나무에 손을 짚고 있으니 문득 이 지구의 미래가 어떻게 될지 걱정스러운 마음이 앞선다. 이렇게 마지막 남은 자연의 유산이 소실되고 나면 결국 우리 행성은 완전히 끝장나고 말 테니까.

_8월 31일

영혼이 잠든 상수리 묘지

"에게리아 동산은 물론, 상수리나무를 숭배한 드루이드와 같이 모든 신화에서 숲은 성스러운 장소로 제시된다."
• 헨리 데이비드 소로의 『일기』, 1841년 12월 23일[8]

내가 3주 정도 지나 다시 상수리나무를 찾아온 날은 하늘이 구름 한 점 없이 파랗고 날씨는 화창하다. 늦은 오후 시간이지만 인디언 서머* 기간이라 포근하다. 마음속에서부터 솟구치

---

* 북아메리카에서 한가을과 늦가을 사이에 비정상적으로 따뜻한 날이 계속되는 기간을 말한다. 맑게 갠 날씨이지만 안개가 낀 듯한 상태이며, 밤에는 기온이 내려간다.

는 기쁨을 억누를 수 없다. 그저 여기 있기만 해도—상수리나무 곁으로 돌아가려니—황홀하다. 거위 떼가 몰려다니는 오솔길 따라 발걸음을 재촉한다. 원예사가 상수리나무 난간 둘레의 길섶에 난 잡초를 베고 있다.

내가 어두운 호수 위의 다리를 건너는 동안 공기 중에는 향긋한 풀내음이 짙게 떠다닌다. 나는 인사의 표시로 한 손을 들어올린다. 그도 나와 똑같이 한 손을 들어올린다. 우리는 서로 같은 즐거움을 나눈다.

호니우드 오크의 자태는 웅장하다. 여전히 푸릇푸릇한 녹음도 눈부실 지경이다. 이 나무는 잎사귀 끝에 활기가 넘쳐흐르는 생명의 교목이다. 모든 것을 다 감싸 안아줄 것처럼 바깥으로 멀리 뻗어 있는 저 나뭇가지를 보라. 나무 서쪽에서 자란 덕다리버섯 속 곰팡이류는 나이가 들면서—유황가스에 노출되어 말랑말랑하고 얼룩덜룩한 크림 형태로—외관이 많이 달라져 신선한 원색의 활력을 잃어버렸다. 하지만 그 과정에서 영구적으로 살아갈 수 있는 자양분을 섭취하며 지면으로부터 2미터 정도 높이에 있는 껍질의 갈라진 틈새에 안전하게 자리 잡았다. '드립 라인'* 너머 상수리나무의 그림자 안에 들어와

* 우듬지 돌출부의 끝자락.

있다는 것은 나무가 베풀어주는 보호망 아래서 서식한다는 뜻이다.

나는 울타리 안으로 걸음을 옮겨 나무줄기 옆까지 다가가 본다. 아이처럼 신이 나서 어쩔 줄 모르겠다. '나'라는 존재에서 빠져나왔다는 감각이 생생해진다. 상수리나무의 매혹은 내 감흥이 한껏 고조되도록 북돋는다. 상수리나무 곁에 있으면 온갖 근심 걱정이 다 녹아 없어진다. 행복하다. 다시금 살아 있다는 게 기쁘다. 나는 철부지가 되어 세상에서 숲으로 달아난 사람이다. 외톨이지만 따돌림을 당한 것은 아니다. 고개를 돌려 나뭇잎 사이로 하늘을 올려다보니 머리가 빙글빙글 돈다. 햇빛이 상수리나무 잎사귀로 쏟아진다. 다람쥐 한 마리가 나무요정의 그림자처럼 꼭대기 가지를 타고 날아오른다.

한 시간 후, 주크가 자신의 랜드로버를 몰고 소나무 숲 근처에 나타난다. 우리는 사유지 서쪽 한때 삼림지대였던 구역으로 향한다. 1950년대 상수리나무를 대대적으로 벌목한 결과로 조성된 소나무 숲은 이제 지반에서 30미터 이상 높이 솟아 있다.

"이쪽으로."

주크가 말하고는 지면이 고르지 않은 울퉁불퉁한 길로 걸음을 내딛는다.

그는 길에서 뭔가 스산한 형상을 발견하고 제자리에 멈춰 선다. 그것은 나무 발자국이다. 15센티미터 높이의 이 나무 그루터기는 60여 년 전 벌목된 상수리나무의 잔해다. 절단된 나무 밑동을 보면 털북숭이 매머드의 발이 떠오르기도 하고 쥐라기시대 티라노사우루스 같은 거대 공룡류의 화석 유물이 연상되기도 한다.

이 소나무 숲 빈터에는 이런 나무 발자국이 다섯 개밖에 더 남아 있지 않다. 돼지 떼가 몰려와서 상수리나무의 잔해를 전부 토굴하다시피 했고 그토록 무자비한 녀석들의 소행으로 인해 고고학적 발굴 자료나 다름없는 나무 역사의 유적은 철저히 훼손되고 말았다. 그 잔해는 한때 그 터에 수목이 우거진

삼림지대가 실재했음을 꾸준히 증언해오고 있다. 그러면서 오랜 상수리나무 다섯 그루가 살아 숨 쉬며 저마다 야생 군락지의 집주인 노릇을 했던 한 시절의 환영을 불러내고 있다.

비통한 진실이 나를 짓누른다. 그러니 지금 우리가 서 있는 이곳은 묘지다. 우리는 한동안 그 자리에 남아 묵념에 잠긴다.

『이교도 정신과 유대교의 유산』에서 존 오브리는 이렇게 쓰고 있다.

"도끼에 베인 상수리나무는 쓰러지기 전에 끔찍한 비명이나 신음 비슷한 소리를 낸다. 그 소리는 1킬로미터 밖에서도 들을 수 있을 정도다. 마치 상수리나무에게는 통곡하는 데 남다른 솜씨가 있기라도 한 것처럼."[9]

숲에 우두커니 서서 파헤쳐진 나무 그루터기를 내려다보며 벌목당해 쓰러질 때 저마다 울부짖었을 상수리나무들을 떠올린다. 또다시 둔중한 아픔이 몰려온다. 지금 그들의 절규는 사라졌다. 그렇다 해도 아직 뭔가가 더 남아 있다. 침묵에 봉인된 뭔가가, 마치 불길이 포효하고 나서 남은 잿더미처럼. 나도 그들을 따라 절규하고 싶다. 이 자리에서 사라져간 상수리나무의 삶을 추모하며.

단테의 『신곡』 가운데 「지옥」에 그려진 중세의 세계에서는 또 다른 절규가 숲속에 울려 퍼진다. 제13곡에서 단테와 베르길리우스는 어두운 숲을 즐겨 산책하는데 그 숲의 나무는 자살자의 영혼이 잠든 무덤이다. 단테는 나뭇가지를 꺾는 순간 터져 나온 비명소리와 마주하고 나서야 비로소 각각의 나무에 인간의 넋이 깃들어 있다고 믿게 된다.

하르피이아는 나무 꼭대기에 둥지를 트는 반인반조半人半鳥의 괴생명체다. 놈들은 나무 이파리를 뜯어먹고 살며 알을 품고 있는 동안 꽥꽥 괴성을 질러댄다. 하르피이아가 물어뜯을 때마다 나무는 살갗이 찢겨 나가는 고통을 느끼고 피를 흘린다. 그제야 나무 안에 머문 자살자의 영혼이 나서서 고통스러운 목소리로 "그렇게 날카롭게 물어뜯으면 너무 아파서 소리를 내지를 수밖에 없단 말이다" 하고 외쳐댄다. 이 설화의 판본 대부분에서는 나무에 가시가 무성한 것으로 묘사되어 있지만, 내가 읽은 문헌에서는 하르피이아가 말라죽은 상수리나무의 떡갈잎을 먹고산 것으로 나와 있다.[10]

숲속의 절규를 처음으로 상상한 사람은 단테가 아니었다. 오비디우스 또한 2,000년 전에 똑같은 울부짖음을 들었다. 『변신 이야기』 제8부에는 '자살자의 숲'을 다룬 또 하나의 설화가 나온다. 오비디우스는 에뤼식톤이 자기 시종들에게 신성한 숲에서 상수리나무를 베어 쓰러뜨리도록 명령한 일화에 대해 들려준다. 시종들이 꺼려하는 기색을 보이자 에뤼식톤은 도끼를 집어 들고 직접 상수리를 베어 쓰러뜨린다. 나무는 피를 흘리며 넘어지더니 잠시 후 입을 열어 에뤼식톤이 저지른 폭거는 나중에 징벌을 받게 될 것이니 상수리나무는 여신 케레스의 가호를 받고 있기 때문이라고 외친다.

얼마 지나지 않아 에뤼식톤은 아무리 먹고 마셔도 채워지지 않는 굶주림과 갈증에 허덕이게 되었다. 한도 끝도 없이 음식과 마실 물을 탐하고 갈망하다 보니 나중에는 딸을 비롯해 자기가 가진 것을 모두 팔아야 했다. 급기야 에뤼식톤은 자신의 몸을 찢어 그 살점까지 입에 넣게 되었다. 그러고는 스스로를 먹어 치우면서 처절하게 피로 물든 자살극에 다다르고 말았다. 그가 비극적인 운명을 맞이하게 된 것은 성스러운 상수리나무를 베어버린 소행의 응보였다.

호니우드 오크에게로 돌아온 주크는 나무의 '빛 테두리 두르기'에 대해 이야기한다. '빛 테두리 두르기'는 상수리나무가 햇볕을 충분히 받을 수 있도록 그 일대의 소나무 가운데 일부를 베어내 주변 공간을 넓히는 것을 말한다. '빛 테두리 두르기'라. 어둠 속에서 빛나는 원형 테두리나 천사가 두르고 다닐 법한 빛의 고리 같은 것을 시각적으로 떠올리게 하는 아름다운 단어다. 그러나 그 의미는 나무에 참되고 영적인 기운을 둘러 축성하는 발상과 비슷해 새롭게 느껴지지는 않는다.

고대 그리스 신화에는 숲의 요정이자 나무에 사는 정령 드라이어드*가 등장한다. 드라이어드는 상수리나무와 아주 각별한 사이다. 오비디우스의 『변신 이야기』에는 그런 존재들이 그득하다. 오르페우스의 아내 에우리디케도 그런 정령 가운데 하나였다. 하마드리아데스 또한 숲의 요정이었는데 그들은 나무들의 살아 있는 넋이라는 개념에 훨씬 더 가까웠다. 하마드리아데스가 어느 특정한 나무에 살면 그 나무에는 하마드리아데스라는 이름이 붙여지곤 했다. 나무가 죽으면 그 넋도 따라 죽었다.

나는 상수리나무 우듬지를 올려다보면서 거기 어딘가에 요정들이 모여 살고 있지 않나 찾아본다. 언뜻이라도 푸른 눈의 하마드리아데스가 시야에 들어오기를 바라면서. 산들바람을 타고 가볍게 살랑거리는 잎사귀가 보인다. 눈에 보이지는 않지만 하늘 높이 떠오른 누군가가 숨결을 내쉴 때마다 그런 산

---

* 그리스 신화에 등장하는 정령으로 아름다운 여성의 모습을 하고 있다. '드라이어드'(dryads)에서 '드라이스'(drys)는 고대 그리스어로 상수리나무의 '오크'(oak)를 의미한다.

들바람이 생겨나나 보다.

주크는 상수리나무 서쪽에 서서 불과 2년 전 박테리아 세균에 감염되어 피가 쏟아진 부위를 가리켜 보인다. 표면의 감염 부위에는 굵직한 상처와 이제는 다 아문 것으로 보이는 균열 자국이 나 있다. 나무는 사람과 똑같은 방식으로 병을 앓는다. 연로한 사람들은 극히 가벼운 유행성 질병에도 사망할 수 있다. 노쇠한 상수리나무도 마찬가지다. 주크는 몸을 앞으로 기울여 반흔 조직을 꼼꼼히 살펴본다.

나는 그날 주크와 우연히 한 번 더 마주쳤다. 그는 숲속에 있는 자기 오두막에서 산책 나온 길이었다. 우리는 호니우드 오크 곁으로 가서 거기 함께 머문다. 그는 1년 전쯤 바닥에 떨어져 묻힌 도토리가 싹을 틔우더니 상수리나무 묘목으로 솟아올랐다고 한다. 그는 그 묘목들이 안전하게 자랄 수 있도록 어제 목재 난간 울타리 안의 땅을 말끔히 제초했다. 그 묘목들은 다음 세대다.

"넌 이 아이들 가운데 한 그루가 무럭무럭 자랄 수 있도록 보살펴주기만 하면 돼."

주크는 호니우드 오크에게 그렇게 말한 후 이번에는 묘목 옆으로 가서 다소곳이 꿇어앉는다.

"그리고 넌 800년 동안 이 아이들 가운데서 다른 한 그루를 잘 챙겨줘야 하고."

주크는 자기 머리를 묘목에 대고 친근하게 몇 번 부딪는다.

우리는 상수리나무의 남쪽으로 걸어가서 잠시 야생벌 떼를 올려다보고는 삼림지대 뒤편으로 방향을 튼다. 조만간 대대적인 간벌목 작업을 할 예정이다. 호니우드 오크는 더 많은 일조량을 누리며 눈부신 빛 테두리에 둘러싸일 것이다. 소나무 가운데 일부는 그대로 보존될 듯하다. 소나무의 늘 푸른 우듬지는 남서풍의 방풍막 노릇을 하기도 하니까. 그렇기는 해도 더 아래쪽에 헐벗은 몸통은 바람에 대한 저항력이 그리 크지 않다. 빈 공간에는 다른 나무들을 채워 배양할 게 틀림없다. 주크가 말한다.

"아마 백향목과 상수리나무를 심게 될 거예요."

나는 그가 몇 년 단위가 아니라 최소 10년에서 한 세기 정도 되는 먼 미래를 내다보고 있다는 것을 깨닫는다. 지금으로부터 한 세기 후를 한번 상상해본다. 상수리나무와 백향목과 소나무는 남쪽으로 늘어선 방어 요새 같은 형태를 이룰 것이다. 호니우드 오크는 한결 더 웅장하고 성숙한 자태로 계속 그 자리에서 살아갈 것이다.

아시아, 유럽, 북아메리카를 아우르는 초기 문명권과 상수리나무는 놀랄 정도로 밀접한 관계가 있다. 사람들이 사회적 형태를 확립하고 발전시켜 번창한 지역에는 어느 곳이든 그들 가까이에 상수리나무가 서식하고 있었다.[11] 이렇듯 상수리나무와 인류가 지닌 공통적인 특성 때문에 상수리나무가 자라는 곳이라면 어디서든 사람들은 나무와 인간을 동일시하는 신화적 특성을 다양한 방식으로 표출해왔다. 그게 소규모 공동체든, 국가든, 아니면 제국 전체든 마찬가지다. 상수리나무 잎사귀는 전 세계적으로 통용되는 상징물이다.

고대 유럽의 역사적·문화적 지층을 더 깊이 파내려갈수록 상수리나무 숭배가 실제로 얼마나 보편적이었는지 확인할 수 있다. 상수리나무가 어떻게 종교적인 요소로 작용했는지 알 수 있는 예는 많다. 고대 그리스에서 상수리나무는 신들의 아버지인 제우스와 긴밀히 관련되어 있었다. 그리스 북서쪽 도도나에 있는 제우스 신전은 모든 신탁의 사원을 통틀어 가장 오래된 장소 가운데 하나였다.

도도나 사원 한복판에는 오래된 상수리나무가 한 그루 있었다. 이곳에서 상수리나무 잎사귀가 바스락거리는 소리는 경배자들에게 속삭이는 미래에 대한 예언으로 알려졌다. 가장 오래전 그 시대의 역사 편찬에 나선 호메로스는『오디세이』에서 오디세우스가 도도나의 제우스 신전을 방문해서 겪

은 일에 관해 서술하고 있다. 그곳에서 오디세우스는 말한다. "저편에서 높다랗고 잎이 무성한 신목 상수리나무가 바스락거리는 소리로 전해오는 제우스의 뜻을 듣게 된다. 그것은 여러 해 떠돌아다닌 끝에 어떻게 그가 자기 고향인 이타카의 푸른 섬으로 돌아가야 하는지에 관한 내용이었다."[12]

관련 문헌에 기록되어 있는 고대 그리스와 로마 등 서유럽 세계의 상수리나무 숭배는 북유럽의 종교적 믿음이나 관습과 유사하다. 같은 시대 북유럽의 켈트족 사회에는 드루이드Druid라는 상수리나무 제사장이 있었다. '드루이드'는 인도 유럽어족에 속하는 켈트어로, 상수리나무의 '오크'를 의미하는 'dru'와 '이해하는 또는 알기 위한'이라는 뜻의 'wid'가 합쳐져서 형성된 단어다.

드루이드는 상수리나무에 대한 이해와 지식이 풍부한 사제들이었다.[13] 그들은 상수리나무의 인간 수호자였으며 사회에서 도덕적 선을 유지하려 할 때 나무의 중요성이 얼마나 큰지에 관한 문화적 이해도도 높았다. 드루이드는 상수리나무와 관련해 여러 가지 종교 행사와 의식을 집전했을 뿐만 아니라 나무를 보살피는 데 앞장서는가 하면 상수리나무의 정령인 드라이어드의 보호자 역할을 하기도 했다.

_9월 18일

해 뜨고 나서 두 시간 후.

완연한 가을 기운이 피부에 와 닿아 아침 해가 드리운 햇볕이 차가우면서도 맑다. 상수리나무 앞에 서 있으니 이른 아침의 감흥이 전율처럼 내 안을 뒤흔든다. 내 입김이 쪼그라든 해무처럼 동글동글한 안개 조각으로 응축된다. 상수리나무는 따뜻한 햇살을 쬐고 있다. 햇빛은 우듬지에서 꿈지럭거리는 모든 것 위로 스쳐 지나간다. 시커먼 딱따구리 구멍에서 빠져나와 일사불란하게 날아다니는 말벌들의 비행 대열이 은색으로 반짝거린다.

요즘은 1년 중에 말벌들이 가장 활개 치는 시기다. 놈들은 다른 종류의 벌 떼에게 달려들어 담쟁이덩굴에서 그들을 쫓아내고 꿀샘을 독차지한다. 그러면서 자기들 왕국은 늦여름 내내 떼 지어 날아다니며 호위한다. 그만큼 뻔뻔한 곤충이다.

파란색 박새 한 마리가 놀랄 정도로 파랗고 노란 원색을 과시하며 허공에서 날아다닌다. 그 모습을 보니 버지니아 울프의『올랜도』한 장면이 떠오른다. 올랜도가 노란 크로커스* 한

---

* 붓꽃과의 여러해살이풀로 사프란이라고도 부른다. 크로커스는 그리스 신화에서 스밀랙스(Smilax)라는 요정을 사랑해서 마음을 애태우다가 죽은 청년 크로코스(Krokos)가 변신한 꽃이라고 전해진다.

송이와 선연하게 파란 어치*의 깃털을 손에 들고 이 두 색조를 섞으면 어떤 빛깔이 나올지 궁금해 하는 장면이다. 나중에 내가 책에서 그 장면을 다시 펼쳐보려는 순간 나는 올랜도가 1568년에 집필을 시작해서 300년 가까이 작업해오고 있으며 지금도 그녀의 손에 들려 있는 시의 제목이 「상수리나무」라는 사실에 대해 그동안 까맣게 잊고 있었음을 깨달았다.

새하얀 새털구름 몇 가닥이 서쪽에서 몰려와 햇살을 흐트러뜨린다. 나무발바리 한 마리가 나선을 그리면서 상수리나무 몸통 한가운데로 거슬러 올라가고 있다. 나는 나무발바리가 하늘로 뻗은 남쪽 큰 가지를 휘감고 날아오르는 모습을 물끄러미 올려다본다. 녀석은 껍질 주변을 칭칭 휘감고 불안정하고 빠르게 지나간다. 어느새 상수리나무 꼭대기까지 높이 더 높이 빙빙 감아 올라간다.

나는 다시 스스로 철부지가 된다. 여기 혼자 남아 있는 자유에 도취되어 나는 고독할망정 이른 아침 햇살 아래 서 있는 기쁨을 기꺼이 누린다. 바람의 숨결이 우듬지를 내려다볼 만큼 높이 솟아 있는 잎사귀에서 간밤에 내리다 맺힌 빗방울을 후

* 까마귓과의 새. 온몸은 포도빛이 도는 갈색이고 머리에는 흰 바탕에 검은 가로무늬가 있다. 갓 부화한 새끼들은 송충이, 거미류, 청개구리와 여치 등을 먹고 어미 새는 도토리를 즐겨 먹는다.

드득 흩뿌려 내 얼굴에 끼얹는다. 그 감촉은 서늘하고 신선하며 감미롭기까지 하다.

내 지각은 그 순간의 기쁨으로 한데 녹아내린다. 내 머리 위 어딘가에 앉아 쉴 새 없이 '찌찌' 하고 신나게 지저귀는 파랑새를 보니 저 새는 내 즐거움을 잘 아는 것 같다.

발길을 돌리면 큰 호숫가와 넓은 울타리가 있는 정원 길을 따라 걷게 된다. 거기서 다시 잠깐이라도 보고 가려고 상수리나무에게로 돌아온 순간 나는 이제 진짜 가을이 왔다는 것을 실감한다. 피부를 스치는 공기의 감촉, 연노랑으로 물들기 시작한 나뭇잎, 한결 더 짙어진 그늘, 녹음 속에 깃든 구릿빛. 숲 저편에는 소나무 향이 정적의 한순간처럼 그윽하게 가라앉아 있다. 오목눈이 일가족이 비취색 솔잎 사이로 떼 지어 획획 날아다닌다. 녀석들은 이 나무에서 저 나무로 쏘아대는 화살처럼 빠르다.

_9월 28일

상수리나무의 보살핌

해가 지기까지 두 시간 전.

살살 마파람이 불어오는 게 아무래도 드문드문 끼어 있는 구름에서 비가 쏟아질 것 같다. 노을이 지려면 아직 시간이 좀

남았지만 벌써 하루가 다 저문 느낌이다.

나는 벤치에 앉아 서로 부딪치는 두 가지 욕망 사이에서 어떻게 해야 할지 고민 중이다. 상수리나무를 보살필 것인가, 아니면 상수리나무에게서 보살핌을 받을 것인가.

나를 사로잡은 불안감이 점점 커져간다. 내가 느낀 바를 딱 부러지게 표현할 수는 없지만 요사이 몇 차례 상수리나무를 찾을 때마다 내 안에서는 점점 더 이해 못할 고민이 심해졌다. 그 고민이란, 어떤 면에서는 상수리나무가 나를 보호해주고 있는 셈인데, 이대로 좋은가 하는 문제다. 잠시 동안 상수리나무 가지 아래서 해맑은 어린아이가 되어 뛰놀았던 내 모습을 돌아본다.

사실대로 털어놓자면 나는 이미 알고 있다. 내가 상수리나무를 그런 식으로 대할수록 오히려 그 황홀경을 파괴할 위험성이 더 커지기만 할 뿐임을.

이래저래 생각이 너무 많으면 오류에 빠지기 마련이다. 나는 자리에서 일어나 낮은 목재 난간 너머로 걸음을 옮긴다. 드립 라인, 우듬지의 파라솔 아래 선다. 위를 올려다보고 있으니 역시 나를 보호하듯 감싸주는 상수리나무의 그림자가 느껴진다.

한 시간 후, 나는 개울 건너에서 상수리나무를 유심히 살펴본다. 그러자 가을 색을 띠며 파리해진 나뭇잎이 조금 더 늘어났다는 게 눈에 들어온다. 몇 달 만에 만난 아버지 머리가 그 사이 희끗희끗해진 것을 본 심정이다. 호숫가 주목나무 밑에는 벤치가 하나 있다. 나는 상수리나무를 건너다본다. 나뭇잎이 또 하나 떨어진다. 까마귀가 떠난다. 어치도 날아오른다. 상수리나무에 도토리가 열리지 않는 시기가 또다시 찾아왔다.

낮은 목재 난간 위의 허공에서는 호커 잠자리 한 마리가 울타리로 에워싸인 공간을 가로세로 사등분해가며 휘젓고 다닌다. 마치 탁 트인 들판을 가로지르는 해거름 녘의 외양간올빼미처럼.

구름이 남쪽 하늘로 몰려든다. 빗방울이 떨어진다. 나는 주목나무 가지 밑에서 비가 그치기를 기다린다. 호숫가에서 늙고 깃털이 희끗희끗한 왜가리가 끊임없이 경계태세를 늦추지 않고 있다. 가을의 차디찬 숨결이 저녁 바람으로 물의 살결에 잔잔한 파문을 일으키면서 소름이 일도록 서늘하게 모든 것을 쓸어내린다.

나는 몸을 옹송그린다. 다리 위에서 회색 할미새가 샛노란 배를 들어올렸다 내렸다, 들어올렸다 내렸다 하며 어스름 속에서 강렬하고 화사한 깃털 빛깔을 뽐낸다. 창백한 백조 한 마리와 싱그러운 갈색 깃털을 흙탕물로 더럽힌 새끼 백조 네 마리가 호수에서 어두워진 하늘 위로 날아오른다. 그러고는 남쪽에서 몰려오는 차가운 빗물을 가르며 멀어져 간다.

_10월 2일

은거지에서 만난 딱따구리

나는 이끼로 뒤덮인 상수리나무의 북서면에 쭈그려 앉아 있다. 지면에서 한 뼘쯤 솟아 있는 바윗돌이 내 자리다. 거기 앉아 있으면 움푹 들어간 틈 사이로 등을 편히 기댈 수 있다. 여기는 내가 언제든 찾아와서 쉬거나 기도하면서 유유자적하게 머물다 갈 수 있는 신성불가침의 공간이자 은거지다.

줄지어 늘어선 잎사귀 아래로 딱따구리 한 마리가 검은 손가락 모양의 날개를 퍼덕거리며 지나가더니 내 뒤쪽 어딘가에 내려앉는다. 성치 않은 북쪽 가지 옆자리다. 우리는 나무줄기를 사이에 두고 정확히 서로 맞은편에 있다. 나는 껍질에 대고 몸을 수그린다. 몇 발짝쯤 떨어진 지점에서 딱따구리는 발에 힘을 꽉 주고 가지에 딱 달라붙어 있다.

나는 기다린다. 몇 분 후 울음소리가 터져 나온다. 꺅 하는 외마디 비명. 잠시 후 검은 망토 아래 붉은 연지를 찍은 잠자리가 어디론가 날아간다. 푸른 잎을 스쳐 지나가는 그림자가

보이는가 싶더니 이내 날아올라 저만치 멀어져 간다. 다리와 호수 위를 날며 높이 솟아올랐다 낮게 가라앉기를 반복한다.

＿10월 9일

진정한 그린맨

오늘은 마차 차고에서 결혼식이 있는 날이다. 주크가 마음 단단히 먹고 오라며 내게 미리 귀띔해주긴 했지만, 여전히 그 북새통 속에서 소리를 질러대는 아이들과 흥이 오른 취객들의 고함 소리는 충격으로 남아 있다.

상수리나무 옆에 있어도 어떤 식으로든 안정을 되찾기까지는 시간이 걸린다. 맑고 푸른 허공에서 솔잎이 잔뜩 어질러져 있는 바닥 위로 떨어진다. 솔잎은 마른 풀밭에서 아장아장 걷는 것처럼 살며시 바스락거리는 소리를 낸다.

결혼식 피로연 때 겪은 소음 후유증이 너무 크다. 그렇다보니 여기로 오지 않을 수가 없다. 냇가를 따라 아래쪽으로 향한다. 혼자 있기 좋아하는 어치가 동쪽에서 날아온다. 머리 위로 노랑턱멧새가 떼 지어 날아든다. 녀석들의 다급하고 전염성 강한 울음소리는 바람에 흩날리는 나뭇잎의 수런거림과 뒤엉켜 예리한 소리의 파편으로 우수수 떨어져 내린다. 이들이 그렇게 운다는 것은 가을이 깊어 간다는 뜻이다. 겨울이 오고 있다.

일주일 전, 나는 목재 화덕으로 쓸 통나무를 받았다. 지역 산림관리인 리처드 포드햄이 자기 동료에게 부탁하지 않고 직접 가져왔다. 사위어가는 빛 속에서 그의 낡고 붉은 토요타 트럭 짐칸이 열리자 통나무가 콘크리트 차도 위로 와르르 쏟아져 내렸다. 우리는 그 재목을 손에 쥐고 주물럭거려보았다. 나는 호니우드 오크에 대한 이야기를 꺼냈다.

포드햄은 나무에 관해서는 보통 사람들보다 훨씬 더 잘 알고 있다. 그는 소년 시절부터 나무와 함께 일했다. 내가 오랜 상수리나무의 벌목에 관한 이야기를 늘어놓자 포드햄도 관심 있게 듣는 듯했다.

"리처드 크로머크하고 이야기를 나눠보시는 게 어떨까 싶군요."

그가 입을 열었다.

"그분은 '만스'에서 일했어요. 제가 어렸을 때부터 나무에 대해 알려주시기도 했고요."

그는 잠시 입을 다물었다.

"아버지나 다름없는 분입니다, 저한테는."

포드햄은 나무더미에서 눈길을 들어올렸다.

"그분 전화번호를 알려드릴까요? 상수리나무에 관해서라면 선생한테 해주실 이야기가 많을 겁니다."

나는 창고에서 펜과 메모지를 찾다가 몽당연필과 낡은 펭귄 문고 한 권을 들고 돌아왔다. 그러고는 포드햄이 전해준 전화번호를 책 뒷장에 받아 적었다.

"나는 나무를 사랑해요. 암요, 그렇고말고요. 헌팅턴에 가면 나무가 한 그루 있습니다. 버드나무죠. 아마 세상에서 가장 경이로운 나무일 겁니다. 어마어마하거든요."

어슴푸레한 불빛 속에서 그가 초롱초롱해진 눈을 반짝거리며 그렇게 말했다.

그가 가고 나자 나는 방금 내 앞에 있던 자가 진정한 의미에서 '그린맨'Green Man인지, 아니면 현대판 드루이드인지 곰곰이 생각해보지 않을 수 없었다. 예배당 회중석에 앉아 위선을 떨거나 그 안에 숨는 대신 생기 넘치는 태도로 나무에 대한 사랑과 관록, 수년간에 걸쳐서 쌓은 숲에 대한 지식을 공유하려 하고 있으니.

_10월 12일

겨울의 진정한 침묵

상수리나무 옆에 바짝 다가앉아 평온한 서쪽 둥치에 몸을 기대고 있으니, 적요가 내려앉아 세상을 가로지른다. 요즘은 하루가 다르게 몇 분씩 날이 짧아지고 있다. 오늘부터 2주 안으로 날마다 한 시간씩 햇빛이 줄어들 게 틀림없다.

점점 더 일찍 해가 진다. 우리가 하루아침에 어둠 속으로 곤두박질치는 일은 없을 것이다. 날이 서서히 짧아질 뿐이다. 겨울 어둠은 조금씩 해를 가려 그 빛을 앗아가는 먹구름처럼 느린 속도로 지상에 정착한다.

호니우드 오크의 품에 안겨 있을 때는 정적만이 감돈다. 정적이 살금살금 주변에 스며들면 다른 모든 소리는 서서히 잦아든다. 거위, 담쟁이덩굴의 찌르레기, 전나무의 오목눈이 등의 유별난 울음소리가 멀리서 들려오지만, 이 소리도 점차 잦아든다.

자연은 고요하다. 자연이 우리에게 말을 걸어오는 것은 늘 있는 일이 아니다. 겨울에 말 없음은 한결 확연해진다. 눈 내리는 순간의 숨죽인 침묵이 얼마나 인상적인지 한번 떠올려 보라. 바로 그 순간이야말로 겨울의 가장 진정한 침묵이다.

크로머크에게 전화를 건다. 지금 호니우드 오크를 에워싸고 있는 터에 수백 그루의 오래된 상수리나무가 아직 살아 있던 60년 전 그 무렵에 관해 묻는다. 그는 스스로 기억하는 내용을 내게 들려준다. 그때는 지금과 판이한 시대였다. 그는 그때는 자기가 젊었다고 말한다.

일주일째 크로머크는 공제조합이 있는 얼스 클론의 하이 스트리트에 나와 서 있다. 그는 말쑥한 트위드 재킷을 받쳐 입고 목에는 양귀비가 수놓인 추모 상자를 둘러멘 모습이다. 그는 매년 그곳에 나온다. 나는 딸 몰리와 함께 지나가다 말고 멈춰 서서 크로머크에게 농담조로 거기 얼마 동안이나 머물러 있을 작정이냐고 묻는다. 아직 오후 반나절밖에 안 지났는데도 날씨는 벌써 발바닥이 얼어붙을 만큼 매서워졌다.

"그리 오래 있지는 않을 겁니다."

그는 그렇게 말하면서 자기 코끝에 맺힌 물방울을 훔친다. 그의 눈에서 번쩍하고 섬광이 스쳐 지나간다. 나는 전에도 다른 산지기에게서 같은 눈빛을 본 적이 있다. 그 눈빛은 숲에서 나무와 함께 한 시절을 보낸 사람들이 그 시절에 대해 서로 깊이 공명하고 있다는 징표일지도 모른다.

길 건너 상점의 친절한 직원이 그에게 차 한 잔을 건네주고 갔다. 우리는 그가 숲에서 일하던 시절과 마크스 홀 에스테이트에서 보낸 시절에 관해 다시 이야기 나누기 시작한다. 당시 오래된 상수리나무 벌목과 관련해서 물어보고 싶은 게 생각난다. 내가 한동안 궁금해했던 질문거리다.

"당시 사람들은 어떤 방식으로 상수리나무를 베어 넘어뜨렸나요?"

내 눈앞에는 어마어마하게 크고 예리하게 벼려져 있는 톱날을 상수리나무 몸통에 제각기 손으로 밀어 넣고 슬근슬근 썰어대는 이미지가 아른거린다. 나는 나무 중심을 통째로 베어내는 톱날 소리만이 고요한 숲속에 지속적이고 단조롭게 울려 퍼졌으리라 상상했다. 하지만 내가 틀렸다. 한순간 그렇지 않았을 거라는 생각이 들었다. 크로머크는 손수건으로 한번 더 코끝을 훔친다.

"그럼 체인 톱이 쓰인 건가요?"

나는 내가 어린아이 같다고 느끼면서 그렇게 물어본다. 정작 내 아이 몰리는 뒤에서 지나가는 강아지에게 손을 내밀며 놀고 있다.

"사람들은 체인 톱을 사용했어요. 물론 요즘 사용하는 체인 톱과는 조금 달랐지만요. 엄청나게 큰 중장비였어요. 두 사람이 들고 작업해야 할 정도였으니까요."

크로머크가 말한다.

그 말에 나는 오래된 상수리나무가 베어지는 동안 마크스 홀 에스테이트 숲속이 어떠했을지 상상해본다. 인부 두 사람이 받쳐 든 체인 톱, 상수리나무를 험악하게 내리찍는 도끼, 묵묵하고 흔들림 없이 목표에만 매진하는 사람들의 표정 등에 내 모든 감각이 휩쓸려간다. 지금 내 귀에는 상수리나무를 가르는 폭력의 소음과 기계의 으르렁거림만이 들려온다. 초기에 만들어진 체인 톱은 엄청나게 요란한 굉음을 내면서 상수리나무의 목피를 거쳐 속살까지 비집고 들어갔을 것이다. 그 살집을 단단히 파고들었을 테고 결국에는 뿌리에서 나무 전체를 베어내기에 이르렀으리라. 삼림지대에서 주크가 가리켜 보인 지면 위의 잔해가 기억난다. 티라노사우루스의 발자국만큼 거대했지만 실은 오래된 상수리나무가 베이고 남은 그루터기였다.

나는 양귀비 한 송이와 내 반코트에 달 배지를 산 후 크로머크에게 감사인사와 함께 늘 건강하게 잘 지내시길 바란다고 말한다. 그러고는 몰리의 어깨에 팔을 두르며 거리로 걸음을 옮긴다. 딸아이가 앞장서서 걸어가는 동안 나는 제자리에 남아 60년 전으로 돌아가서 차가운 날씨에도 저렇게 저 자리에 서 있는 이 다정한 사내가 상수리나무 숲에서 보냈을 유년 시절과 청소년기는 어땠을지 생각해본다.

_ 10월 16일

나무에 새겨진 세월의 고리

3주째 나는 상수리나무 품속으로 돌아와서 서쪽 면의 틈새에 몸을 파묻거나 나무 둥치에 등을 기대어 앉는다. 이제는 노을이 일찍 진다. 낮에도 잿빛으로 우중충하다. 구름이 낮게 드리워져 있는 탓이다. 4시 30분경이면 어스름이 깔릴 것이다.

오늘은 이곳에 도착해서 주목나무 산울타리 둘레를 따라 걷다가 냇가 경사지에서 미끄러져 멀거니 앞만 바라보고 있는 회색 기러기 떼와 마주친다. 비가 멎고 햇살이 비치기 시작한다. 맑은 하늘에 오렌지색 가로등처럼 떠 있는 태양은 희망을 기약하는 듯하다. 아직은 빗물에 모든 게 흠뻑 젖어 있다.

기러기 떼에서 상수리나무 쪽으로 눈길을 돌리자 시야에

들어오는 사물의 규모가 달라졌다. 나무가 그만큼 더 넓고 크게 눈앞에 들이닥친다. 1950년대 상수리나무를 모조리 베어 내고 심은 서쪽 소나무 열 그루도 얼마 전 베어졌다. 180미터쯤 떨어진 거리에서 보니 나무 몸통은 목재 더미로 잔뜩 쌓여 있고 그 몸통의 둥그스름한 밑면은 벌꿀 색깔로 윤이 난다.

호수를 가로질러 다리 너머에서 습한 공기가 알싸한 소나무 향을 머금고 떠다닌다. 베어진 지 얼마 안 되었기 때문인지 소나무 목재에서는 여전히 특유의 강한 향이 풍겨 나온다. 빗속에서도 마찬가지다. 바로 가까이에서 만다라 같은 소나무 몸통의 밑면을 들여다보면 완벽할 정도로 반질거리는 광택이 흐른다. 나이테에 나타난 동그라미 위의 동그라미에는 꼿꼿이 서서 하늘에 가닿으려 한 나무의 반세기 생애가 고스란히 새겨져 있다. 세월의 고리는 헤아리기 쉽다.

공간은 놀랍다. 한때 숲이었던 자리는 이제 빈터로 변해 있다. 지금부터는 좀더 세심한 관리가 필요하다. 상수리나무의 건강과 방풍림 조성을 집중적으로 꼼꼼히 챙겨야 한다.

몇 주 전 나는 주크와 긴 시간 동안 이야기를 나누었다. 남쪽과 북쪽에서 겨울바람과 폭풍 구름이 몰려오면 최악의 상황을 맞을지도 모르니 그는 방풍막 삼아 소나무 숲 일부를 남겨놓기로 했다.

서쪽 소나무 숲만 없애도 상수리나무가 누릴 수 있는 일조량은 훨씬 늘어날 것이다. '빛 테두리 두르기'는 바로 그런 의미였다. 봄이 오면 공간이 그 사이에 정말 넓어지고, 그 일대가 두 다리 쭉 뻗고 편히 쉴 수 있는 공간으로 변했다는 것을 상수리나무를 통해 실감할 것이다. 사람들은 하늘이 한결 넓어졌다는 것을 금세 알아차릴 것이다. 바깥으로 삐져나와 있는 서쪽 나뭇가지에 처음으로 돋은 새순은 이 노쇠한 나무가 새롭게 성장하기 시작했음을 알리는 징표로 여겨지리라.

한낮의 햇살이 사그라들었다. 밤낮의 길이가 변하고 시간의 흐름이 달라지면서 밝은 대낮에도 노을이 생겨났다가 평소보다 더 갑작스럽게 저물기도 한다. 빛이 환하게 머물러 있는 동안 나는 상수리나무 품에 파묻혀 새로 그어진 지평선을 응시한다.

소나무 벌목으로 서쪽 지평에는 대기와 햇빛만이 넘쳐난다. 소나무를 벌목할 때 떨어져나온 잔해 조각이 어둠 속의 뿌리 덮개나 상수리나무 주위의 부식토 더미 또는 드립 라인에서 생겨난 가지 둘레와 마찬가지로 내 발치에 부딪힌다. 그것은 이내 나무뿌리의 영양분이 되어 땅속으로 스며들 것이다. 허기에 내몰린 잡초도 여럿 먹여 살릴 수 있을 것이다.

_11월 6일

해질 무렵에만 마주할 수 있는 순간들과 한 번 더 마주한다. 차디찬 하늬바람이 개울 너머로 불어온다. 침엽수가 기둥처럼 늘어서 있는 야외의 공중주랑으로 집박쥐 떼가 날아든다. 녀석들은 불완전한 원을 그리면서 더 높이 날아올라 빛을 가리고 어둠을 재촉한다.

가을이 깊어간다. 상수리나무 위쪽 가지의 그늘에 가려 보이지 않던 구멍이 우듬지 잎사귀가 떨어지면서 거기 그렇게 있었다는 게 드러난다. 이제 상수리나무를 에워싼 숲의 뿌리 덮개는 빛이 사위어가는 와중에도 구릿빛으로 도드라질 만큼 켜켜이 쌓인 낙엽에 뒤덮여 있다.

회색 다람쥐 한 마리가 상수리나무 잎사귀 담요를 넘어 곧장 나와 잇닿아 있는 길로 맹렬히 돌진해온다. 녀석은 미끄러져 그 자리에서 멈칫하기도 하고 나뭇조각에 부딪히는가 하면 바닥에 나 있는 검은 발톱 자국을 짓이기기도 한다.

그러다 얌전히 멈춰 선다. 잠시 후 상수리나무 동쪽으로 멀찍이 달아나더니 열 발자국 위쪽에서 튀어나와 내 머리 위로 나무 부스러기를 흩뿌린다. 다른 놈 하나가 더 나타난다. 이번에는 울타리 난간의 반경을 전력 질주해서 돌고는 그대로 어디론가 달아나버린다.

　그러는 사이 기러기 아홉 마리가 저편으로 날아간다. 그 모습은 완벽하게 짜인 정적의 타래다. 잿빛과 대비되는 밤의 어둠이다. 색조가 점점 희미해져간다.

　이제는 막대세포를 통해서만 눈앞의 풍경들이 보인다. 그러면 시야에 잡히는 사물의 모습을 더 예리하게 볼 수 있지만 그 색채는 알 수 없다. 빛에 민감한 추상세포에서 야간 시력으로 감각이 옮겨가기까지 두 시간 정도는 이런 어둠이 지속될 것이다. 선명하기는 하지만 색채가 없는 상태, 마치 달빛처럼.

　_11월 17일

상수리나무 앞까지 가는 동안 해가 떠올랐다. 쌀쌀하면서
도 화창한 날이 밝았다. 지면은 성에로 덮여 있다. 서쪽 하늘
에 걸려 있는 달은 흐릿한 만월이다. 그 옆으로 하얗게 빛나는
구슬 하나가 보인다. 달 가까이 떠 있는 목성이다. 조짐이 아
주 좋다.

사이먼은 이미 와 있다. 상수리나무 남향에 사다리가 세워
져 있다. 6미터 정도 되는 높이다. 그는 외따로 떨어져 있는 가
지에 붉은 로프 한 가닥을 고리 모양으로 엮어 두르느라 바쁘
다. 우리는 악수를 한 후 오늘 아침 날씨가 화창하다며 몇 마
디를 나눈다.

"전에 등반 로프를 타보신 적이 있나요?"

사이먼이 묻는다.

"별로요."

내가 답한다.

우리는 랜드로버가 세워져 있는 쪽으로 걸어 내려간다. 그
가 정확히 몇 번이나 되느냐고 묻는다.

"실은 거의 없어요."

로프에 매달려 상수리나무 중심부를 향해 기어오르는 게
원래 내 계획이었다. 그저 거기 머물면서 시간을 보내기 위해,

여러 곤충과 새, 그밖에 다른 짐승이 들락거리는 것을 보기 위해. 이유가 더 있다면 상수리나무와 함께 있고 싶다는 것뿐이었다. 나는 상수리나무의 품에 안겨 시간을 보내기를 소망해왔다. 요즘은 대부분 상수리나무 서쪽의 신성불가침 영역 구석에 자리를 잡고 땅바닥에 눌러앉아 있는 편이지만. 나는 저 위에 앉아 그저 몇 시간만 보내다 내려올 생각이었다. 관찰하고 느끼기 위해서 말이다. 그러나 지금은 계획이 달라졌다.

"멜빵 같은 것으로 몸을 단단히 그러 매셔야 할 거예요. 선생이 저기 혼자 올라가도록 내버려두고 그냥 가도 괜찮을지 걱정되네요."

사이먼이 말한다.

사유지의 보험 관련 규약이 그러하다. 거기서 건강과 안전은 중요한 사안이다. 그러나 정작 내가 마음을 쏟고 있는 것과는 동떨어진 문제였다. 누군가 나무에서 떨어질까봐 두려움을 느낄 수는 있지만 그것은 어디까지나 나무에 기어오르는 일이 불안한 사람에게나 해당되는 말이다. 내게는 도가 지나친 걱정으로만 느껴진다. 내가 원하는 것은 일종의 초대다. 나에게 상수리나무의 몸체 속으로 기꺼이 뛰어들도록 할 호출의 몸짓이다.

나는 사다리 옆에서 기다린다. 사이먼은 우리가 6미터 정도 높이까지 안전하게 기어 올라가서 허공에 매달려 있을 수 있는지 확인해보고자 로프 장비를 갖추는 데 몰두한다. 나무 발치에서 그가 바닥에 떨어진 뭔가를 가리킨다.

"벌집이네요."

그가 말한다.

나는 그게 정확히 어디서 떨어졌는지 알고 있다. 바로 우리 머리 위로 시커멓게 나 있는 구멍이다. 그리로 야생벌 떼가 드나든다. 나는 낙엽에서 그 벌집 토막을 주워든다. 육각형 세포 구조가 불가능해 보일 정도로 완벽하다는 인상을 준다. 어떻게 벌이 이런 것을 창조할 수 있었을까. 나는 돌연 그 형태의 눈부신 아름다움에 감동한다. 벌집 토막을 코앞에 가져다 대본다. 그러자 경이로운 향내가 난다. 진하고 풍부하며 달콤한 내음이다. 그것은 신선하게 톡 쏘는 곰팡이류와 비슷하게 땅 속 깊은 곳에 푹 파묻혀 농익은 벌꿀 아로마 향이다. 나는 그 벌집 토막을 조심스럽게 상수리나무 발치의 나무 의자 위에 올려둔다. 나는 나중에야 겨우, 바로 그게 내가 그토록 기다려온 신호였다는 것을 깨닫는다.

상수리나무에게로 걸음을 옮기려는데 마치 내가 문턱 같은 것을 넘어서고 있는 듯한 느낌이 든다. 지표면에서 발을 떼고 위로 향하는 것, 그리하여 나무 위로 기어오르는 것은 또 하나의 영역, 또 하나의 전경 안으로 들어서는 일이다. 지반에서 위로 올라가는 것은 이 세계를 딛고 높은 곳에 우뚝 서는 일이다. 그래서인지 상수리나무에 비스듬히 세워져 있는 사다리 계단을 밟고 올라가는 과정이 마치 성스러운 걸음 같다.

"멜빵에 대고 상체를 뒤로 젖히세요."

사이먼이 말한다.

나는 상체를 뒤로 젖힌다. 그의 로프 요술은 우리가 유인원이라도 된 듯 허공에서 함부로 몸부림치거나 가지에 몸을 기대도 안전할 만큼 훌륭하다. 말도 안 되는 그네의 공중 부양술에 따라 우리 몸은 지면 위에서도 중심을 잡고 있다. 조금 걱정되긴 하지만 여기 이렇게 매달려 있어도 괜찮은지 확인하기 위해 우리는 방금 전 벌집이 떨어진 구멍 근처를 지나가 보기로 한다.

"공연히 말벌이 깨어나기를 바라지는 않으실 텐데요."

말벌 호위병이 우리를 보고 다급하게 지원 요청을 하는 상상에 배시시 웃음이 흘러나온다. 하지만 말벌은 계속 잠들어 있다. 실제로는 사람들이 벌이다. 여하튼 그렇다. 우연히 굴러들어온 벌집 토막이 왜 그런지 진실을 말해주고 있다.

6미터까지 올라보니 친숙하던 상수리나무 일대의 주변 경관이 확 달라 보인다. 이렇게 내려다보기 좋은 고도의 전망에서는 방풍림이 훨씬 더 빽빽하고 실체적인 침엽수림으로 다가온다. 땅에서 볼 때 소나무는 수목이라기보다 그저 공간만 많이 차지하는 말뚝이나 굵은 줄기에 지나지 않는다. 높은 곳에서 보니 숲을 더욱 푸르게 하는 데 소나무의 비중이 얼마나 큰지 알겠다.

계속해서 아래 펼쳐진 전경을 훑어본다. 호수는 더 넓어 보이고 개울은 훨씬 더 크게 곡선을 그리면서 사유지 토양을 가로질러 남쪽으로 빠져 나가고 있다. 하지만 다른 무엇보다도 가장 크게 달라진 것은 상수리나무 자체다. 가까이에서 둘러보니 시각적으로 원근감이 사라질 만큼 중심 가지와 그 잔가지의 크기가 상상 이상으로 거대하다. 사이먼은 남서쪽 가지로 자기 어깨를 둘러보려 하지만 어느 쪽으로든 손끝 하나 까딱할 수 없다.

"이 가지 하나만 해도 200년 이상 묵은 나무 같네요."

그가 말한다.

나는 드루이드와 그린맨에 관해 꾸준히 공부하고 있다. 사이먼은 꽤나 현대적인 드루이드의 후예다. 물론 그런 용어로 스스로를 규정하려 하지는 않겠지만. 숲의 자연인이라고 해서 덥수룩한 장발일 거라는 고정관념은 이렇게 현대적인 숲지기와 맞지 않는다. 그는 요새 일컫는 말로 수목 관리인에 더 가까운 사람이다. 나무에 대해 잘 알고 나무를 일거리 삼아 공들여 다루면서 자르고 다듬고 그 성장을 관리해주는 사람. 그렇기는 하지만 나무에 대해 뿌리 깊은 경의도 있고, 그러한 맥락에서 뭐라 말로 표현하기 어려운 나무의 영성이 그를 드루이드 선조와 이어주고 있다.

"당신이 나무에 혼자 있는 그 순간이 참 보기 좋을 것 같네요. 그것도 땅에서 벗어나 높은 위치에서."

그가 인정한다는 듯 그렇게 말한다.

그는 이전까지 한 번도 호니우드 오크에 올라와 본 적이 없다. 오늘은 하루 동안 다른 나무에서 벗어나 있을 최상의 핑곗거리가 생긴 셈이다. 우리는 칡넝쿨 같은 로프에 매달려 이런저런 담소를 즐긴다.

"조만간 저 라임나무에 얹혀사는 겨우살이를 제거해줘야겠어요."

그는 호수 너머 사유지 먼 동쪽을 가리킨다. 그리고 보니 키가 크고 흐늘거리는 나무들의 대로변 허공에 지저분한 겨우살이 뭉치가 붕 떠 있다.

"저건 조금씩 움직이기도 해요."

그가 미소 지으며 말한다.

우리는 나무발바리보다 더 커 보이는 상수리나무 잔가지

옆으로 기어 올라가서는 상수리나무의 심장부로 향한다. 그 것은 수 세기 전 중심 줄기의 맨 윗부분에 형성된 지점이다. 그 사이 동맥에 해당하는 가지가 손바닥처럼 활짝 벌어진 봉우리에서 솟아나 밖으로 뻗어나갔다.

나는 밑에서부터 저 세계 속으로 기어 올라가는 것을 늘 상상해왔다. 거기 파묻혀 밤낮을 보내면서 상수리나무를 전에 없이 더 가깝게 느낄 수 있도록. 지금 나는 거기 와 있다. 중심 가지 하나의 부러진 표면에 틈새가 나 있고 그리로 곰팡이 무리가 삐져나와 자라고 있다. 하얀 줄기에 진갈색 모자가 씌워진 모양새. 한 입 물어뜯긴 솔방울이 벗겨진 목피 아래로 하얗게 드러나 있는 상수리나무의 맨살 위에서 나뒹군다.

우뚝 솟은 이 공간은 더할 나위 없이 매혹적이다. 나는 여기 남아서 계속 살고 싶다. 이곳은 상수리나무가 품고 있는 세계의 전부나 다름없다. 상수리나무 안에 펼쳐져 있는 또 하나의 내면 풍경이 여기 있다.

나는 부엉이 펠릿*을 찾아보지만 보이지 않는다. 한때 가지

---

* 새들이 먹이를 먹고 소화하지 못한 것들을 게워낸 덩어리. 새들은 이빨이 없어 먹이를 씹지 않기 때문에 소화시키지 못한 것들은 모래주머니에 모여 덩어리로 뭉쳐진다. 펠릿에는 곤충의 외골격, 뼈, 털, 깃털, 발톱, 이빨 등이 들어 있다.

가 자라기도 했을 텐데 지금은 썩어서 생겨난 구멍에 구릿빛 잎사귀가 아무렇게나 널려 있다. 잎사귀는 얼마 전 대충 땜질하는 데 쓰였을 어른 발 크기의 시멘트 덩어리를 가리고 있다.

"지금 당장 어떻게 하려고 해서는 절대 안 돼요."

내가 찾아낸 것을 전해주자 사이먼이 그렇게 말한다. 수목을 관리하는 요령이 달라졌다.

나는 슬그머니 틈새를 들여다본다. 그 안은 연한 청록색과 라임 에메랄드 색조가 선연한 지의류地衣類로 덮여 있다. 햇빛이 힐끗 모습을 드러내자 초록빛에서 갈색으로 변한 나뭇잎 색깔이 반짝하고 비친다. 위에서는 비비 꼬여 있는 가지들이 파란 하늘 안에서 풀어헤친 마녀의 머릿결처럼 이글거리는 모양새로 팔랑거린다.

머리가 약간 어지럽다. 구릿빛 윤기가 도는 아칼리파 잎사귀의 융단과 상수리나무 그림자에 가려진 초겨울 햇살 한 자락으로 눈길을 돌린다. 여전히 바닥에는 성에가 하얗게 깔려 있다. 지금은 한 해가 저물어가는 시기다. 가을과 작별하자 여전히 살아 있는 나뭇잎의 초록빛에 적갈색이 덧씌워졌다.

땅으로 내려왔지만 아직 할 일이 하나 더 남아 있다. 사이먼은 상수리나무 옆에 나를 혼자 남겨두고 비품 창고로 향한다. 아스라이 까맣고 하얀 뭔가가 퍼덕거리면서 서쪽 방풍림 일대를 가로질러 다급히 날아온다. 그렇게 날아와서 소나무 줄기에 내려앉은 것은 오색딱따구리다.

나는 잘린 소나무 더미를 끼고 녀석의 눈부신 다홍색 꼬리를 가까이 볼 수 있는 거리까지 살금살금 다가간다. 소나무의 영혼이 싸늘하게 어려 있는 방풍림 쪽 각도에서 보니 상수리나무에 비스듬히 세워져 있는 사다리는 퍽 기묘한 인상을 풍긴다. 사이먼이 랜드로버를 타고 돌아온다. 손에는 줄자가 들려 있다. 마지막 의식 절차로 우리는 숲 지표면에서 1미터 정도 떨어진 높이에서 5월의 리본처럼 상수리나무 몸통 둘레를 줄자로 두른다.

"8.6미터."

사이먼이 외친다.

이 수치는 800여 년의 세월과 상응한다. 과연 우리가 짐작한 대로다.

_11월 30일

우리에게 상수리나무가
베풀어준 공간

상수리나무가 전해준 깨달음

호니우드 오크 곁에 머물러 함께하는 생활은 우선 내게 아무런 거리낌 없이 자연의 세계에서 살아가며 그에 관해 사색할 수 있는 공간을 베풀어주었다. 분주하고 번잡하게 돌아가는 일상에서 한발 물러나기는 쉽지 않다. 시골 마을 사유지의 평화로운 군락지에서는 자연에 눈길을 주는 게 그다지 어렵지 않았다. 상수리나무처럼 지나치게 과묵하긴 해도 엄청 듬직한 상대 옆에서 함께 지내다보면 나는 너무 즐거워서 황홀할 지경이었다.

상수리나무가 살아가는 방식과 그 생태계에 대해 알아갈수록 전율이 나를 사로잡았다. 계절이 변하든 말든 내내 이 오랜 나무의 자애로운 그늘에 안겨 살아간 온갖 생명들의 군집 생활도 가슴 설레는 감흥을 자아냈다.

나는 자연의 경이로움에 푹 빠져 들었다. 상수리나무 곁에 다녀올 때마다 거기서 보낸 매순간을 노트에 일기처럼 기록해두기 시작했다. 그 노트에는 우연히 마주친 시, 수상록, 소설, 역사서, 철학 저술 등에서 뽑은 문장들도 한데 모아두었다. 그 문장들은 상수리나무에 대해 언급하면서 나무가 우리에게 의미하는 바나 우리가 사는 세계에서 그 나무가 얼마나 중요한 역할을 하는지 일깨워주는 내용이었다. 나는 호니우드 오크의 삶의 방식을 이제야 비로소 알아가고 있다. 내가 호니우드 오크에게 매혹되었던 게 아니었나 싶다.

나는 이 일대에서 오래도록 서식한 다른 상수리나무에 대해서도 알아보고 싶었다. 나무들은 이 땅에서 수백 년 동안 살아왔다. 그것은 우리 인간이 여러 세대에 걸쳐 수 세기 동안 그 가지 밑에 머문 체험을 이어왔다는 의미였다.

나는 장대하고 두툼한 고서들을 찾아냈다. 그 책들에는 오래된 상수리나무의 복합적인 초상이 담겨 있었다. 어떤 나무는 대단히 생기 넘치는 삶을 유지했는가 하면 또 어떤 나무는 일찌감치 쓰러져 사라지고 말았지만, 그런 나무들조차 이 뚝심 있는 저자들의 손끝을 통해 영원히 살아남았다.

내 상수리나무 일기는 온갖 목록으로 불룩해졌다. 나는 상수리나무 안팎에서 살아가는 식물과 동물에 대해서도 알아보고자 했다. 무수히 많은 식물과 생명체에 대해 읽고 썼다. 오래된 상수리나무 주위에서 그것들을 보고 체험했다. 내 노트의 지면이 빼곡히 채워지는 동안, 상수리나무가 살아가는 방식에 대한 경이로움이 더 자라났다는 것, 그리고 그런 체험은 이전 세대에 살았던 사람들의 마음이 반영된 것이라는 사실을 깨달았다. 그와 같은 깨달음을 통해 고마움을 느낄수록, 나의 깨달음은 더욱더 커져갔다.

로마 저술가 플리니 디 엘더의 설명을 참고해본다. 그는 브리튼에 사는 켈트족의 생활방식과 그들의 상수리나무 숭배에 대해 가장 오래된 문헌 주석을 남긴 기록자다. 그는 서기 77년 『백과전서』를 집필하기 시작했다. 베수비오 화산 폭발로 그가 사망하기 2년 전이었다. 플리니는 세계의 온갖 사상事象에 관하여 다룬 이 방대한 저작에서 켈트족의 상수리나무 관습에 관한 이야기를 한 꼭지에 걸쳐 서술한다.

"드루이드는 겨우살이와 자라고 있는 나무보다 더 성스러운 것은 아무것도 없다고 고집하는데, 그 나무는 상수리나무라고 규정되어 있다."

드루이드에게 가장 거룩한 경외의 대상은 상수리나무였다.

그들은 의식을 거행할 때 온갖 노력과 정성을 다했다. 드루이드 대제사장은 하얀 사제복을 입고 상수리나무 위로 기어 올라가서 황금 낫으로 겨우살이를 베었을 것이다. 그러고는 신성한 초목과 열매를 나무 밑에 깔린 하얀 망토에 모았을 것이다. 겨우살이는 척박한 토양의 짐승을 먹여 살릴 사료였을 뿐 아니라, 알려진 모든 독극물의 해독제로도 유용하게 쓰였을 것이다.

플리니는 '달이 닷새째 여무는 날' 신성한 상수리나무에서 겨우살이를 베어내 모으자는 합의가 어떻게 이루어졌으며, 의식이 거행되는 동안 겨우살이를 다 모으자마자 흰색 황소 두 마리를 제물로 바치는 절차가 어떻게 생겨났는지 밝히고 있다.[1]

거대한 상수리나무 아래 희뿌연 보자기가 깔려 있고, 유령 같은 달빛이 황금 낫 위로 스쳐 지나가기를 기다린다. 그 순간 높은 가지에서 겨우살이를 베어내는 상황은 눈을 감고 쉽게 떠올려볼 수 있는 장면이다.

빅토리아 시대에 이르러 플리니가 남긴 기록에 폭넓은 독자가 새로이 생겨났다. 그 시대의 선구적인 문화인류학자 제임스 프레이저경이 드루이드와 그들의 상수리나무 숭배에 대한 플리니의 기술을 재조명하기 시작한 것이다. 그는 즉각적

으로 고대 브리튼의 사제 명칭에 대한 혼란부터 말끔히 정리
했다. 플리니는 그 어원을 혼동했다.

"플리니는 '드루이드'란 명칭을 '오크'라는 뜻의 그리스어
'drūs'에서 끄집어내고 있다. 그는 '오크'라는 뜻의 켈트어
가 따로 있었다는 점, 그러므로 '드루이드'는 그리스어에서
빌려온 말이 아니라 상수리나무 사제라는 의미의 순수 켈
트어에서 비롯되었다는 점을 모르고 있었다."[2]

프레이저경은 『황금가지』를 통해 선사시대에 유럽 전역에
걸쳐 서로 다른 사람들 사이에서 '나무 숭배'가 얼마나 생활
화되어 있었으며, 얼마나 자주 상수리나무에 대한 특별한 숭
배가 이루어졌는지 지적한다.

프레이저경은 고대 그리스 플라타이아이의 보이오티아 사
람들에 대한 이야기를 들려준다. 그들은 '소^小다에달라'^{Little Daedala}로 알려져 있는 축제를 열었다. 프레이저경은 보이오티
아 사람들 모두 나무들이 "거인만 한 허리 둘레"로 우거져 있
는 "옛날 상수리나무 숲"으로 몰려갔을 것이라고 주장한다.
숲에 갈 때면 그들은 "약간의 구운 고깃덩이"를 빈터에 놔둔
후 몇 발짝 물러나서 새들이 그 먹잇감으로 몰려드는 모습을

지켜보았을 것이다. 갈까마귀 한 마리가 나타나서 고기를 물고 가면 그 갈까마귀가 내려앉은 상수리나무로 다른 새들도 잇따라 몰려들었다. 그러고 나면 그 나무는 곧 베어졌다.

그 나무 목재 가운데 몇 개를 골라 신부 형상을 조각하는 데 사용했다. 그 조각상은 거세된 황소가 이끄는 손수레에 신부 들러리와 함께 실렸다. 손수레는 아소포스강 유역으로 물러났다가 얼마 후 "피리 불며 춤추는 군중"이 따라다니는 도시로 돌아갔다.[3]

당시 사람들은 이 상수리나무 조각상을 6년마다 한 번씩 열리는 '대大다에달라'Great Daedala가 거행될 때까지 소중하게 보관했다. 소다에달라 때 모은 상수리나무 조각상은 모두 키타이론산 정상으로 옮겨져 대다에달라 행사를 위해 특별히 설치된 목조 제단에 쌓였다. 제물로 바칠 짐승과 모조리 수거한 상수리나무 조각상은 수십 킬로미터 밖에서도 눈에 띌 만큼 어마어마한 불길에 휩싸였다.

고대에 새와 상수리나무를 연결 짓는 것은 흔한 일이었다. 갈까마귀가 택한 상수리나무는 제물로 바쳐지게 된다. 보이오티아 사람들은 단지 그 선택을 지켜보는 구경꾼에 지나지 않는다. 로버트 그레이브스는 『하얀 여신』에서 상수리나무와 드루이드에 대해 다루면서 다음과 같은 세부 정보를 덧붙였다.

"굴뚝새$^{Drui-én}$는 드루이드의 조류다. …또한 굴뚝새는 상
수리나무의 영혼이기도 하다."[4]

살아 있는 상수리나무 신령

고령의 상수리나무 두 그루에서
아주 가까운 오두막 굴뚝이 연기를 피워 올리네.
• 존 밀턴,「알레그로」[5]

일요일이다. 습한 겨울 햇살이 상수리나무를 비껴간다. 이
제 남아 있는 나뭇잎도 얼마 없다. 나는 나무 동쪽, 불룩 솟아
오른 옹이 위에 앉아 있다. 어치 한 마리가 졸면서 비행하듯
느긋하게 북쪽 소나무 숲으로 날아간다. 나는 낮게 비치는 햇
살 속에서 각다귀일지도 모를 벌레 한 마리가 나선형으로 뱅
글뱅글 돌고 있는 모습을 멀거니 바라본다. 겨우살이 뭉치가
라임나무 위에 내려앉아 있다.

노트를 다시 읽어보다가 이 계절에 딱 맞는 상수리나무 관
련 구절을 발견했다. 존 클라우디우스 러든의『수목원과 브리
튼 관목 덤불』에서 뽑은 한 대목이다.

"바알*은 로마의 사투르누스**와 동급으로 여겨졌다. 바알의 축제는 크리스마스에 거행되었고, 축제가 벌어지는 때는 농신제 기간이었다. 드루이드는 영원히 타오르는 불을 지키는 무리가 되기를 자처했다. 그리하여 매년 사람의 손으로 지핀 불이 꺼질 때면, 드루이드의 신성한 불을 빌려 다시 불을 붙였다."

러든에 의하면, 바로 여기서 '성탄 장작'the Yule log의 전통이 유래했다. 이와 같은 기원을 토대로 사람들은 크리스마스 때면 새 나무 장작으로 불을 지피다가 그것이 다 타서 없어지기 전 아궁이에서 빼냈다. 이듬해 크리스마스 날 불을 지피기 전까지 보관해두기 위해서였다. 그렇게 오랜 옛날 브리튼 드루이드의 신성한 불 관습은 크리스마스 시기에 성탄 장작을 사용하는 전통으로 이어져왔다. 당연한 말이지만, 성탄 장작으로는 오로지 상수리나무 목재만 사용해야 했다.

나는 내 나무 화덕을 물끄러미 바라보며 영원히 타오르는

---

* 켈트족이 숭배하는 불의 신. 고대에는 바알을 위해 크리스마스 축제를 거행했다.
**고대 로마의 농경의 신. '씨를 뿌리는 자'라는 뜻으로 그리스 신화의 크로노스(제우스의 부신)와 동일시되었다.

불과 상수리나무에 얽힌 성탄 장작 전통을 다시 한번 되새겨 본다. 지금도 사람들이 크리스마스 때마다 성탄 장작을 때는지 궁금하다. 아마도 우리는 그래야 할 텐데. 어쩌면 그렇게 하지 않아서 지금 우리가 잘못되어가는 것인지도 모른다.

나는 상수리나무에 대해 러든이 던져주는 깨달음의 조각 하나를 더 찾아낸다.

"드루이드의 경배는 일반적으로 한 그루 상수리나무 아래서 행해졌다. 수직으로 세워진 바위 더미 위로 신성한 불이 지펴졌고, 그 불은 돌무덤cairn이라 불렸다. …기둥의 핵kern과 도토리acorn에서 비롯된 말이었다."[6]

나는 고대 풍습에 관한 책을 좀더 많이 읽고 그에 대해 자세히 알려고 했다. 그 결과 여러 대륙에서나 우리 삶 전반에 걸쳐서도, 고대 인류가 오늘날의 우리보다 얼마나 더 상수리나무와 긴밀하게 연결된 세상에서 살았는지 확실히 깨달았다.

구석기 시대부터 초기 산업화 시대에 이르기까지, 우리는 상수리나무에 의존하면서 이 나무에 대한 경배를 체화해 살아왔다. 종교적 관습의 중심에는 우리 공동체 생활의 바탕으로 깔려 있는 상수리나무에 대한 찬미가 자리하고 있었다. 우리 공동체에서 가장 사려 깊은 현자와 지도자는, 살아 있는 인간과 상수리나무 신령이 그러하듯, 우리 사이의 유대 관계가 더욱 돈독해지도록 북돋아주는 데 이바지한 이였다.

그것은 요즘 이교도라고 불리는 생활방식과 관습이었다. 나는 얼마 전 '이교도'pagan라는 단어가 '촌 동네 출신'을 뜻하는 라틴어 'pagus'에서 파생되었다는 사실을 알게 되었다. '문명화된' 사람들이 중소도시나 대도시에서 사는 이들인 데 반해, '이교도들'이란 그저 대도시 담벼락 너머 촌 동네 거주민일 뿐이었다. 얼마 되지 않은 과거 몇 세기 동안 사람들은 전 세계 전체에 걸쳐 점진적으로 도시로 이주해왔다. 이러한 인구 이동 현상은 자연과 태생적 결속 관계를 맺고 살아왔던 인간을 자연 세계와 멀어지게 하는 하나의 요인이 되었다.

브리튼에는 로마 사람들이 밀려들기 전까지만 해도 도시라 할 만한 곳이 거의 없었다. 나라 전체가 시골 마을의 삶을 중심으로 돌아갔다. 용어의 정의상 거기 모여 사는 주민들은 모두 이교도였다. 유일신 종교가 이들의 종교 생활을 억압하고 통제하기 시작하자 상수리나무 신령을 경배하는 행위에 위협을 받게 되었다. 그뿐만 아니라, 사람들이 도시에 모여 살게 되면서 삶의 터전 또한 송두리째 뿌리 뽑혔고 숲, 땅, 그리고 상수리나무와도 멀어지게 되었다.

기독교가 도래하면서 사람들과 상수리나무의 관계를 재정립하는 일은 불가피했다. 그러나 기독교 예배당과 상수리나무의 관계가 무 자르듯 늘 단순명료하기만 한 것은 아니었다. 복음의 오크는 전도사가 신도들을 모아놓고 야외 예배를 드리는 마을 어귀에서 나무로 된 표지의 성막이기도 했다. 상수리나무는 궂은 날씨에는 가지로 비를 막아주었고 화창한 날씨에는 햇빛을 피할 수 있도록 그늘을 만들어주었다.

　유럽 전역에 걸쳐 웅장한 예배당과 성당에는 상수리나무 기둥이 세워져 있었다. 그 기둥에 음각으로 새겨진 그림을 보면 당시 그린맨의 모습과 특징이 어떠했는지 알 수 있다. 인간의 형상과 상수리나무 잎사귀와 가지가 한데 뒤엉켜 있는 모습은 당시 기독교성전에서 흔히 볼 수 있는 그림이었다. 일부 영국 교회에서는 복잡한 형태로 새겨진 식물 그림 아래 나뭇잎 머리를 하고 정교하게 위장한 그린맨의 모습이 나타나 있다. 지금까지 그림에서 발견한 그린맨 형상 다수는 고대 로마의 숲과 들판의 신 실바누스의 분신으로 볼 수 있다. 이렇듯 기독교는 나무들, 그중에서도 특히 상수리나무와 밀접하게 연관되어 있었다. 나뭇잎 모양의 머리는 모든 그린맨 모티프의 일반적인 형태며 그 발단은 보통 서기 1세기경의 로마 예술까지 거슬러 올라간다.[7]

그린맨의 재현 방식은 인간 본성이 야생에 투사되어 나타난 상태를 떠올리게 하기도 한다. 이런 측면은 모든 문명화 과정에서 어떤 형태로든 자주 눈에 띈다. 5,000년 전 메소포타미아 문명이 그 발원지다. 가장 오래된 문학작품의 하나인 『길가메시 서사시』에는 엔키두 형상이 등장한다. 나는 인류 최초로 이야기를 기록하는 데 사용된 점토판의 설형문자가 어떤 모양새일지 상상해본다.

엔키두는 야생아였다. 짐승들 사이에서 자라다가 서서히 문명 생활권으로 옮겨온 인물이었다. 어쩌면 엔키두야말로 그린맨의 원형이었을지도 모른다. 설령 그렇다 하더라도 야생아는 훗날 유럽 전역에 출몰하는 그린맨보다 훨씬 더 강렬한 풍모를 보여준다. 야생아가 도시에서 문명화된 인간과 상반된 대척점에 서 있다면―도시적인 길가메시와 대비되는 엔키두의 존재―그린맨은 숲에 대한 영적 차원의 의인화였다.

숲에서 멀어진 그 순간부터 우리는 각자의 영혼 속에 그린맨을 새겨넣은 셈이었다. 그래서인지 그린맨은 다양한 형태로 변주되어 나타났다. 로빈 후드의 절친한 동반자였고 삼림지대의 정령이었다. 셰익스피어의 『한여름 밤의 꿈』에서는 장난꾸러기 도깨비였다. 14세기 아서왕의 서사시에서는 가와인 경 옆을 따르는 '녹색 기사'로 등장했다. 숲속 노인이기도 했지만 나뭇잎 광주리에서 난데없이 튀어나오는 개구쟁이기도 했다. 그린맨은 인간이 되어 지상으로 내려온 드라이어드였고, 기독교 시대에도 여전히 상수리나무 안에서 살아남아 현현하는 드루이드 신의 성령이었다.

그린맨은 '그린 우먼'Green Women이나 '그린 칠드런'Green Children으로 받아들여질 법한 모습을 띠고 있기도 했다. 그렇게 해서 이뤄진 오크 정령 일가족은 우리들의 주거지 옆이나 문화적 집단무의식 안에 서식하는 숲과 나무를 터전 삼아 계속 살아가고 있다. 이따금 '그린 칠드런'은 사람들에게 실제로 목격되기도 했다. 13세기 수도승 코게샬의 랄프는 자신의 책 『영국교회 연대기』를 통해 서픽의 한 마을에서 발견된 두 아이에 대해 전해 내려오는 이야기를 들려준다. 서픽은 야생 짐승을 포획하기 위해 부근에 파둔 함정이 많아 '세인트 매리 오브 울프피츠'St Mary of the Wolf-Pits(지금은 줄여서 늑대 구덩이란 뜻의 '울프피츠')로 불리기도 한 곳이다.

어느 날 두 아이가 그 구덩이 부근에서 발견되었다. 그 아이들은 낯선 언어를 사용했고 피부색도 푸르스름했다. 언뜻 보기에도 병색이 짙은 소년은 얼마 지나지 않아 죽었다. 하지만 살아남은 소녀는 세월이 흘러 영어로 말하는 법을 배웠고 자기들이 다른 곳에 살다 어떻게 해서 여기까지 오게 되었는지

털어놓았다. 소녀는 자기가 살던 곳에서는 사람들의 피부색이 모두 푸르스름하다고 말했다.[8]

그다음으로는 피터 더 와일드 보이의 일화가 있다. 1725년 독일 하노버 근방 삼림지대에서 발견된 소년은 열두 살가량 된 듯했고 외관상 수년 전 이 숲에서 부모에게 버림받은 후 나뭇잎을 먹으며 생존해온 것으로 여겨졌다. 푸르스름한 피부 빛깔은 아이가 야생에서 뒹굴며 살았다는 것을 여실히 가리키는 증거였다. 아이는 거의 벌거벗다시피 한 몸으로 엉금엉금 기어 다녔고 아무 말도 할 줄 몰라서 조너선 스위프트나 대니얼 디포 같은 작가들의 관심을 자아냈다. 그들은 이 놀라운 존재에 대해 "순전한 자연 상태 그 자체"라고 썼다.

영국 국왕 조지 1세는 아이를 왕궁으로 데려오라고 명했다. 그때 그려져 그림으로 남아 있는 피터의 모습을 보면 영락없는 '그린 칠드런'이었다. 초록빛 코트를 두른 아이의 손에는 상수리나무 잎사귀와 도토리가 들려 있었다.[9]

그러한 '그린 칠드런'은 앞으로도 계속해서 내 뇌리에 들러붙어 나를 뒤흔들어놓을 것 같다. 나는 내가 그들에게서 달아날 수 없다는 것을 알고 있다. 그들의 이상한 내력과 범상치 않은 삶에 대해 더 자주 늘어놓을 수밖에 없을 것이다.

_12월 16일

습한 우기가 지나고 하루에 한두 시간 정도나마 겨울 햇살이 내리쬐니 날아갈 것 같은 기분이다. 호니우드 오크는 이제 나뭇잎이 다 떨어져 거의 나목에 가깝다. 시끄럽게 꽥꽥거리는 회색기러기 한 무리는 호수 옆 잔디밭을 자유로이 돌아다니다 진창에 빠져 뒤엉켜 있다. 검은코캐나다 거위 두 마리가 생떼 쓰는 아이에게 지친 부모처럼 질렸다는 듯 시끄럽게 꽥꽥대는 회색기러기 옆을 종종걸음으로 지나간다. 그러거나 말거나 활력이 넘치는 회색기러기 떼는 자기들끼리 재잘대기를 그치지 않는다.

나는 벤치에 앉아 있다. 남아 있는 소나무 가운데 한 그루가 내 뒤쪽으로 지나가는 바람을 맞더니 야밤의 낡은 목조 계단처럼 음산하게 삐걱거린다. 나무 뒤쪽으로 보이지 않는 새 한 마리가 날아다니는데 그 울음소리로 보아하니 오목눈이 같다. 서쪽에서는 외로운 갈색 잎사귀 한 장이 허공에 매달려 뱅글뱅글 몸부림치다 결국 가지에서 떨어져 나간다. 그것은 빙글빙글 돌아 포물선을 그리면서 낙하하더니 이윽고 호니우드 오크에서 떨어져 나와 겹겹이 쌓인 잎사귀 부스러기의 융단 위에 안착한다.

_1월 4일

요정들이 사는 보금자리

추운 날씨다. 눈이 내린다.

오색방울새 여러 마리가 옛날에 둥지를 틀던 저택 부지를 지나 상수리나무 묘목 위에 얼어붙은 듯 꼼짝도 하지 않고 앉아 있다. 호니우드 오크로 걸어가는 동안 녀석들의 애처로운 울음소리가 들려온다.

눈은 어제저녁 어스름이 깔리는 동안 때맞춰 같이 내렸다. 은빛 눈송이가 엄청 크고 하얀 달걀껍데기처럼 허공을 가로지르며 쏟아지더니 이내 바닥 위에 희뿌연 눈 더미로 켜켜이 쌓였다. 바람이 들이치지 않는 상수리나무 가지 밑에서 서쪽과 마주보며 나는 마차 차고를 등지고 앉아 있다. 이쪽 지면일대는 여전히 잔설로 뒤덮여 있다. 녹은 얼음 방울이 나무 꼭대기 높이 감춰져 있는 수도꼭지에서 똑똑 떨어져 내린다. 떨어질 때마다 요란한 소리가 나는데다 지저분하기까지 한 석탄 빛 물방울이다. 상수리나무의 우산 아래서 둘러보니 눈이 녹아내린 자리의 표면 안쪽에 단검으로 파놓은 구멍들도 언뜻언뜻 보인다.

한동안 오후의 태양이 찬연한 오렌지 빛 테두리를 두르고 이글이글 타오른다. 그러다 어느새 소나무 숲 저편 구름 뒤로 자취를 감춘다. 회색기러기 떼는 머리 위로 정적을 깨뜨리며

저물어가는 해를 가로질러 날아간다.

녀석들의 비행에 빛살이 쪼개진다. 북쪽에서 눈구름이 몰려온다. 묘하게도 뭔가 내세적인 기운이 나를 압도한다. 마치 내가 다른 현실 속으로 미끄러져 들어온 것처럼, 괴이한 꿈에 휩쓸리고 만 것처럼.

존 키츠는 자신의 시 「다시 한번 『리어왕』을 읽으려고 앉아서」에서 애원한 바 있다.

"오래된 상수리나무 숲을 지나갈 때면
부디 내가 황량한 꿈속에서 헤매지 않도록 해주오."[10]

꿈의 배경으로 숲을 끌어들이는 것은 새로운 발상이 아니다. 산림과 숲은 오래전부터 도깨비와 정령, 요정과 꿈, 변신의 장소였다. 셰익스피어는 『한여름 밤의 꿈』에서 그렇다는 것을 훌륭히 보여준 바 있다. 그렇기는 하지만 키츠는 "황량한 꿈"과, 열매가 풍성한 꿈 사이를 구분 짓는다. 오래된 상수리나무 숲은 양쪽을 모두 불러들인다. 하나는 반갑지만, 다른 하나는 아니다.

세계 각지의 요정 설화 몇 편을 모아 한 권에 묶은 1828년의 저작 『요정 신화』에서 토머스 키틀리는 레지널드 스콧의 초기 연구서 『마녀의 발견』에 언급된 정령들을 체계적으로 목록화해 제시한다. 그 명단에는 키틀리의 주석에 따라 '상수리나무 속 인간'으로 알려진 존재도 포함되어 있다. 키틀리는 다른 근거자료를 살펴보기 전에 그 대상이 아마 '퍽'^{Puck}*일 것이라고 유추한다.

> 그자가 가라사대, 여기 상수리나무 안에
> 푸케^{Pucke}가 바쁘니, 망토를 돌리시라.[11]

이것은 묘한 시어를 즐겨 쓴 주교 리처드 코베의 시 「북쪽 통로」 가운데 한 구절이다. 망토를 돌리라는 것은 망토를 뒤집어 입으라는 뜻인데 이는 요정의 수작에 말려들지 않기 위한 주술적 대응으로 보인다. 물론 왜 그래야 하는지는 도무지 알 수 없지만, 그런 대응방식은 영국의 전통적인 구전 운문에 면면히 이어져 온다.

> 오랜 상수리나무 안에

---

* 영국 민화에 나오는 장난꾸러기 꼬마 요정.

요정 주민들이 사니

망토를 뒤집어 입어라.

앞 인용구의 '푸케'는 셰익스피어의『한여름 밤의 꿈』에 등장하는 퍽과 동일한 요정이다. 그것은 종종 로빈 친구 또는 그냥 로빈이라는 이름으로 통하기도 한다. 셰익스피어는 스콧의『마녀의 발견』을 읽었을 확률이 높다. 1584년 처음 출간된 이 책은 16세기와 17세기를 거치는 동안에도 유명 도서로 남아 있었기 때문이다. 따라서 우리가 셰익스피어에서 읽은 '퍽'은 스콧의 '상수리나무 속 인간'을 장난스럽게 변주한 캐릭터일 수도 있다. 바꿔 말하면, 고대 브리튼과 그리스 신화의 오크 드라이어드를 재해석한 인물이라고도 할 수 있는 것이다.[12] 몇 세기 후 러디어드 키플링의『푹 언덕의 퍽』*Puck of Pook's Hill*에 등장한 퍽은 작중에서 스스로를 "잉글랜드에서 가장 오래되고 오래된 몸"으로 묘사한다.[13]

어떤 때 요정은 짓궂게 굴기도 하고, 또 어떤 때는 그저 장난기로만 똘똘 뭉쳐 있기도 하다. 마을 주민들은 오래된 상수리나무 안에 요정이 산다고 굳게 믿었다. 실제로 거기 요정이 있다고 느끼기도 했다. 요정들은 어딘가 오래된 상수리나무가 있어 보금자리를 꾸릴 수만 있다면 도시로 뛰어드는 모험도 마다하지 않았다. 엘시 이네스의 『켄싱턴 정원의 상수리나무 요정』은 그 정황을 아래와 같이 전해준다.

"아주 작은 요정 사람들이 런던으로 몰려왔어요.
여러분은 켄싱턴 정원의 오래되고 오래된 상수리나무에서
요정들이 사는 보금자리를 본 적이 있나요?"[14)
_1월 15일

한겨울 천상의 음악

흰색 바탕에 덕지덕지 때가 낀 하늘이 다시 땅을 비춘다. 잔뜩 찌푸린 월요일 오전 내내 내린 눈이 거친 지면 위에 융단처럼 깔려 있다. 나는 잔디밭을 둥글게 끼고 돌아 상수리나무에게로 간다. 잎사귀 없는 나무 우듬지 아래 동그랗게 드러나 있는 갈색 토양도 지나친다. 헐벗은 가지에서 떨어져 내린 눈이 녹아 딱 그 지점만 동그랗게 드러났을 것이다.

상수리나무를 둘러본다. 나무 남쪽으로 황토색 패치가 붙어 있다. 그것은 모자이크병*을 앓은 흔적이다. 북쪽은 온통

---

* 바이러스 감염에 의해 발생하는 식물의 병. 잎이나 줄기가 모자이크 모양으로 노랗게 얼룩지는 징후를 보인다. 담배, 채소, 과실나무 따위에서 널리 발생하며 심하면 식물 전체가 말라 죽는다.

하얗다. 눈이 녹아서 떨어져 내린 물방울이 잔설에 튀면서 뾰족구두의 굽 자국 같은 구멍을 일정한 간격으로 내놓긴 했지만, 남아 있는 눈 더미를 허물기에는 역부족이다.

상수리나무는 눈 속에서 고요하다. 눈은 소리의 숨을 누른다. 모든 게 적막하다. 그러다 잠시 후 빈터에서 아주 나지막하면서도 묵직한 소음이 새어나온다.

나는 벤치 위의 눈을 쓸어낸 후 뼈에 사무치는 추위에도 아랑곳하지 않고 거기 잠시 걸터앉아 있기로 한다. 왜 그런지 몰라도 이런 한겨울 날씨에는 상수리나무가 몸을 웅크리고 있는 것처럼 보인다. 잎사귀가 다 지고 생명체가 자취를 감춘 탓일까. 상수리나무는 살아남기 위해 존재의 중핵만 남기고 나머지는 다 증발해버려 잔뜩 움츠러든 것 같다. 혼자만 동면하며 어둠 속에서 몇 달을 보내는 여왕벌이 되고자 벌의 군집 전체가 희생을 감수하는 것처럼.

우리도 다 마찬가지 아닌가. 우리 또한 겨울 내내 새봄의 햇살이 우리를 다시 바깥으로 끌어내기 전까지 스스로의 내부에만 깊숙이 파묻혀 있곤 하니까.

손끝부터 얼어오는 것 같다. 추위가 파고들어 발가락도 몹시 시리다. 이렇게 얼어붙은 토양에서도 저토록 유유자적하게 견딜 수 있는 상수리나무의 생태가 놀랍다.

인간은 지평에서 가만히 버티고 서 있도록 태어나지 않았다. 이제 몸을 움직이기로 한다. 나는 자리에서 일어나 몸 전체에 생명의 온기가 다시 돌도록 걸음을 옮기는 동안 눈밭 위에 일부러 발 도장을 쿡쿡 내리찍는다. 손뼉도 친다. 그러면서 지면 온도가 한결 따뜻한 호수 뒤편 북쪽의 침엽수 조림을 향해 성큼성큼 내딛는다. 선녹색 오솔길이 눈을 뒤집어써서 조각상처럼 보이는 가문비나무 숲 어귀까지 이어져 있다. 눈은 상록수 가지와 산림층 일대를 차지하고 있는 블랙베리나무에 남아 그대로 눌어붙어 있다.

말똥가리가 서쪽 하늘을 향해 가냘프게 운다. 제자리에 멈춰 선다. 소리가 돌아온다. 딱따구리 드릴 소리가 들려온다. 저 멀리 망각된 곳에서부터 솟아오른 파이프 차임벨의 합주 소리가 저 위에서 울려 퍼지는 듯하더니, 상모솔새가 숲의 정령처럼 내 앞을 휙휙 지나쳐 날아간다.

상모솔새 한 마리가 땅으로 과감하게 내려온다. 나에게서 불과 몇 발짝밖에 떨어지지 않은 거리다. 녀석의 선명한 황금색 무늬는 흰 눈에 반사되어 마치 새로 발굴해낸 고대 보물처럼 눈부시다.

서로 구별되는 울음소리가 두 종류 있다. 하나는 좀더 묵직한 파이프 소리다. 주로 혼자 다니는 새가 내는 소리다. 나머지 하나는 그보다 밝은 차임벨 소리로 천상의 음악처럼 아주 혼을 쏙 빼놓는다.

상수리나무로 돌아오니, 청딱따구리 한 마리가 나뭇가지의 우산 밑 눈밭에서 기웃거리며 눈 덮인 나뭇잎을 헤집고 있다. 꽁꽁 얼어붙은 땅바닥에서 뭔가를, 뭐라도 찾아내려는 듯.

_ 1월 25일

상수리나무로 존재한다는 것

매서운 삭풍이 남쪽으로 물러간다. 새털구름에 싸인 하늘에서 겨울 햇살이 비껴 내려온다.

내가 호수 옆 다리를 건너는 사이 겨우살이개똥지빠귀 한 마리가 상수리나무 우듬지 가장 높은 가지에서 날아오른다. 눈은 지나갔다. 쏟아지는 햇빛에 푸르른 침엽수가 잠긴다. 새들이 지저귀는 소리가 들리고 생명이 꿈틀거릴 조짐을 보인다. 스노드롭*이 여기저기 피어나 바닥을 수놓으며 진흙 점토 위에 하얀 깔개를 덧씌운다. 노래지빠귀 한 마리가 나무 꼭대기에서 노래를 부르다 갑자기 멈춘다. 초월의 순간이 닥친다. 잠시 정적이 엄습하더니 모든 게 물러가고 사라지리라는 기

* 눈풀꽃속을 통틀어 이르는 말.

대감이 싹튼다. 마침내 참된 평화가 다시 찾아온다.

이게 바로 우리가 추구해온 순간이다. 나는 벤치에 앉아 초월의 각성이 상수리나무의 본질적 실존을 체감한 데서 비롯된 것인지 깊이 생각한다. 다른 것들에 일체 얽매이지 않고 오로지 순수하고 맑은 정신과 예민한 지각으로 살아 숨 쉬는 실존. 옛날 토양에서 태어난 상수리나무는 여러 세기를 거치는 동안 땅 밑으로도 계속 자라왔다. 그리하여 이제는 이쪽 지대에 깊이 뿌리를 내렸다.

나는 빙긋이 미소 지으며 자리에서 일어난다. 상수리나무로 존재한다는 것의 본질이란 무엇일지 생각해본다. 나는 여러분이 이 시대에 그린맨이 될 수 있을지 잘 모르겠다. 상수리나무로 다가가서 본인 스스로가 아닌 다른 누군가, 상수리나무에 대한 앎, 평화 또는 적요와 융합한 다른 누군가로 변할 자신이 있는가?

나는 상모솔새와 교감을 나누기 위해 침엽수림으로 돌아간다. 녀석들의 심벌즈 차임벨 소리가 여전히 내 귓가에 생생하다.

녀석들이 저기 보인다. 그 완벽한 천상의 울음소리가 나를 에워싼다. 가문비나무 높은 쪽에서부터 귀청을 얼얼하게 하는 녀석들의 수다가 맑고 또렷하게 쏟아진다.

내 아래, 옆쪽에서 굴뚝새 한 마리가 가시금작화 덤불에 대고 내게 훼방 놓듯 계속해서 짜증스런 기색을 내비친다. 위에서는 상모솔새 두 마리가 가문비나무에 피어 있는 미나리아재비 꽃잎을 뜯어내고 있다. 태양 때문에 눈이 부시지만 나는 어떻게 해서든 그 위쪽을 올려다보고자 안간힘 쓴다.

녀석들은 정말 작다. 하지만 헐벗은 나뭇가지로 옮겨 다닐 때 보면 참으로 쏜살같다. 눈부신 햇빛에 가려 가물거리는 그림자밖에 보이지 않는다. 잠시 후 둘이 한데 합쳐져 서로 울부짖기 시작한다. 12미터 높이에서 뱅글뱅글 돌아 바람에 날리듯 하늘하늘 가볍게 떨어져 내린 후로는 어디론가 사라진다.

상모솔새의 울음소리를 듣는 것은 조금 더 높은 장소로 떠오르는 일이다. 내 몸이 더 가벼워진 것 같은 기분이 든다. 나무 꼭대기 위쪽을 바라보고 있으니 내 심신 전체를 관통하는 황홀감의 부력에 실려 훨훨 날아오를 것만 같다.

_2월 8일

창백한 숲의 정령

해가 지기 30분 전. 잿빛 하늘. 솔솔 불어오는 샛바람이 가문비나무의 무성한 우듬지를 쓸어내리고 지나간다. 도요새 한 쌍이 고사리 덤불 속에서 난데없이 튀어나와 나를 화들짝

114

놀라게 한다.

나는 평정을 되찾고 가만히 귀 기울여본다. 보이지는 않지만 나무에서 상모솔새의 가느다란 울음소리가 들려온다. 녀석들은 숲의 정령이 속닥거리는 듯한 소리를 낸다.

개울 건너 침엽수림 위로 하얀 새 한 마리가 울며 날아가는 모습을 한참 동안 바라보고 나서야 나는 고사리 덤불 속으로 발길을 옮긴다. 그 흰 새는 아마 말똥가리일 것이다. 그렇다고 해도 너무 창백하다. 우리 집 가까이에 있는 숲에서 유령처럼 떠돌아다니는 새와 같이.

_2월 26일

해거름 녘의 코러스

호니우드 오크의 안정감 있는 품에 안겨 나는 차를 홀짝거린다. 한 시간 전 해가 얼굴을 반쯤 내밀고 이 칙칙한 대지에 생명의 기운을 불어넣는가 싶더니 지금은 잿빛 구름 속으로 사라졌다. 햇빛이 내비치는 동안 거위 떼가 왁자지껄 몰려다니면서 우스꽝스런 노래를 꽥꽥 불러댄다. 고사리 덤불 근방에서는 이제 갓 날갯짓하기 시작한 개똥지빠귀 새끼들이 미약한 음역대로나마 요란스럽게 합창을 해댄다. 나는 내가 바랐던 평화를 느낀다. 그런 평화가 온몸에 스며드는 것을 느낀다. 온갖 상념의 잡음에서 헤어나자 마음이 잠잠해진다. 불안이 온몸에서 사라진다.

상수리나무는 고요하다. 회색 다람쥐 한 마리가 서쪽 방풍림 지대에 남은 침엽수 줄기를 날렵하게 타고 내려온다. 한 주전쯤인가 나는 네일랜드에 있는 교회 청중석 천장에서 그린 맨의 얼굴을 본 적이 있다. 이랑이 나 있는 상수리나무의 몸통 표면에는 그런 얼굴이 많다.

해거름 녘의 코러스가 시작될 무렵이다. 찌르레기와 꿩이 밤을 불러내고 있다.

_3월 19일

상수리나무에 손을 가져다댈 때

호니우드 오크에 다다르는 사이, 오전 내내 하늘을 그득 메우던 해가 사라졌다. 까마귀 한 마리가 가지 맨 꼭대기에 앉아 있다가 서쪽으로 날아오른다. 나는 울타리의 낮은 목재 난간을 넘어 상수리나무의 친숙한 품으로 가만히 파고든다. 하지만 내가 거기 몸을 파묻고 있는 동안 아직은 얼음장 같은 겨울바람의 손길이 나를 편히 내버려두지 않는다. 이쪽으로는 아직 봄이 오지 않았다. 하지만 그리 멀리 있는 것도 아니다.

상수리나무에 손을 가져다 대본다.

그 느낌, 거기서 솟아오르는 감정을 어떻게 표현해야 할까. 오랜 상수리나무에 손을 대고 있는 동안 어떤 변화가 생길까. 그 느낌이란 도대체 무엇일까. 어쩌면 우리는 한 생물 종과 다른 생물 종, 한 개체와 다른 개체 사이에 이뤄지는 접촉에 얼마나 중요한 가치가 있는지 제대로 인식하지 못하고 있다. 우리가 다른 생물 종과 접촉할 때 전해지는 생명력의 감각은 인간이라면 누구나 익숙하지만 그것을 말로 설명하기는 쉽지 않다. 그 감각을 도대체 어떻게 설명해야 할까.

우리는 어린 시절로 돌아갈 때 그 감각이 가장 강렬해진다는 것을 알고 있다. 우리는 사랑하는 고양이나 반려견을 손으로 쓰다듬을 때 그 감각을 가장 잘 알게 된다. 우리는 부엌 창밖으로 내다보이는 새 모이 판에서 날마다 지저귀는 개똥지빠귀를 볼 때도 그런 감각이 어떤 것인지 알 수 있다. 내 손을 상수리나무에 가져다댈 때도 마찬가지다.

요사이 누군가가 내게 D.H.로렌스의 시 「상수리나무 아래서」를 보여준 적이 있다.

너에게 이르노니

이 강력한 나무 밑에만 서면, 내 온 영혼의 유체가

제물의 증기로 나에게서 쏟아져 나와

드루이드의 단검에 서린다

내 위로 팟덩이 겨우살이가 튀어 올라

자욱한 연기 속으로 사라진다.

도대체 누구냐, 상수리나무 밑에서

이리저리 꼼지락대며 쩍쩍거리고 있는 너는.[15)]

간밤에 이 시를 다시 읽으면서 나는 굴뚝새가 "드루이드의 조류"라는 로버트 그레이브스의 견해를 떠올렸다.[16)] 로렌스가 "상수리나무 밑에서/이리저리 꼼지락대며 쩍쩍거리고" 있다고 묘사한 게 바로 그 새일까. 아니면, 그는 좀더 인간의 형태를 띤 무엇, 즉 상수리나무의 정령이나 그린맨, '그린 우먼' 또는 '그린 차일드'가 언뜻 스쳐 지나간 모습을 본 것일까.

나도 그린맨과 마주친 적이 있다. 셰익스피어의 『뜻대로 하세요』를 통해서였다.

나이 먹어가면서 이끼가 낀 가지,

메마른 유물을 머리 꼭대기에 인

한 그루 상수리나무 밑에서,

가엾게도 누더기를 걸치고, 머리도 덥수룩한 한 사내가

등을 깔고 누워 잠을 청하네.[17]

상수리나무 아래서 발견한 인물은 다름 아닌 올랜도라는 사람이다. 버지니아 울프의 올랜도는 상수리나무 밑에 머물러 있었을 확률이 높은 인물이다. 셰익스피어의 그린맨은 올랜도의 형제 올리버다. 그것은 상수리나무 숲에서 제시된 또 하나의 변주다.

나는 느긋하게 벤치에 앉아 있다. 내 검은 바지가 햇볕을 빨아들여 따뜻하게 데워지더니 이제는 뜨겁게 달아오른다. 올해 들어 이런 열기는 또 처음이다. 햇살이 포근해서인지 날짜에 비해 조금 일찍 딱정벌레 떼가 몰려나와 있다. 저마다 검은 딱지의 외피인데 몸길이가 기껏해야 2, 3밀리미터도 안 된다. 아마도 내 머리 위 소나무 꼭대기에서 상모솔새가 잡아먹고 있는 게 이 녀석들인가 보다.

뭔가 자꾸 꿈지럭거린다. 계절이 바뀌는 중이다. 겨울이 멀찌감치 물러나고 있다. 이제 낮 동안에는 온기와 햇살만이 그득하다. 내가 이 글을 쓰고 있는 동안 무리에서 떨어져 나온 딱정벌레 한 마리가 비어 있는 지면 한 귀퉁이에 내려앉아 기어 다니고 있다. 또 한 마리가 내려앉아 투명한 날개를 파르르 떨고는 그 녀석 또한 노트의 여백으로 뛰어든다.

나는 그만 자리에서 일어나 소나무 숲으로 난 호숫가를 따라 다시금 북쪽으로 걸음을 옮긴다. 어디쯤 가야 상모솔새의 나긋나긋한 지저귐을 또 들을 수 있을는지.

_3월 22일

아버지에 대한 기억

첫 번째 4분기 결산일. 아버지 생신.

눈으로 덮여 있는 땅.

해가 지기 한 시간 전에 도착한다. 사뭇 적막하다. 한 번 더 소리를 잠재운 봄눈이 이제 갓 푸릇푸릇해지기 시작한 대지를 하얗게 뒤덮었다. 겨울이 되돌아왔다. 상수리나무도 납작 얼어붙어 있다.

상수리나무 일대로 북동풍이 불어온다. 어치 한 마리가 서쪽에서 날아다니는 사이 가문비나무로 다가가서 꼭대기를 올려다본다. 침엽수림 사이로 창백한 천사가 날아올라 고사리덤불 위에 떠 있는 모습이 내 눈길을 끈다. 여느 때보다 일찍 외출에 나선 외양간올빼미다. 늘 그렇듯이 그 모습이 시야에 들어오기만 하면 넋이 쏙 빠진다. 목울대에 숨을 딱 가둬놓고 흐르는 시간마저 멈춰 세우는 듯한 환영이 아른거릴 정도다.

상수리나무 씨를 가장 많이 뿌리고 다니는 동물은 단연 어치다. 어디선가 그에 관한 논문을 읽은 적이 있다. 어치 한 마리가 1년 동안 땅에 묻어두는 도토리가 자그마치 5,000여 개쯤 된다는 것이다. 프랑스에서는 이 새를 '상수리나무의 어치'라고 부른다. 새들이 그렇게 땅에 묻은 많은 도토리를 깜빡하고 꺼내 먹지 않으면 그것들은 고스란히 상수리나무 묘목으로 자랄 씨앗이 된다.

토머스 하디는 『주거지』에서 다음과 같이 쓴다.

"백 년 전, 어떤 새가 떨궈놓은
씨앗에서 튀어나온 상수리나무 한 그루가 높이 솟아난다."[18]

하디의 시에 나온 새는 의심할 여지 없이 어치다.

나는 상수리나무 가지 아래 앉는다. 딱따구리 한 마리가 침엽수림 위로 높이 떠올라 울음소리를 낸다. 나는 녀석이 서쪽으로 멀어져 가는 동안 멀거니 바라본다. 해가 지기까지 15분 남았다. 파란 하늘 남쪽에 불투명한 달걀껍데기 모양의 덩어리 한 토막이 걸려 있다가 잿빛 구름에 구멍을 낸다. 그대로 앉아 있기에는 너무 춥다. 일어나서 걷기로 한다. 곧장 침엽수림 쪽으로 걸음을 옮긴다. 모든 게 사람보다 빠르다. 선녹색 오솔길에서 토끼를 본 것 같다. 설령 날이 충분히 밝다 해도 비현실적인 상황을 실제라고 우길 수는 없다.

나는 상수리나무에게 돌아와서 남쪽 가지 밑에 한 번 더 등을 기대고 앉는다. 뒤늦게 나온 말똥가리 한 마리가 북쪽을 향해 구구 하고 울면서 유유자적 맴돈다. 녀석은 수목한계선을 따라 날아가더니 침엽수림이 곧게 뻗은 가지 사이에 갇힌다. 나는 녀석을 본다. 녀석의 울음소리를 다시 듣는다.

해가 저문다.

생일을 맞은 아버지에 대한 추모의 상념에 온종일 사로잡혀 있었다. 살아 계셨다면 일흔네 번째 생일을 맞이하셨을 것이다.

이 오랜 상수리나무에 기대앉아 나는 아버지를 떠올린다.

오늘 호니우드 오크 주변에는 신비한 기운이 어려 있나 보다.

아버지에 대한 기억이 평소보다 훨씬 선명하다. 호니우드 오크와 함께 있어서인지 더욱 깊이 아버지를 돌아보게 된다. 그 순간이나마 아버지는 지금 이 자리에 와 있는 셈이다. 나는 아버지에 관한 기억을 더듬으며 기쁨에 젖는다.

툰드라 지대 같은 잿빛 하늘. 부리가 오렌지색인 회색기러기 두 마리가 동쪽 하늘에서 날아간다. 새들이 둥지로 돌아가서 잠잠해질 무렵이다. 내 둥지를 찾아가야 할 시간이기도 하다. 집으로 돌아가서 불을 피워야 할 시간이다. 우두커니 앉아서 불꽃 옆에 머물러 있어야 할 시간이다. 나는 짙게 깔리는 어스름 속으로 몸을 내민다.

_3월 25일

아름다운 숲의 축복

날씨 맑음. 얼음장 같은 북동풍.

문을 나서자마자 마주친 것은, 내가 서 있는 곳에서 남쪽 물푸레나무 사이를 누비고 다니는 딱따구리다. 녀석의 붉은 망토가 봄 햇살을 받아 환하다. 호수 위 다리로 통하는 길목에는 깜짝 선물이 놓여 있다. 하얀 거위 알이다. 주위를 두리번거려 보지만 이게 누구의 알인지 물어볼 수는 없다. 회색기러기가 시끄럽게 꽥꽥대고 있어서다.

상수리나무 앞에 이르러 보니 그 사이 살육이 벌어져 있었다. 바람결이 아무렇게나 헤쳐진 흰색 깃털을 휘젓고 지나간다. 상수리나무에서 불과 몇 발짝 떨어지지 않은 거리에서 발생한 일이다. 여우 짓이다. 어젯밤, 아니면 그 전날 밤. 비둘기 한 마리가 세상에서 사라졌다.

나는 조심스런 걸음걸이로 기도하듯 그 주위를 한 바퀴 빙돈 후 상수리나무로 발길을 돌린다. 나무껍질이 떨어져 나간 부위를 점검해본다. 연노랑 접착 용액으로, 잇따라 나 있는 바늘 크기의 구멍을 일단 틀어막는다. 북동풍이 라임나무 숲을 가로질러 맑고 차갑게 불어온다. 나무 위에 얹혀 있는 겨우살이 뭉치가 그 바람에 들썩거린다. 추위에 손가락이 얼어붙는 느낌이다.

나는 남서쪽으로 피신한다. 그쪽에는 몸을 끼우고 앉아 있을 수 있는 나무 틈새가 있다. 우선 싸늘한 바람을 피한 후 햇볕과 마주한다. 하늘에서는 새매 한 마리가 소나무 숲을 지나 북쪽으로 날아가다가 돌연 동쪽으로 방향을 튼다. 호수에서 은빛 물고기 한 마리를 낚아채서는 어디론가 사라진다.

상수리나무와 함께라면 뭐든 기분이 좋다. 숲은 밖에서 보면 적막한 듯하지만 그 중심에는 수많은 생태계 식객들이 북적거린다. 그 친구들이 이 오랜 나무와 내 안에서 구심력에 실려 중심을 향해 빙빙 돌고 있는 것처럼 느껴진다. 오목눈이가 보이지 않아도 나는 녀석들의 울음소리를 들을 수 있다.

나는 벤치로 자리를 옮긴다. 거기 앉아 있으니 이제 상수리나무 북쪽으로 호수와 주목나무, 사유지 저택 등이 시야에 들어온다. 까마귀 한 마리가 거위 알을 발견했다. 내가 까마귀에게 눈길을 돌렸을 때는 이미 녀석이 알을 부리로 집어든 후였다. 이제 녀석은 목초지 풀밭을 지나 주목나무의 안전지대로 터벅터벅 걸어가는 중이다. 밤낮의 길이가 달라졌다. 더 늘어난 낮 시간이 더할 나위 없는 축복으로 느껴질 만큼 부드러운 햇살이 사방에 넘쳐난다.

그런 순간들이 지나간다.

오후 늦게 주크와 만난다. 나는 한동안 그를 보지 못했다. 그는 자신이 '콘스터블 오크'라고 부르는 상수리나무에게 나를 데려간다. 마차 차고에서 나와 남쪽으로 향하는 거리 가장자리다. 그는 나무껍질에서 뭔가를 가리켜 보인다.

"일반적으로 이런 자국이 머리 높이까지 올라가곤 해요."

진짜 그런 자국들이 거기 있다. 그가 가리켜 보인 것은 나무껍질에 D자 모양으로 난 구멍이다. 지면에서 2미터 정도 되는 높이에 구멍이 있다. 다른 데로도 번져 가는 모양이다.

"마지막 못질이 여기까지."

그러고 보니 실제로 이 자국들은 상수리나무에 일부러 못질을 해서 낸 구멍처럼 보이기도 한다. 이 구멍은 상수리나무에 기생하는 비단벌레의 출입구다. 비단벌레는 나무껍질을 통과해 겉재목에 자기들이 드나들 수 있도록 구멍을 낸다. 이미 쇠약해진 상수리나무에게 그 구멍은 치명적인 질병으로 이어진다. 주크는 사슴 대가리처럼 쪼그라든 나무 위쪽을 올려다본다. 비록 아무 말도 하지 않고 있지만 그의 안색을 보니 걱정스런 마음이 확연히 전해져온다. 감염을 알리는 외관상의 증세도 없고 질병의 엄습이나 출혈의 전조인 까만 피멍자국도 보이지 않는다.

우리는 유심히 들여다보며 이 구멍들이 이제 갓 생겨난 것도 아니고 그 둘레가 거칠지도 않다는 것을 일단 확인한다. 구멍들의 둘레가 닳아 있는 것으로 보아 이미 오래전에 뚫린 것 같다. 주크가 안도한다.

우리는 콘스터블 오크와 헤어져 사유지 소로를 되짚어 내려온다. 호수 위 다리를 건너 호니우드 오크에게로 향한다. 호니우드 오크는 초여름 햇살 아래서 한 폭의 정물화에 담긴 듯 눈부신 자태다. 나는 트럭에서 뛰어내린다. 주크는 가져올 게 있다면서 마차 차고에 들른다. 잠시 후 하얀 모포 한 장을 손에 들고 돌아와서는 가지가 가장 낮게 드리워진 바닥에 깐다.

그 모습에서 그가 갑자기 드루이드 사제로 변신하기라도 한 것처럼 경건하게 제의를 준비하고 있다는 느낌이 든다. 그는 고대 이교도 의식을 재현해 보이려는 태도로 계속해서 상수리나무 가지를 흔들고 두드려댄다. 나는 주크 옆에 서서 온갖 벌레와 곤충이 창백한 모포의 품속으로 우수수 떨어져 쌓이는 것을 가만히 지켜본다.

그가 멈춘다. 우리는 꿇어앉아 상체를 숙이고 눈앞에 쌓인 보물을 구경한다. 그중 하나는 몸통이 둥그스름한 거미로, 완두콩 모양새의 몸체가 어린 상수리나무 잎사귀와 같은 에메랄드빛과 초록의 보색대비를 보인다. 그것은 상수리나무에 의지해 살아가는 브리튼의 무척추동물 수천 종 가운데 하나다. 여느 다른 종류의 나무보다 훨씬 많이, 상수리나무는 먹을거리와 은닉처, 광범위하게 입주해 있는 생물 종에 맞춰 다채로운 서식지를 베풀어준다. 거미, 진드기, 지네, 딱정벌레, 쥐며느리, 개미, 그밖의 여러 무척추동물들이 모두 상수리나무에 입주해 살고 있다. 무척추동물 가운데에는 최소 500종 이상이 어떤 형태로든 상수리나무에 의존해 살아간다. 각각의 오래된 상수리나무는 수백 년에 걸쳐 자기 몸에 붙어 살아가는 군집 짐승들에게 안정되고 안전한 주거환경을 보장해준다.

어떤 좋은 낙엽을 선호하고 또 다른 좋은 목피의 갈라진 틈새를 더 좋아한다. 그런가 하면 훨씬 많은 동물이 각자의 생활을 꾸려가는 곳은 붉게 썩어가는 부위, 예컨대 상수리나무가 노화하는 동안 붉게 썩어 들어간 심재 같은 지점이다.[19]

지금 우리 눈앞에 있는 것은 나무가 보살펴주고 있는 다량의 곤충 생명체 가운데서 그야말로 극소량의 표본에 지나지 않는다. 우리는 물끄러미 그것들을 내려다본다. 오크 바구미도 있고 방아벌레도 있고 풍뎅이도 있지만, 비단벌레는 보이지 않는다. 그렇다면 천만다행이다. 거기 놓인 생명체는 제각기 하얀 모포 위에서 헤매고 다닌다. 거기는 그야말로 광대한 평야다. 한 군데도 막힌 곳 없이 사방이 탁 트여 있다. 잠시 탐색이라도 할라치면 돌연 황량한 전경 속으로 굴러떨어진다. 이건 뭐 아무것도 없으니 아연실색할 수밖에. 우리는 곤충을 차례대로 한 마리씩 조심스럽게 들어 올려 걸리버의 눈으로 우리의 살갗 위에서 기어 다니는 녀석들을 굽어본다. 그러고는 상수리나무의 안락한 보금자리로 다시 데려다준다.

콘스터블 오크와의 만남은 여러 화가를 비롯해서 얼마나 많은 예술가가 상수리나무의 중요한 가치를 인정해왔는지 일깨워준다. 그중에서도 단연 으뜸은 제이콥 조지 스트럿이다. 건물 외장용 평판 크기의 장엄한 『브리태니커 문집』에서 스트럿은 연작 형식으로 "고풍스러움이나 광활한 규모 또는 아름다움으로 크게 나뉘는 나무숲의 초상"을 재현한다.

각각의 작품에는 자연에서 끌어들인 여러 요소가 작가의 손에 의해 아로새겨져 있다. 그림의 소재와 대상은 대부분 상수리나무다. 덧붙인 작가 설명은 상수리나무 안에서 느끼는 스트럿의 기쁨을 여실히 드러낸다.

"아름다움과 유용성이라는 미덕을 동시에 갖춘 상수리나무는 숲의 축복으로 늘 특별한 취급을 받아왔다. 상수리나무가 그 중요성과 기나긴 수명이라는 두 가지 측면에서 여타 모든 나무들 위에 군림한다는 것은 논란의 여지가 없는 사실로 받아들여질 수 있다."

스트럿은 역사 문헌을 뒤적거리며 어떻게 해서 "그리스, 로마, 골루아, 그리고 브리튼 사람들이 상수리나무에 신성성을 부여하게 되었는지" 파악하는가 하면 "그 나무의 축성된 그림자는 드루이드의 가장 장엄한 의식에 봉헌되었다"라고 주장하기도 한다. 고대 상수리나무에 대한 그 나름의 참고에 따라 드루이드의 종교적 관습을 분명하게 이어받고자 하면서 스트럿은 자부심 넘치는 태도로 선언한다.

"상수리나무를 숭배하기로는 그들의 후예도 결코 선조에 뒤지지 않는다."[20]

그의 주요 소재 가운데 하나는 노샘프턴셔 살시 숲에 있는 상수리나무다. 그 나무의 둘레는 14미터 정도 되는데, 이것을 나이로 환산할 경우 영국 재정청 H 루크 변호사의 추산에 따르면, "1500살 이하로는 보기 힘든 수준"이다. 스트럿의 부조는 거대하지만 헛헛한 상수리나무의 골조를 보여준다. 그 옆으로는 뿔 달린 사슴이 여전히 생기 넘치는 나무의 풍성하고 푸릇푸릇한 우듬지 아래서 쉬고 있는 모습을 인상적으로 담고 있다.[21]

『숲의 경관에 대한 논평과 기타 삼림지대 감상』에서 윌리엄 길핀은 또 다른 시각으로 상수리나무의 당당한 위용을 찬양한 바 있다.

"우리는 좀처럼 상수리나무가 여느 나무처럼 바람에 비틀리는 모습과 마주할 수 없다. 언제 봐도 의연하게 평소의 균형을 유지하고 있다. 그런데 그것은 모든 나무 중 시각적으로 가장 아름다운 자태 가운데 하나다."[22]

강직하고 꿋꿋한 풍모든, 노쇠하고 옹이에 찌든 몸통이든 상관없이, 상수리나무는 언제나 높은 찬탄의 대상이었다.

브리튼에서 상수리나무는 오래도록 민족 정체성의 상징으로 사용되어왔다. '상수리나무의 심장'이란 표현은 상수리나무의 강인한 본질에 대한 예시로서 자연국가 브리튼에서는 그게 바로 자국 시민의 자긍심을 북돋아줄 지표였다. 상수리나무는 심지어 영국 국왕을 구해내기까지 했다.

1651년 우스터 전투에서 잇따라 패한 후 찰스 2세는 도주 중이었다. 1651년 9월경, 그는 충성스런 왕실의 신하 윌리엄 카렐레스 대령과 함께 슈롭셔주에 있는 보스코벨 대저택으로 피신했다. 하지만 대령은 그 저택이 안전하지 않다고 주장했다. 그래서 두 사람은 며칠 동안 인근의 상수리나무에 몸을 숨기기로 했다. 『기적의 나무 또는 세계 각지에서 가장 주목할 만한 교목, 초목, 관목 등에 대하여』에서 조셉 테일러는 다음과 같은 일화를 들려준다.

"왕과 대령이 나무에 있는 동안, 추격에 나선 적군 기마병이 호각을 불고 큰 소리로 외쳐대며 저택에 들이닥치더니 곧장 수색에 돌입했다. 두 사람이 상수리나무 바로 밑에 있을 때 옆 나무에서 부엉이 한 마리가 날아오르는가 싶었지만 마치 날개가 성치 않은 것처럼 퍼덕거리지도 않고 가만

히 지면 위에 떠서 그 길을 따라 어디론가 향했다. 적군 병
사들은 아무 생각 없이 마냥 그 부엉이를 뒤따라갔다."

그 나무는 나중에 '로얄 오크'로 알려져 추모 동판까지 세
워졌다. 테일러는 그 추모 동판에 새겨진 라틴어 비문을 번역
하기도 했다.

"주피터에게 봉헌된 상수리나무가 여기 있다.
가장 강력한 군주 찰스 2세의 피신을 도왔으니
세상에서 가장 영광된 이 나무에
전지전능한 신의 권능과 가호가 임해
여기서 영원히 번성토록 축성하노라."[23]

로얄 오크는 일약 관광명소로 떠올랐다. 그곳을 찾아오는
사람들은 평생의 기념물로 삼으려고 목피나 가지를 떼어가곤
했다.

브리튼의 해군사에서 '상수리나무 심장'은 제국을 보위하
는 함선뿐만이 아니라, 그 함선을 타고 항해한 브리튼 병사들
에게도 적용되는 상징이다. 데이빗 개릭의 1759년 오페라 「상
수리나무 심장」은 아래의 코러스에서 그 사실을 확실히 전해

준다.

"상수리나무 심장은 우리의 함선,
상수리나무 심장은 우리의 장정이니
우리는 늘 준비되어 있다
용맹 정진하는 소년들이 용맹 정진하게
나가 싸워 무찌르고 또 무찌르리라."

실제로 브리튼 함선을 건조하는 데 들어가는 원자재는 바로 상수리나무였다. 브리튼 함선은 늘 그래왔다. 석기 시대 움푹 파인 오크 통나무 카누 이후 운항수단이 지속적으로 발달하기는 했지만, 선박의 몸체는 불과 한 세기 이전까지 여전히 상수리나무로 지어지고 있었다. 1805년 트라팔가르 해전에서 나폴레옹 함대를 격파한 호레이쇼 넬슨 제독의 HMS 빅토리아호는 약 6,000그루의 나무로 만들어졌는데 그중 90퍼센트가 상수리나무였다.[24]

지역을 막론하고 보트나 큰 배를 폐선하고 나면, 선박 형태에 맞춰 깎이고 다듬어진 상수리나무 가지는 주택의 뼈대를 짜는 용도로 재활용되곤 했다. 16세기 농장 인부의 거처로 지어진 내 오두막의 외장재도 오크 원목이다. 영문 모를 구멍이

나 있고 마디가 보이는 것만 보더라도 이 오크 원목은 이전에 세계 여러 바다와 대양에서 항해한 어느 선박의 건조 자재였다가 그 이후 재가공된 것임을 알 수 있다.

선박 건조와 관련된 상수리나무의 역사는, 겨우 지난 세기 언저리에 이르러서야 상수리나무의 실용적인 필요성이 줄어들기 시작했다는 사실을 우리에게 일깨워준다. 이와 마찬가지로, 상수리나무와 그밖의 나무 재목이 가정집 난방 연료로 덜 사용되기 시작한 것도 불과 수십 년 사이의 일이다. 그러니까 우리는 정말 최근에서야 그동안 우리의 일상생활에 철저히 밀착해 있던 상수리나무와 이제 막 멀어진 셈이다.

_4월 2일

상수리나무를 매만질 때

이른 오후.

매서운 북동풍이 몰아쳐서 나는 나무의 남서쪽에 잔뜩 웅크리고 앉아 갈라진 나무 표면에서 한 부분을 유심히 들여다보고 있다. 그 균열은 위쪽에서부터 이어져 내려와 있었다. 나는 몸통에서 멀쩡한 부분으로 다시 눈길을 돌려본다. 나무발바리처럼 나무 둘레를 따라 걸음을 옮겨 시계 방향으로 돌기 시작한다. 손으로 나무의 피부를 매만져보기도 한다.

상수리나무 표면에 변화가 일어나면 손끝으로 전해진다. 너도밤나무와 거의 마찬가지로 먼저 생겨난 흉터가 시도 때도 없이 덧날 때까지 곳곳에 창백하고 늘어진 자국이 생겨난다. 내 손가락은 상수리나무가 껴입은 외투의 거친 갈빗대를 쓸어내린다. 동쪽으로는 나무 내부의 한 부위가 바깥으로 노출되어 있다. 심재가 붉고 건조하게 썩어 들어가는 병균은 아주 오래전 가지에 난 상처 구멍을 통해 옮는다. 나는 푸석하게 떨어져나간 나무 살점 몇 조각을 주워 모은다. 꽤 가벼운데도 자세히 들여다보면 여러 조각이 복잡하게 겹쳐져 있다. 나는 눈앞에 갖다대고 딱정벌레나 그밖의 해충 따위가 없는지 살펴본다.

가지의 바깥쪽에는 도마뱀 살갗처럼 비늘에 싸인 갈색 새순이 돋아나기 시작한다. 봄이 왔음을 알리는 신호다. 동쪽으로 슬며시 걸음을 옮겨보니 거기에는 가죽처럼 생긴 오래된 곰팡이류가 서식 중이다. 지금까지 한 번도 이런 게 여기 있었다는 것을 알아차리지 못했다니 놀라울 따름이다. 그 뒤로 가본다. 박테리아에 감염되어 곪은 환부에서 타르 같은 진물이 찔끔찔끔 새어나오고 있다. 그 위쪽으로는 싱긋 웃는 그린맨의 모습이 나무껍질의 소용돌이무늬 속에 나타나 내 쪽을 물끄러미 내려다보고 있다.

_4월 8일

봄에 찾아온 손님

마침내 봄.

길섶을 따라 수선화 만발.

프림로즈 엄청 작렬.

마그리트의 그림 같은 구름이 남쪽에서 떼 지어 몰려오다가 난데없이 불어온 거센 바람에 움찔한다. 상수리나무 가지 밑에 마지막으로 앉아 있었던 게 1년 전쯤이었나 싶을 정도로 기억이 가물가물하다. 겨우 2주밖에 지나지 않았는데도 그렇다. 계절이 경계를 풀었다. 차분하고 따뜻한 봄 공기가 쌀쌀한 겨울철 북동풍을 대체했다.

상수리나무 꼭대기에서 되새 한 마리가 지당하신 울음소리로 상대가 누구든 소리쳐 부른다. 호숫가 근방 어딘가에서 응답이 들려오자 녀석은 바로 사라진다. 오색방울새 세 마리가 파닥파닥 노랫소리를 쏟아내더니 이내 남쪽으로 멀어져 간다. 돌아온 되새는 소리도 내지 않고 멀찍이 벌어져 있는 나뭇가지의 손가락 사이 공간에서 떠다니며 때때로 한 번씩 파리를 잡고 있다.

_4월 16일

따뜻한 봄 햇살

봄 햇살이 이 계절다운 소리를 불러온다. 길고 깊은 동면에서 깨어난 봄철 땅벌이 윙윙거리며 날아다닌다. 올해의 여왕벌 가운데 하나가 될 암컷이거나 어린 여왕이겠지. 그녀는 이제 막 햇빛을 받고 깨어나 부지런히 허공을 가로지르면서 새 집을 찾아 헤매고 있다.

솔새는 '솔, 솔' 하고 자기 이름을 부르며 운다. 나는 서로 깃털을 골라주고 있는 회색기러기 한 쌍을 지나쳐 호니우드 오크에게 다가간다. 봄 햇살이 대기에 넘실거린다. 상수리나무 가지 아래 앉아 있을 때면 시간이 유유하고도 서둘러 흐른다. 꿩 한 마리가 상수리나무 한 귀퉁이에서 몹시 조심조심 걸어 다닌다. 바위종다리는 흙마루로 인해 듬성듬성해진 뿌리 덮개 주위를 깨금발로 총총대다 블랙베리나무를 향해 날아가서는 땅 밑에 깔린 응달 속으로 사라진다. 말똥가리가 느긋하게 넓은 원을 그리며 북쪽 나무숲 위로 날아오른다.

상수리나무 밑 지반은 무른 편이다. 나는 바닥에 누워 눈을 감는다. 봄이 내 발치에서 수런거린다. 모든 게 깨어나는 와중에 나는 가물가물 잠기운에 빠져든다.

_4월 23일

균형 잡힌 상수리나무의 생태

얼음장 같은 기류가 차디찬 빗줄기와 강풍을 이끌고 북쪽에서 되돌아온 지 벌써 사흘째다. 호숫가 주목나무의 상록수 가지를 처마 삼아 앉아서 4월의 장대비를 올려다본다. 오늘은 거위 떼도 호수에서 물러나 있다. 회색기러기 두 마리가 어정거리며 상수리나무 밑동 근처를 살피다가 나무껍질이 흩어져 있는 바닥에서 별미를 발견하고 달려든다. 침엽수 꼭대기가 뒤흔들릴 정도로 거세게 휘몰아치는 바람이 상수리나무의 키가 더 자란 것처럼 보이도록 우듬지에 산울타리를 내동댕이쳐놓았다. 바람은 호수를 가로질러 내달리며 수면에 굵직한 파문을 일으킨다.

벌써 한 시간째 계속, 나는 처음으로 푸릇푸릇한 잎사귀가 돋아나 있는 잔가지를 만지작거리고 있다. 그 잔가지는 큰 가지 끝에서 갈라져 나와 있고 일주일 전 거기서 갈색 새순이 돋았다. 그 위로 쉬쉬하고 우는 파란 박새 한 마리가 앉아 있다. 나는 목재 난간에 비스듬히 기대고 앉아 녀석을 바라본다. 잠시 후 녀석은 어느새 사라진다. 1분 간격으로 계속, 같은 생명체가 상수리나무 동쪽에 난 검은 구멍의 시커먼 테두리 안에서 나타났다 사라지기를 반복한다. 다람쥐가 들락거리기에는 너무 작아서 작은 새의 둥지 크기쯤 되는 것 같다.

이번 주 내로 나무 위를 기어 다니는 애벌레가 나타나겠지. 그건 파란 박새 새끼가 가장 좋아하는 먹잇감이다. 주크와 상수리나무 앞에서 만난다. 그는 파란 박새 새끼가 부화하는 시점이 잎말이나방 같은 상수리나무 애벌레가 나타날 무렵과 딱 맞아떨어진다며 그렇게 되도록 새들이 적절한 타이밍을 조절하는 것처럼 보일 정도라고 내게 설명해준다. 그런 애벌레들은 해마다 봄철이면 출현해서 나무의 푸릇푸릇한 새싹들을 갉아먹는다는 말도 덧붙인다.

"그게 아주 미묘한 균형이에요. 타이밍이 1년 정도만 어긋나도, 파란 박새의 개체 수는 확 줄어들 테니까요."

주크가 이야기를 계속한다.

"그런데 애벌레를 먹어치우는 파란 박새가 없으면, 상수리나무에는 새로 돋아난 잎사귀가 남아나지 않을 수도 있어요. 최악의 경우 애벌레의 개체 수가 급작스럽게 늘어나 상수리나무가 아예 벌거벗겨질 수도 있고요."

상수리나무 각각의 생태 조건은 아슬아슬하고도 정교한 균형 속에 있다. 상수리나무에 붙어살며 먹이를 해결하는 수천 종의 다양한 무척추동물 중에서도 잎말이나방 애벌레는 그 평형상태를 무너뜨릴 수 있는 여러 종 가운데 하나다. 몇 년 뒤 애벌레 수가 늘어나기라도 한다면 상수리나무뿐만 아니라 거기 얹혀사는 나머지 식객들에게도 엄청난 악영향을 끼칠지 모른다. 1785년 봄으로 거슬러 올라가보면, 셀본 마을의 교구 목사이자 영국 자연문학의 고전으로 불리는 책을 저술한 길버트 화이트가 바로 그와 같은 참사에 대해 안타까워했다.

> "대부분의 상수리나무가 잎사귀 잃은 벌거숭이 꼴로 전락하고 말았다. 작은 팔라에나 나방의 애벌레 때문에 나무가 온통 피폐해졌다."[25)
>
> _ 4월 26일

이 세상에 단 하나뿐인 개별체

봄 햇살 그득. 흰 구름 드문드문.

푸른 잎사귀가 만개하고 있다. 사유지 뒤울안을 지나 길가에 늘어서 있는 마로니에 나무들에도 새싹들이 손바닥처럼 활짝 펼쳐졌다.

상수리나무에 처음 둥지를 튼 청딱따구리는 거미줄에 걸린 포획물을 먹고 자랐다. 파란 박새는 늘 그 주변을 맴돈다. 나는 거대하지만 성치 않은 가지를 배경으로 두 조류 사이에 벌어지는 먹이 경쟁을 흥미진진하게 지켜본다. 딱따구리는 껍질에 뚫린 구멍의 어둠 속으로 사라진다. 그 밑으로 뿌리 덮개에 하얀 새알이 하나 놓여 있다. 딱따구리 알은 아닌 것 같다.

　내가 크리스 깁슨과 그의 아내 주드와 만난 곳은 그 부부의 숙소다. 재개발된 부둣가 아파트의 옥상에 아늑하게 자리한 부부의 숙소에서는 위븐호의 코르네 강어귀가 내려다보인다. 강변의 4층 높이라 한쪽 창으로는 일출이 내다보이고, 다른 쪽 창으로는 일몰의 전경이 펼쳐진다. 깁슨은 최근에 현직에서 물러난 동식물 연구가다. 그는 직장생활 대부분을 비정부 공공기관인 '내추럴 잉글랜드'와 '잉글리시 네이처'에서 보냈다. 주드는 미세 벌레 분야를 통달한 전문가라고 들었다. 부부는 함께 양파 수프를 먹으면서 상수리나무에 대한 이야기를 나누자며 나를 초대했다.

　"상수리나무와 인간의 유대관계는 선사시대부터 확고히 뿌리내리고 있었다는 학설이 있습니다. 인류는 기근이 닥치면 그 시기에 도토리를 주식으로 삼아 겨우 버텼거든요. 우리가 중석기 시대 생활양식인 사냥과 저장에서 벗어나 처음으로 작물을 재배하게 되면서 도토리는 모든 게 고갈되었을 때조차 우리를 언제든 먹여 살릴 수 있는 식량원이 되었지요."

　내가 먼저 말문을 연다.

　"확실히 그랬을 겁니다. 도토리는 탄수화물을 함유하고 있지요. 그러니 빵을 빚어낼 수 있는 거고요. 타닌 성분이 그득하긴 하지만요. 그래도 물에 잔뜩 불렸다 곱게 빻으면 거기서 밀가루가 생겨나지요."

깁슨이 내 말에 선선히 동의해준다.

"하지만 여간 힘든 과정이 아니었겠네요."

내가 조심스레 말을 받는다.

"물론 그렇게 해두면 가축들한테도 먹일 수 있으니까요."

주드가 그렇게 덧붙인다.

"항상 저한테 묘한 인상을 남긴 이야기가 있는데요. 설명하기는 어렵지만 인류는 상수리나무와 늘 영적인 관계를 맺어왔다는 겁니다."

깁슨이 말한다.

나는 그 말이 무슨 뜻인지 안다.

수프가 준비되었지만 우리는 상수리나무 이야기를 이어간다. 플리니 디 엘더가 화제에 오른다. 브리튼 드루이드가 상수리나무에서 황금 낫으로 겨우살이를 잘라낸 상황을 늘어놓는다. 상수리나무가 어떻게 도도나를 비롯한 고대 그리스 신전에서 자라나 사원 중심에서 귀하게 다뤄졌는지에 관해서도 이야기한다. 나는 지난주 이슬람 시아파의 극단주의적 분파인 알라위파 친구의 시리아 친구와 만나 커피를 한 잔 마시면서 그녀가 자기들의 신앙 체계 안에서 상수리나무도 핵심 대상이라고 설명해준 일을 깁슨과 주드에게 소개한다. 상수리나무는 알라위 묘지 중앙이나 성지 외곽의 한복판에서 찾아볼 수 있었다. 그런 말을 들으니 나는 브리튼 성전에서부터 지중해 시리아 연안을 거쳐 고대 그리스의 상수리나무 의례에 이르는 문화적 혼류 같은 게 있지 않았을까 궁금해졌다.

"그러니까 제 말은 그리스가 이런 길목의 맨 아래에 있다는 겁니다."

내 말에 깁슨은 열정적으로 고개를 끄덕인다. 확실히 그럴 듯한 이야기다. 그는 단정을 피하고 넌지시 돌려 말하려 한다. 주목나무가 브리튼의 많은 종교 성전에서 장수의 상징으로 여겨져 기독교가 도래하기 전 수백 년 동안 이교도 신전에 심어져 왔다. 그 과정에서 상수리나무 또한 장수의 상징으로 여겨졌을지도 모른다.

"충분히 그럴 수도 있었겠네요."

나는 고개를 끄덕인다.

"문화적인 혼류가 생겨났거나 아니면 양쪽 다 조금씩 뒤섞여 있는 것이거나."

깁슨이 말한다.

주드는 친절하게도 내가 봐두면 좋을 거라며 두 권짜리 책

세트를 책장에서 꺼내 가져온다. 유럽에서의 상징적이고 제의적인 식물에 대해 다룬 방대한 개요서다. 엄청나게 두껍고 무거운 책이다. 책을 대충 들춰본다. 벨기에 겐트 대학에서 출간했다고 하니 이 문제에 관해 넓은 관점으로 접근했겠다 싶어 더욱 호기심이 생긴다.

"제가 계속 상수리나무와 다른 문화권 사이의 연결망을 다룬 자료가 없을까 해서 찾아다니는 중이었거든요. 지난주 시리아 친구와 만나서 들은 얘기 같은 거요. 상수리나무가 유난히 브리튼에서 중요하게 다뤄지고 있다는 생각이 드니까요."

내가 말한다.

"맞아요. 우리는 그게 우리 나무라고 생각하죠. 하지만 독일에 가보니, 거기서도 상수리나무와 민족적 정체성에 대해 우리와 비슷한 생각을 하더군요."

주드가 내 말을 받아 그렇게 말한다.

가령 내가 떠올리는 것은 토르의 상수리나무다. 그것은 토나르의 상수리나무로도 알려져 있다. 독일의 헤세 지방에서 주로 서식하고 있었다. 하지만 8세기경 앵글로 색슨족 선교사 성 보니파스가 나무를 베어버리라고 명했다. 이내 우리는 북반구 전반에 걸친, 실은 상수리나무가 자라는 곳이라면 지구상의 어느 지역이든 상관없이 널리 퍼진 상수리나무 숭배 현상으로 돌아온다. 나는 어디선가 지구상에 서식하는 상수리나무가 600여 종 이상이라는 말을 들은 기억이 있다.

브리튼에는 두 가지 토종이 있다. 하나는 잉글리시 오크*Quercus robur*이고 다른 하나는 세실 오크*Quercus petraea*다. 브리튼 서식종 대부분과 마찬가지로 호니우드 오크는 잉글리시 오크에 속한다. 영국 함선 건조에 필요불가결한 오크종 목재로서 강인한 내구성이 특징이다. 따라서 대영제국 발전에 혁혁한 공을 세운 셈이었다. 여러 세기 동안 잉글리시 오크는 '해군 오크'로도 알려져 있었다.

"상수리나무의 심장."

주드가 말한다.

깁슨과 나는 둘 다 고개를 끄덕여 보인다.

우리는 양파 수프 그릇을 비우고 소파에 편히 자리 잡는다. 우리가 상수리나무와 관련해서 조심스럽게 다시 꺼낸 화제는 호니우드 오크다. 나는 마크스 홀의 다른 상수리나무에 대한 이야기로 말문을 연다.

"호니우드 오크는 300여 그루나 되는 마크스 홀 숲의 상수리나무들 가운데 하나였어요. 다른 상수리나무들은 1950년대까지 거기서 살았지요."

내가 말한다.

깁슨은 그 이야기에 관해 나보다 더 많이 알고 있는 눈치다.

"그 여자가 나무를 다 베어 없애기 전까지죠."

깁슨이 말한다.

나는 깁슨의 말이 무슨 뜻인지 알아듣지 못했지만 그는 여하튼 계속한다.

"그 나무들은 죄다 돈에 팔려 나간 셈이었어요."

깁슨은 그 이야기의 막후에 숨겨진 사태의 전말을 아는 모양이다.

"그리고 복수심 때문에 생긴 일이기도 하지요."

그가 말한다.

"최소한 제가 그 사태에 관해 이해하는 한에서는."

나는 깁슨의 말에 귀를 쫑긋 세운다.

"프라이스가 사망할 때쯤 그의 아내는 남편이 살아 있는 동안 다른 상대한테 마음이 팔려 있었다는 사실에 약이 오를 대로 올라 있었어요. 그런데 남편이 마음을 준 그 다른 상대는 상수리나무였죠. 그래서 남편이 죽자 그 여자는 상수리나무한테 복수하기로 마음먹고 이렇게 외쳤어요. '저것들 다 싹 잘라서 내다 팔아. 나는 돈을 좀 벌어야겠으니까.'"

이런 이야기는 금시초문이다. 깁슨은 자기가 언제 어디서 그 이야기를 들었는지 기억이 잘 나지 않는다고 한다. 프라이스 부인의 복수극에 관한 이야기는 그저 사람들의 입에서 입으로 떠돌아다니는 소문에 불과할지도 모른다.

"더 알아볼 가치가 있을 수도 있어요."

깁슨이 말한다.

그러기로 한다. 나중에 기회가 생겨 나는 주크에게 그에 관해 물어본다. 주크와 깁슨은 오랜 친구 사이다.

"그냥 전해들은 말이라 그 이야기와 관련 있는 증거는 없어요. 이 고장에 일반적으로 떠돌아다니는 소문에 따르면, 프라이스 부인은 남편이 죽고 나면 자기가 이 사유지의 자유토지 소유권을 수중에 넣게 되리라 여겼다는 거예요. 그런데 그러지 못하게 되자 죽은 남편을 상대로 복수극을 벌였다는 거죠. 나무를 벌목한 것뿐 아니라 교회 묘지에서 파낸 남편의 유해를 콜체스터로 이장했다는 게 그 복수극의 전모고요."

주크가 말한다.

"그렇군요."

내가 말한다.

"하지만 프라이스 부인이 그 정도로 악랄하게 굴었다는 증거는 아직 없어요."

주크는 거기서 이야기를 일단락 짓는다.

그것은 옛날 호니우드 오크의 벌목에 관해 깁슨이 전해

들은 뒷소문이면서 또 다른 줄거리 전개다. 깁슨은 실제로 1980년대 중반 이후 마크스 홀 에스테이트에서 일한 적도 있다.

"내추럴 잉글랜드에 근무할 당시 저는 상수리나무가 있던 터에 심어져 있던 침엽수 중 일부를 드러내자고 산림위원회를 설득하기도 했어요."

그는 1960년대까지만 해도 마크스 홀의 숲이 나비 군락지로 얼마나 유명했는지, 그가 어떻게 북방기생나비와 은줄표범나비를 사유지로 돌아오게 하는 사업에 관여했는지 설명하기 시작했다.

"그런데 만약 프라이스 부인이 300여 그루의 상수리나무를 그대로 놔뒀더라면… 나비는 어떻게든 살아남았겠죠?"

내 말에 깁슨은 크게 한숨을 내쉬며 대답한다.

"아마 그랬을 겁니다."

그러나 1950년대 숲에서 나비가 사라진 것은 삼림지대 서식종의 개체 수가 대거 감소된 추세의 일부에 지나지 않았다. 제1차 세계대전의 여파로 영국 시골마을 전역에 걸쳐 토지 관리 상태가 엉망이었기 때문이다. 시골 마을의 토지를 관리 감독할 당국 책임자들이 문자 그대로 전쟁에서 모조리 죽어 없어지고 말았다.

"토지 관리 부실은 저목림 작업 결손으로 이어졌고, 저목림 작업 결손은 먹잇감 부족 사태를 야기했는데, 그렇게 되면 나비는 살아남을 수가 없지요."

마크스 홀 일대에는 여전히 300여 그루의 오랜 상수리나무가 남아 있었다. 그 나무들은 너무 노쇠해서 정성껏 관리해줄 손길이 필요했다. 무성한 가지를 쳐주는 일 외에도 터의 지반이 내려앉지 않게 사람들의 출입을 막는 보호책이 절실했다.

"상수리나무의 특성을 보면 여느 다른 나무보다 훨씬 많은 생물이 상수리나무의 보호 아래 살아간다는 말이 있던데 그게 사실인가요?"

주드가 묻는다.

"맞아, 사실이야. 실제로 그래. 하지만 모든 게 그리 간단하지만은 않아. 어떤 야생 생물한테는 상수리나무가 맞지 않거든. 그 예로 지의류를 들 수 있지. 물론 지의류도 상수리나무에서 서식하는 게 가능하고, 때로는 그 수가 늘어나기도 해. 하지만 타닌 성분의 농도로 볼 때 상수리나무 껍질은 진한 산성을 띠고 있는데 그렇다는 것은 지의류가 다른 생물만큼 번성하기 어려운 서식 환경이라는 뜻이야. 플라타너스 목피에는 산성 함유량이 훨씬 덜하니 거기에 터를 잡고 서식하는 지의류가 많을 수밖에."

깁슨이 말한다.

"그럼 벌레혹 같은 건 엄청난 거네요. 슬쩍 살펴보기만 해도 각기 다른 50여 종의 벌레혹이 상수리나무에 서식하거든요."

주드가 말한다.

그녀는 상수리나무의 줄기, 뿌리, 이파리 등에서 발견된 여러 종의 작고 둥근 혹에 관해 늘어놓기 시작한다. 상수리나무 전체에 그런 혹이 생겨난 것은 몇몇 곤충, 특히 어리상수리혹벌 때문이다. 녀석들은 상수리나무 표면에 구멍을 내고 그 안에 알을 깐다. 그렇게 생겨난 흉터가 수액의 흐름을 방해하는 사이, 염증으로 인해 상수리나무에서 분비된 타닌의 막이 보호망으로 알 주위에 형성된다. 부기는 서서히 혹으로 굳어진다. 상수리나무 잔가지에 붙어 있는 구슬 크기의 갈색 공 모양이 가장 흔히 볼 수 있는 형태다. 각각의 공에는 하나의 혹과 어리상수리혹벌의 알이 같이 들어 있다. 그러고 나면 또 다른 혹이 솟아난다. 상수리나무 사과, 꽃봉오리 혹, 아티초크* 혹, 체리 혹 등은 얼마 전에야 붙여진 이름이다. 그것들은 상수리

---

* 국화과의 여러해살이풀. 엉겅퀴와 비슷하며 잎은 깃 모양으로 깊게 갈라지고 톱니가 있다. 꽃은 자주색이고 서양 요리의 재료로 쓴다.

나무의 생태가 실제로 얼마나 복잡하고 다층적인지 현란하게 드러내는 또 하나의 예시일 것이다.

"물론이죠. 게다가 상수리나무 혹은 잉크의 주원료로 쓰이기도 했잖아요, 꽤 오래전에 중단되긴 했지만."

내가 그렇게 덧붙인다.

나는 오래전 어디선가 구슬 모양의 혹이 가루로 으스러져서 물과 뒤섞이면 색이 잘 바래지 않는 의류 염료나 필기구용 잉크의 원료가 된다는 글을 읽은 적이 있다. 내 부엌 사이드보드에는 컵에 담긴 상수리나무 혹 한 줌이 내 실험을 기다리며 놓여 있기도 했다. 나중에 내가 그 문제를 다시금 떠올렸을 때 나는 상수리나무의 혹을 유발하는 안드리쿠스 콜라리 말벌 종이 1830년대 중동에서 영국으로 수입되기도 했다는 사실을 알게 되었다. 특별히 의류 산업에서 염료 제조의 주원료로 쓸 구슬 모양의 혹을 공급하기 위해서였다. 영국에서 처음으로 구슬 모양의 상수리나무 혹이 발견된 것은 1834년 데번, 엑서터, 엑스머스, 티버턴 같은 의류 방직도시에서였다.[26]

이제 우리의 화제는 나이 많은 상수리나무들은 어떤 특유의 환경을 형성하는가 하는 문제로 넘어간다. 숲과 나무에 관해 방대한 연구를 했지만 과소평가된 생태학자 올리버 래컴의 구절을 거듭 인용해 설명한다. 200년 된 상수리나무 두 그루와 400년 된 상수리나무 한 그루가 같다는 식으로 단순하게 접근할 경우 사태를 바로 볼 수 없다.

사태는 그보다 훨씬 더 미묘하다. 나이가 더 많은 상수리나무의 생태계에는 그보다 어린 상수리나무에는 살지 않는 생물이 있을 가능성이 높다. 어떤 종에 필요한 서식지는 썩어 문드러진 심재다. 그리하여 너무 노쇠해서 서서히 허물어져 가는 상수리나무의 내부를 서식지로 삼기도 한다. 심재가 썩어 가는 병의 속성과 그와 같은 환경을 서식지로 삼는 미세 생물에 관한 것은 내가 사실 깁슨에게 물어보고 싶은 상수리나무의 여러 측면 중 하나다.

"그러면 선생님은 특정한 일부 생물이 서식할 수 있는 환경을 제공하도록 상수리나무가 중심이 썩어 들어가는 병을 앓는 게 필요하다고 보시는 건가요?"

"네, 물론이죠."

깁슨이 고개를 끄덕인다.

"게다가 나무에도 더 큰 안정성을 유지하자면 심재가 썩어 들어가는 병을 앓는 게 유익할 수 있고요. 심재가 썩어 들어가는 병에 걸린 나무는 속이 꽉 찬 나무보다 훨씬 안정적입니다. 우리도 속이 꽉 찬 강철이 아니라 안이 텅 빈 강철을 비계로 만들어 쓰곤 하잖습니까?"

깁슨은 상수리나무의 속이 썩는 병이 정확히 왜 중요한지에 대해 설명한다.

"만약 600년 남짓한 기간 동안 속이 썩는 병균의 실린더를 같은 장소에 설치해둔다고 하면, 미생물은 그 장소를 찾아 거기서만 600년 동안 정착해 생존하게 될 겁니다."

그토록 오랜 기간에 서식지의 복합적인 요건을 충족시켜줄 수 있는 것은 우선 지리적으로 얼마나 안정적인가에 달려 있다. 그다음으로 중요한 측면은 썩어 들어가는 중심을 둘러싸고 있는 나무 테두리의 생장 지속, 계속 부패하는 서식지에 대한 보호 작용 등 상수리나무의 부분적인 생리 활동이다. 상수리나무의 부분적인 생리 활동은 시간이 흐르면서 꾸준히 줄어들지만 한편으로는 대단히 안전한 보금자리를 마련해주는 바탕이 되기도 한다.

너도밤나무에도 속이 썩어 들어가는 병균이 자생한다. 너도밤나무가 수백 년 동안 그토록 복잡한 생태계로 발전해 나가면서 나무 몸통에 생물 공동체를 형성하려면 상수리나무처럼 오랜 수명이 필수적이다. 그러나 너도밤나무 같은 다른 나무 종에게 속이 썩어 들어가는 증세가 나타나면 이내 불안정해져서 얼마 지나지 않아 급격히 쇠약해지고 만다.

나는 상수리나무의 심재를 부패시키는 병 속에서 서식하는 몇몇 생물들의 태생적 속성에 대해 크리스에게 물어본다.

"그들 중 다수는 그 흔한 이름조차 안 붙어 있는 것 같으니 말이죠."

내가 말한다.

"대부분 딱정벌레예요. 구멍 뚫는 딱정벌레. 왜냐하면 그 친구들은 밤낮으로 하는 짓이 뚫고 또 뚫는 거니까요."

그의 말에 다같이 웃는다.

주드는 자기가 숲에 서식하는 미세 생물들에게 유난히 매력을 느끼게 된 배경을 내게 들려주었다.

"근시가 심해서 가까이 있는 것밖에 못 보기 때문이에요. 대신 아주 작은 대상을 볼 때는 눈의 초점을 맞추기가 쉽거든요."

"주드는 제 삶에 그 녀석들을 함께 데리고 온 셈이죠."

깁슨이 말한다.

"나는 상수리나무 바구미*가 좋거든요."

주드가 인정한다.

우리는 커피를 마시며 스틸레토 파리와 미세 거미에 대해

---

* 머리가 코끼리 코같이 앞쪽으로 길게 뻗어 주둥이를 이루는 곤충. 식물을 먹는 성질이 있으며 뿌리에서 지상부까지 거의 모든 부분을 해친다.

이야기한다. 그러다 상수리나무와 나무 전반에 관한 화제로 돌아와서 어떻게 지난 20세기 과학자들이 숲의 하층 식물에 관하여 갈수록 인식이 깊어질 수 있었는지 이야기한다. 나무 개체의 미세한 뿌리줄기 위에서는 초미세 곰팡이류가 증식한다. 초미세 곰팡이류가 증식한 토양에서 균사체 조직망이 형성된다. 어떻게 그런 균사체 조직망에서 물질적인 것뿐만 아니라 정보까지 오가는 걸까.

"나무에 방사능 감지기를 놔둔다고 해봅시다. 그러면 방사능이 나무 안에 깊숙이 침투하는 것을 확인하게 될 겁니다. 뿌리로 번져 나가다 균근균의 연결고리를 지나 급기야 다른 나무에게로도 확산되죠. 그러니까 나무는 서로 이어져 있다는 말이 됩니다. 나무들은 화학작용으로 의사소통을 해요. 그들 사이에는 영양소만 흘러가는 게 아니라 의사소통의 신호도 오가는 거죠."

깁슨이 말한다.

그는 한 가지 예를 들어본다.

"실제로 어떤 상수리나무는 주위에 있는 다른 나무들한테 이렇게 말할 수 있어요. '지금 나, 혹벌한테 먹히는 중이거든. 그러니까 너희들 타닌 좀 잔뜩 준비해줘!'"

"과학 단체에서는 모두 나무 사이에 이런 식의 의사소통이 일어난다는 것을 받아들이는 것 같더군요."

내가 그렇게 덧붙인다.

하지만 숲에 모인 나무들의 의사소통이 워낙 원활해서 서로 가진 것도 나눠주고 적에 대해서도 경고하면서 최상으로 번창한다면, 혼자 떨어져 늙고 외로운 상수리나무는 어쩐담?

"오히려 저 혼자 외로이 떨어져서 늙어가는 상수리나무를 너무 이상적으로 바라보는 관점에 대해 반박하는 주장이 아닌가 싶네요."

내가 말한다.

"그럴 거예요. 아무렴 그렇지 않겠어요? 케이퍼빌리티 브라운의 조경처럼요. 보기에는 좋지만, 자연스럽지는 않으니까요."

주드가 동의해준다.

"외로운 총잡이 오크, 단짝 없이 단독으로만 뛰는 오크. 이야기 나눌 상대도 없고, 해충이 몰려와봐야 막아줄 친구도 없고."

깁슨이 농담조로 말한다.

"슬프네요. 그러다 너무 사람 감정을 이입하는 쪽으로 흐르겠어요. 안 그래요?"

주드가 그렇게 말하면서 조금 소리 내어 웃는다.

실은 그렇다.

그래도 호니우드 오크가 생각나는 건 어쩔 수 없다. 300여 그루의 친구들이 벌목당한 60년 전 사건으로 인해 덩그마니 고립되어 혼자 남은 나무를 애처로워한다고 해서 단순히 인간 감정을 함부로 이입하는 일로만 여길 수는 없으리라. 우리가 이제야 알게 된 대로 나무 사이에 이뤄지는 의사소통과 유대의 섭리에 따라, 그동안 그 자리에 남아 있던 상수리나무들은 삼림지대를 삶의 터전 삼아 공동의 존재로 살아왔을 터였다. 그러나 지금 호니우드 오크는 완전히 혼자다.

주드는 영국 환경보호 시민연합에서 자원 봉사했던 시절에 관해 이야기한다.

"숲이나 뭐 그런 데에 사람 다니는 길을 내서 하루는 교육 과정의 일환으로 모두 나무 안아주기 운동에 나섰어요. 우선 나무 하나를 골라요. 당시 저는 상수리나무를 택했던 것 같아요. 그러고는 나무를 끌어안고 옆에 서서 나무를 바라보는 거죠. 어떻게 생긴 나무인지도 보고, 나무껍질의 무늬도 보고, 그러고 나면 그 나무가 개별적인 존재로 다가오는 게 느껴져요. 그렇게 그 자리에 10분, 15분 정도 머무는 거죠."

주드가 잠시 말을 끊는다.

"누군가한테는 우스꽝스럽고 제정신이 아닌 행동처럼 보

일 수도 있겠죠. 하지만…"

나는 빙그레 미소 짓는다. 그녀가 하는 말이 무슨 뜻인지 정확히 알고 있어서다.

말로 설명하기는 쉽지 않다. 그 '하지만'이라는 말에 뭔가 담겨 있다는 것을 나는 이해한다. 상수리나무와 유대감을 나눠본 사람이라면 어떤 의미인지 알 것이다. 나무가 이 세상에 단 하나뿐인 개별체로 다가올 때 그것을 되새겨보는 명상의 순간 속에서, 이토록 깊은 평화의 체험 속에서 어떻게 당신이 나무와 교감하는지와 관련하여 분명 뭔가가 거기 있다.

"제 예전 경험을 떠올리게 해주시니 고맙네요."

내가 이야기를 이어나간다.

"저한테 근본적인 변화가 생긴 것은 여러 달 동안 그 오랜 상수리나무 곁에 앉아 있고 나서였어요. 그제야 저는 그 나무를 어느 정도 알 것 같았어요. 그때부터 상수리나무를 이 세상에 단 하나뿐인 개별체로 인식하기 시작했고 그와 동시에 마르틴 부버나 개리 스나이더 같은 철학적이고 영적인 저자들이 남긴 여러 경구를 읽어나갔어요."

내 목소리가 조금 커지기 시작한다. 그게 신경 쓰이기는 하지만 주드와 깁슨이 자신의 경험에 비춰 내 간증을 이해해줄 수 있는 동료 신도들임을 안다.

"누군가가 고양이나 개와 친밀하게 지낸다고 털어놓는다 하더라도, 그것을 이상하게 여길 사람은 아마 아무도 없을 거예요. 저는 상수리나무에 대해서도 그와 마찬가지라고 생각해요. 진심으로요."

나는 지금 하고 있는 얘기가 쑥스러워서 일부러 그 말끝에 웃음을 버무린다.

"그런데 그런 측면은 상수리나무 숭배를 통해 인류사 전반에 걸쳐 내내 이어져 왔어요. 게다가 상수리나무와 굳게 연결된 그린맨처럼 나무의 영성을 인간의 몸에 육화시킨 형태로 나타나기도 했고요."

나는 잠시 입을 다문다.

"주드, 당신이 방금 하신 얘기가 무척 반가웠어요."

내가 다시 입을 연다.

"다른 사람들이 우스꽝스러워하고 제정신이 아니라고 할까봐 그동안 당신이 그에 관해 감춰왔다고 말했을 때 재미있었어요. 저도 똑같은 생각을 했거든요. 다른 사람들에게는 독특하고 유별난 행동이었죠. 좀 제정신이 아닌 것 같은 그런 행동이오."

우리는 모두 빙긋이 웃음 짓는다.

하지만 그건 모두 사실이다. 내 경험을 내세우느니보다 차라리 극단적인 뉴 에이지 사상에 빠져든 것처럼 구는 게 낫겠다 싶을 정도로 상수리나무와의 깊은 유대관계에 대해 설명하기는 쉽지 않은 일이다. 그런데도 깁슨과 주드처럼 멀쩡하게 일상생활을 꾸려가는 사람들이 내가 겪은 바를 정확히 이해해주고 있다. 그런 경험을 남이 알아듣도록 전달하는 데 완벽하게 부합하는 언어란 사실 존재하지 않는다.

"그러니까 제 요지는 상수리나무가 살아 있는 대상이라는 거예요."

주드가 말한다.

"그리고 죽음을 맞았을 때조차 그 나무들 주변에는 뭔가가 있지요. 고목이 된 상수리나무와 함께 있을 때도 뭔가. 그 나무들에게는 전체적인 경관 속에 그런 존재감이 있어요."

깁슨이 이렇게 덧붙인다.

우리는 죽은 상수리나무를 끌어안아도 살아 있을 때와 같은 느낌일까 하는 화제로 넘어간다. 막 이야기를 시작하려는 참에 고맙게도 주드가 커피를 한 잔 더 하자고 말한다. 주전자 물이 끓는 사이, 나는 그린맨의 형상에 대한 궁금증과 더불어 호니우드 오크 옆에 있는 동안 내가 체험한 평안의 감각에 대해 좀더 자세히 들여다보고 싶다는 말을 꺼낸다. 우리는 상수리나무의 몇몇 영적 측면에 대해 이야기하기 시작한다. 내게는 깁슨과 주드가 이 영역으로 충분히 발을 들일 만한 대화상대라는 믿음이 있다.

"영적이라는 것은 그다지 올바른 언어 표현이 아닐 수도 있어요. 어떤 상수리나무 옆에서 시간을 보내는 동안 어떤 종류의 유대감이 어떻게 생겨나는지는 사실 좀 기묘한 얘기죠."

나는 조심스럽게 말문을 연다.

"그런 게 있긴 하지만 그건 의식적인 차원에서 생겨나는 게 아닐 수도 있어요. 그보다는 뭔가 더 심층적인 게 아닐까 싶어요. 어쩌면 우리 안에 이미 내재해 있는 것일지도 모르고요. 말로 옮기기 어려운 문제가 아닐까요?"

주드가 말한다.

맞다. 나는 주드가 뭘 말하려는지 알고 있다. 또한 그게 표현하기 어렵다는 것도 잘 안다. 나는 요즘 들어 그와 같은 생에 대해 부쩍 자주 대화를 시도하는 편이지만, 그럴 때마다 제대로 된 말이 떠오르지 않아 "잘 모르겠어요"라는 말을 입에 달고 살아야 할 판이다.

주드는 몇 년 전 기억을 되살려 그녀가 교육과정의 일환으로 체험한 나무 안아주기 운동에 대해 떠올려보는 중이다. 그때 받은 감흥이 여전한가 보다.

"정말 놀라웠어요. 저는 정말 그게 뭔지 이해할 수 있어요."

깁슨은 내게 또 다른 책을 추천해준다. 『오크』라는 제목의 얇은 서적이다. 사실 전시 카탈로그에 가까운 이 책은 일련의 상수리나무 그림으로 구성되어 있다.

"이거 알아요?"

크리스가 묻는다.

안다. 『오크』는 화가 스티븐 테일러의 작품을 모아 출판한 화집이다. 스티븐 테일러는 3년 동안 혼자 외로이 있는 상수리나무 그림만 열다섯 점을 그린 화가다. 나는 몇 년 전 스티븐 테일러의 작품을 우연히 접하고 나서 언젠가 그를 만나서 상수리나무에 대한 그의 생각을 들어봐야겠다고 마음먹었다. 확실히 우리 사이에는 공유할 만한 게 많아 보인다.

깁슨은 '잉글리시 네이처' 재직 시절부터 스티븐 테일러를 알고 지냈다. 상수리나무 앞에서 만나 동식물 연구가의 관점으로 상수리나무의 특성 전반에 걸쳐 그와 많은 이야기를 나누기도 했다.

"우리는 상수리나무 옆에 서서 그에 관해 이야기하며 행복한 시간을 보냈습니다."

나도 스티븐 테일러를 만나서 그가 보는 상수리나무에 관해 많은 이야기를 나눠야겠다.

_4월 30일

상수리나무와 더불어 살아가는 생명들

따뜻하게 내리쬐는 햇살.

낮 동안 자꾸 몸이 늘어지는 게 전형적인 여름 날씨다. 상수리나무에게 마지막으로 다녀온 게 일주일 전인데, 그 사이 새로 돋은 잎사귀가 깜짝 놀랄 만큼 자랐다.

신록의 계절이다. 한 주 전만 해도 아직 헐벗은 나뭇가지가 보이더니 이제는 수풀이 생생하고 싱그러운 노랑 초록빛으로 물들어 있다. 몸을 앞으로 기울여 가만히 들여다보고 있으니 상수리나무 잎사귀가 활짝 편 손바닥처럼 느껴진다. 꽃대도 쭉 늘어나서 마치 쪼그라지고 설익은 포도 넝쿨처럼 아래로 축 처져 있다.

'딱딱딱' 하는 딱따구리 소리가 멀리 북쪽 소나무 숲에서부터 따뜻한 대기를 가르며 날아온다. 커다란 박새 몇 마리가 상수리나무에 앉아 울음소리를 낸다. 솔새의 울음소리는 호수 건너 다른 솔새의 울음소리에 대한 응답처럼 들린다. 까만 날벌레들이 뿌리 덮개 바닥에 있다 위로 날아오른다. 이들은 날개 두 쌍을 파닥거리는 혹벌들인데, 한여름으로 접어들면 상수리나무 가지에 사과 혹을 가져다줄 것이다.

봄은 상수리나무가 벌레 떼의 침공에 시달리는 시기다. 500여 종이나 되는 곤충이 상수리나무 우듬지 아래나 안에 서식 중일 것이다. 대부분은 상수리나무에 기생해서 살아간다. 노랑 초록빛 새 잎사귀들이 나타나자마자 극소 나방과 말벌, 파리 군단이 그리로 대거 몰려든다. 그린 오크 잎말이나방의 애벌레들은 갓 생겨난 이파리에 숨어 마음껏 포식을 즐긴다. 그들은 몸에서 뽑아낸 은색 실로 이파리를 동여매고 있다가 뭔가에 방해받을 조짐이라도 보이면 그 은색 실을 로프처럼 길게 늘어뜨려 그것을 타고 땅바닥으로 대피하기도 한다.

상수리나무는 파란 박새 새끼에게 의존할 수밖에 없다. 파란 박새 새끼들은 애벌레들이 새로 활짝 돋아난 봄 이파리들 위로 기어 다니며 그렇게 기어 다닌 궤적만큼 모조리 먹어치우기 전에 늘 굶주려 있는 부리를 잎말이나방의 유충과 그밖에 다른 나방의 애벌레들로 채워 넣기 때문이다.

_5월 7일

상수리나무에 붙어사는 나방

하늘에 드문드문 떠 있는 구름이 동쪽으로 흘러간다. 먹구름 한 덩이가 산들바람의 서늘한 손길을 앞세우고 서쪽에서 밀려든다.

내가 다녀간 지 닷새 만에 상수리나무 잎사귀는 더욱 활짝 열렸다. 푸릇푸릇하던 빛깔도 어느새 거무튀튀해졌다. 나무가 만개하고 있다. 상수리나무는 변함없이 계속 자라는 중이다. 시시각각 눈부신 햇살 아래 밀랍으로 빚어놓은 듯한 새 이파리가 돋아난다. 세상에 갓 고개를 내민 새 이파리의 피부는 갓난아기만큼이나 쭈글쭈글하다. 하지만 이제부터 광합성을 할 때마다 비단결처럼 부드럽고 고와질 것이다.

한 무더기의 어린 잎사귀가 상수리나무 발치에 떨어져 있다. 기분이 먹먹해진다. 어엿한 잎사귀의 모양새로 제대로 자라보지도 못하고 저렇게 지고 말았구나 하는 생각에 가슴이 미어질 듯 아파온다. 비록 내 머리 위로 100만 장 이상의 다른 잎사귀가 푸르름을 더해가면서 자라나고 있지만 그 잎사귀들도 가을이 찾아오면 어느새 흙빛으로 변해 땅에 떨어지고 말 테지만. 그래도 내 눈앞에서 저토록 어린 잎사귀들이 스러져 있는 모습을 마주하니 먹먹한 슬픔이 가시지 않는다.

나는 경이롭게 변신 중인 상수리나무를 향해 다가가서 손끝으로 부드러운 잎사귀들을 어루만진다. 나무 몸통 쪽으로 돌아서서 남쪽 부위의 껍질에 손바닥을 대고 온기를 느껴본다. 나무에 균열을 내며 줄지어 나 있는 회색 각질이 눈에 들어온다. 각각의 각질을 중심으로 시커먼 원형 테두리가 에워싸고 있는데, 최근에 그리로 작은 벌레가 튀어나온 모양이다.

곤충의 침공은 전방위적이다. 상수리나무 껍질 여기저기에 미세한 구멍이 잔뜩 나 있다. 눈에 보이지 않을 만큼 작고 낯선 곤충들의 소행이다. 나무 몸통에 닿을까 말까 할 정도로 머리를 가까이 기울여 보니 푸른 지의류의 마른 먼지에서 피어오르는 사향 냄새가 난다. 틈새에 눈을 바짝 가져다 대본다. 하잘 것없는 이삭 부스러기처럼 봄날에 남은 자연발생적 쓰레기 조각이 은색 실에 걸려 있는 것 말고는 아무것도 안 보인다.

껍질이 하얗게 벗겨져 나가면서 노출된 속살에는 나방 한 마리가 앉아 있다. 상수리나무 속살과 거의 구분할 수 없을 만큼 색깔이 똑같은 나방이다. 근시가 있는 내 눈으로는 그저 날개에 난 반점으로만 겨우 알아볼 수 있을 정도다. 그것은 창백한 오크 닉테올 나방*Nycteol revayana* 종으로 그 애벌레는 벌써 호니우드 오크의 푸릇푸릇한 새 잎사귀를 신나게 먹어치우고 있는 다른 유충들의 대열에 합류했을 것이다.

나는 상수리나무에 붙어사는 나방 종에 대해 알아보는 일로 저녁시간을 보내면서 녀석들의 이름과 마주하는 영광을 누렸다. 상수리나무에게서 영양분을 취하는 애벌레 가운데 몇몇 이름은 이랬다. 집시, 검은 홍예, 모자란 단검, 까라진 녀석, 탁한 단색, 쌍둥이 반점 쿼커, 바다 가재, 레서 사틴, 수증기, 창백한 독, 회색 어깨 매듭, 진홍색 뒷날개, 연홍색 뒷날개.

상수리나무를 뜯어먹고 살아가는 애벌레들 중에는 나중에

나비가 되는 놈이 딱 하나 있다. 심홍부전나비다.

　자리에 앉는다. 얼마 후 아주 작은 금파리 한 마리가 내 노트 근처에서 나선형으로 맴돌다 이내 다른 놈을 뒤따라간다. 색이 더 짙은 날벌레인데 서툴게 허공 위로 떠올라 내 눈가를 스쳐 지나간다.

"벌목*이네."

나는 목소리에 잔뜩 힘을 주며 그렇게 소리친다.

어리상수리혹벌이다. 딱 집어 어떤 놈이라고 단정할 수는 없다 해도 방금 내 눈앞에 나타난 날벌레는 벌목 가운데 하나가 틀림없다. 그렇게 규정하는 것은 별로 어려운 문제가 아니다. 벌목에 속하는 곤충으로는 말벌, 꿀벌, 개미 따위를 포함해서 알려진 것만 자그마치 15만 종에 이른다.

나는 9미터쯤 떨어진 거리에서 상수리나무를 바라보고 있다. 봄철의 자연에 일어나는 생태 활동이 너무 경이로워서 두 눈이 휘둥그레질 정도다. 땅벌 한 마리가 이상한 나라의 앨리스처럼 상수리나무 밑동에 난 구멍 속으로 사라진다.

"테레스트리스 종이네."

---

* 절지동물 곤충강에 속하는 동물 분류.

나는 혼자 다시 그렇게 소리치고는 땅바닥의 검은 출입구 위에 눈길을 준다.

잠시 후 벌이 다시 등장한다. 가냘픈 다리를 가까스로 추스르더니 어색하게 허공 위로 날아오른다. 최근 어린 여왕벌들이 기나긴 겨울잠에서 깨어났다. 이 아이도 그중 하나인가 보다. 지금은 지표면에 붙다시피 낮게 떠서 머뭇머뭇 비행 중이다. 집을 지어 여름을 날 만한 장소가 어디 없을까 찾고 있다. 집을 지으면 그 군집 지역의 여왕벌이 되는 것이다. 테레스트리스란 그 이름에서 연상되는 대로 땅 밑에 구멍을 파서 집을 짓고 사는 벌이다.

어느새 저물녘이 되자 나는 최근에 작업이 시작된 고고학 발굴 현장으로 발길을 돌린다. 그곳은 예전에 마크스 홀 에스테이트의 본가 저택이 있던 자리다. 아직도 여섯 명이나 그 자리에 쭈그려 앉아 있다. 그들은 인간 땅벌 같다. 기나긴 하루가 저물기 시작할 무렵부터 땅 밑 발굴 작업이 시작된다.

내 친구 엘리 미드도 그녀의 발굴 동료와 함께 거기 있다. 온몸에 진흙을 뒤집어 쓴 모습이 제법 근사하다. 그녀는 지금까지 그들이 해낸 작업 성과와 발굴한 유물 조각에 대해 열변을 토한다. 13세기 중세시대 유물도 그 땅속에서 나왔다고 덧붙인다. 비록 빛이 바래고 몹시 낡긴 했지만 헤딩험성에서 쓰던 생활용품의 파편이라고 한다.

"다른 것도 더 있어요."

그녀의 동료 그레이엄이 발굴해낸 것은 훨씬 더 엄청난 유물이다. 미드는 발굴 본부인 목조 막사에서 작은 상자를 가지고 온다. 상자를 열어보니 아직 판독되지 않은 명문으로 새겨져 있는 마름모꼴 은색 원반이 나온다. 그 보물의 제작 시기는 호니우드 오크가 아직 묘목에 지나지 않던 시점까지 거슬러 올라가야 한다.

_5월 12일

살아 움직이는 우주

해가 지기 한 시간 전.

거위 떼가 하도 꽥꽥대서 솔새 울음소리가 그 밑에 깔린다. 이른 저녁나절 봄 햇살이 상수리나무를 역광으로 비춘다. 어린 이파리들이 그 빛줄기에 잠긴다. 상수리나무 잎사귀의 빛깔은 몇 주 만에 완연히 달라졌다. 4월까지만 해도 나무에 나타난 첫 번째 엽상체*는 흐린 회색이었지만 이제는 한결 가까

---

* 식물 전체가 잎과 비슷하게 편평하여 잎과 같은 작용을 하는 기관. 잎·줄기·뿌리의 구별이 없는 김이나 미역 같은 조류, 균류 등의 엽상식물에서 볼 수 있다.

워진 햇살 아래 놀랍도록 선명한 에메랄드 빛깔이 되었다.

각다귀 떼가 어스름 지기 시작한 대기 속에서 몰려다닌다. 혹벌들은 상수리나무 위로 기어 다닌다. 무리에서 떨어져 나온 흰개미 한 마리가 땅바닥 위에서 방황하다 어두운 나무껍질의 산비탈과 협곡 위로 기어오른다. 나는 되도록 가까이에서 가만히 들여다보고만 있다. 기껏해야 몇 밀리미터나 될까 말까 한 거미가 3센티미터나 되는 거미줄 위에서 줄타기를 하며 지나간다. 극소 생명체의 세계다. 엄연히 상수리나무의 모서리와 틈새에 존재하며 살아 움직이는 실제의 우주다.

_5월 19일

더 나은 존재가 되는 법

오후 반나절.

벌 떼가 줄줄이 오간다. 올해 들어 처음으로 더운 날씨다. 상수리나무의 자태는 휘황찬란하다. 쭉 늘어난 줄기와 가지로 파란 하늘을 이고 있다. 산들바람이 불어오니 반갑다. 그 바람결에 상수리나무는 꿈쩍도 하지 않는데 소나무 숲에서는 약간의 동요가 인다. 파란 박새가 박쥐처럼 쏜살같이 날아가서 균열이 가거나 틈새가 벌어진 모서리라면 어디든 자리 잡고 제 발치에 주어지는 먹잇감으로 미친 듯이 배를 불린다.

솔새가 운다. 거위 떼는 새끼들을 이끌고 아장아장 산책하는 동안 이글거리는 눈빛으로 주변에 위협적인 소리를 낸다. 그 옆에는 노랑나비 한 마리가 팔랑거리고 있다.

공작은 걷기가 부담스러운지 주목나무 그늘 밑으로 들어가서 쉰다. 나는 이미 오늘 루이스 맥니스의 시 「나무숲」을 읽었다. 지금 나는 그 시를 다시 읽고 있다. "새와 유령이 한데 어

우러져 있는 나무숲"'태곳적의 밤" 그리고 어째서 "전설로 향해 가는 문은 빗장이 걸려 있지 않은 채 남아 있는지"[27] 나는 자리에서 일어나 내 뒤편의 잘 가꾸어진 나무숲 안으로 걸어 들어간다. 걸음을 내디뎌 나무숲으로 들어서는 순간 우리는 지금보다 더 나은 존재가 된다.

_6월 4일

상수리나무의 뿌리 깊은 혈통

오후 반나절. 태풍주의보.

2주 사이에 상수리나무 잎사귀의 초록빛이 더욱 짙고 거무튀튀해졌다. 금세라도 빗줄기가 내리칠 듯한 오후의 어둑한 빛살에 비쳐 더더욱 그렇게 보이는지도 모르겠다. 새와 숲과 나무에 관한 한 19세기 최고의 전원시인 존 클레어는 자신의 시 「여름」에서 이렇게 썼다.

상수리나무 잎사귀는 천천히 펼쳐지면서
더 그윽해지는 색조로
한 번 더 여름의 힘을 증언한다.[28]

어느새 여름이 다가오면서 나는 클레어와 같은 감흥이 고조된다. 머리가 가볍다. 마냥 즐겁다. 이 세계에서는 뭐든 가능하다. 미래가 나를 부른다. 모두가 후텁지근한 연옥 속에서 태풍을 기다린다. 태풍이 불어닥치면 나는 겨울 동안 요람처럼 몸을 파묻고 추운 날씨를 견딘 둥치 틈새로 피해야겠지.

한여름 축전 전야제가 며칠 앞으로 다가왔다. 세월이 빠르다. 비를 기다리던 나는 난감한 수수께끼에 빠져든다. 여러 세대를 겪으며 그들과 함께 살아온 상수리나무에게 인간이란 생명체는 도대체 무엇일까. 어쩌면 벌이나 새와 같지 않을까. 여러 해에 걸쳐 오가다가 또다시 어디론가 방랑길에 나서기 전에 이곳 가지 밑에 앉아 잠시 휴식을 취한다는 점에서 말이다.

이 거대한 상수리나무는 나 같은 인간이 30세대에 걸쳐 태어나서 살아가다 땅속에 묻히기를 반복해온 시간 동안 여기 존재해왔다. 그리고 지금도 여전히 이곳에서 살아가고 있다.

여러 해 동안 나는 베첼리오 티치아노의 「신중함의 알레고리」 그림 엽서를 내 책상에 올려두었다. 나는 어렸을 때 여러 미술작품이 전시되어 있는 런던국립미술관에 가서 그 엽서를 구입했는데 그걸 계속 간직하고 있다. 그림에는 인생의 각기 다른 단계, 즉 유년기·성숙기·노년기에 나타나는 인간의 세 가지 모습이 담겨 있다. 그 밑에는 개·사자·늑대가 그려져 있다. 연령대별로 세대가 나뉘는 모습은 상수리나무에게서도 종종 볼 수 있다. 상수리나무는 묘목 시절의 유년기를 지나 초록 왕관을 쓰고 번성기를 맞았다가 사슴뿔 모양으로 앙상해져 가는 가지와 함께 성숙기에 다다른다.

존 드라이든은 1700년에 처음 출간된 『우화, 고대와 현대』에 수록한 자신의 시 「팔라몬과 아르시테」에서 나이 변화에 따른 상수리나무의 세 가지 단계를 표현한 바 있다.

"나무들의 족장, 상수리나무 군주가

드높이 틔워 올린 새순을 미세하게 펼쳐

3세기에 걸쳐 자라고 또 3세기에 걸쳐

존엄의 위용으로 거기 머물다

이윽고 3세기에 걸쳐 스러져 가네."[29]

1894년 출간된 J.C. 셴스턴의 『에섹스의 상수리나무』를 통해 나는 오랜 상수리나무 한 그루의 나이와 관련하여 "결코 아무런 과장도 없이" 셴스턴이 전해주는 "상수리나무의 내력"을 참고할 수 있었다.

"내 증조부의 몸통 속에서 드루이드가 거주했고

내 조부에게는 로마시대 독수리가 내려앉았고

내 아버지가 갈리아 해전의 영웅 에드워드를
보호할 무렵 나는 어린 묘목이었지.”[30]

한 그루 상수리나무의 혈통을 생각하다 보면 우리는 이내
선사시대까지 거슬러 올라가게 된다.
_6월 18일

안식과 평화의 장소

이른 아침. 옅은 안개. 습한 공기.

상수리나무가 나를 끌어당기고 있는 느낌이 들어 새벽에
잠에서 깼다.

그래서 지금 상수리나무에게로 왔다. 공작이 울타리 쳐진
정원에서 울고 있다. 공작의 울음소리는 습한 대기 사이로 퍼
져나가며 파동이 되어 상수리나무에 내려앉을 만큼 널리 메
아리친다. 각다귀 떼와 모기 떼가 이른 아침 자욱한 안개 속으
로 몰려나온다. 각다귀 떼가 무리 지어 나뭇가지 한 귀퉁이에
내려앉아 바람 속에서 다리를 버둥거린다.

솔새와 되새가 하늘 높이 가득 떠 있다. 그 너머 어딘가, 까
마귀 떼가 상수리나무에 시커멓게 내려앉아 낄낄거리고 있
다. 소나무 숲에서 뭔가 긁는 듯한 흰목휘파람새의 목소리가

점점 더 커지더니 미려한 노랫소리로 변한다. 멀리 떨어져 있는 저쪽 어디에서는 버들솔새가 운다.

나는 가만히 잠자코 있는 법을 익히는 중이다. 나는 귀 기울여 듣는 법을 터득하는 중이다.

간밤에는 W.H. 데이비스의 「오래된 상수리나무」라는 시와 만났다.

"오래된 상수리나무여, 나는 너의 잎사귀 아래 앉아 있다
모든 나무 중에서도 가장 장대할 너
아무리 큰 말이라도 그 움푹한 둥치 안이라면
편히 쉬어갈 마구간으로 족하겠구나

나는 너의 강하고 단단한 가지 마디를 보고 있다
그것들은 바람 타는 법을 배우게 될 테니
두려워할 것 없으리
네 삶은 길지만 내 삶은 짧다
그런들 어느 쪽이 더 큰 고통의 짐을 떠안고 살까

시가지 길가의 돌멩이를 빵조각으로

착각해서 넋 놓고 바라볼 만큼

굶주린 여인이나 제대로 먹지 못해 미쳐버린 사내를

그대는 여기서 본 적이 없겠지

런던 도심의 문과 벽처럼 시리디 시린

밤공기 속에서 집을 잃고 잠들어 누워 있는

아이들의 덜덜 떨리는 등도

그대는 아직 느껴본 적 없겠지"[31]

데이비스는 미국에서 열차에 뛰어오르다 한쪽 다리를 잃은 20세기 초의 방랑 시인이었다. 그의 작품에는 다정다감한 방랑의 철학이 담겨 있다. 그의 시 「오래된 상수리나무」에 녹아든 낭만적인 관점은 살아남고자 발버둥치는 도시 극빈층인 "굶주린 여인" "집 잃은 아이들" "미쳐버린 사내"와 대비된다.

상수리나무는 데이비스에게 고단한 세상살이에서 헤어날 수 있는 자유, 안식과 평화의 장소를 내준다. 오래전 언젠가 아버지와 대화를 나눌 때 아버지는 "만일 애써 신경 쓸 일들로만 그득하다면, 이 삶이라는 것은 도대체 무엇일까"로 시작하는 데이비스의 시를 좋아한다고 하신 게 기억났다. 아버지는 전문적으로 시를 쓰는 사람은 아니었지만, 데이비스에 대해 간직해온 유대감만큼은 끈끈하고 단단했다.

　간밤에 나는 불 옆에 앉아 다시 아버지의 얼굴과 마주했고 그분이 여기 와 있는 것을 느꼈다.

"만일 애써 신경 쓸 일들로만 그득하다면
이 삶이라는 것은 도대체 무엇일까
우리는 가만히 서서 물끄러미 바라볼 시간이 없다.

나뭇가지 아래 앉아서
양 떼나 소들을 오래도록 바라볼 시간이 없다."[32]

나는 지금 그렇게 하는 법을 배우는 중이다.
_6월 19일

나무가 마련해준 안식처

　늦은 오후. 흰털발제비가 상수리나무 위로 날아오른다. 무덥고 후텁지근한 여름 날씨다. 파리 떼가 몰려다니며 허공을 까만 얼룩으로 뒤덮고 있다. 회색 다람쥐 한 마리는 뿌리 덮개 바닥 위로 살금살금 기어 다니다가 마차 차고에서의 결혼식으로 인해 사람들의 시끌벅적한 말소리가 들려오자 쏜살같이 달아난다. 사람들의 말소리는 다람쥐만 쫓아낸 게 아니라 날카롭고 충돌하는 온갖 소음을 사방에 퍼뜨려서 자연에서 들려오는 음향의 조화마저 깨뜨리고 있다.

나무가 마련해준 안식처에 숨어 나는 그 둥치에 등을 기대고 가만히 앉아 있다. 낮 동안은 뜨겁다. 두 눈을 감아본다. 솔새 두 마리가 스타카토로 운다. 그 소리가 다른 소리보다 또렷이 들린다. 편히 듣기에는 음역대가 너무 높다. '휫, 휫' 하는 오색방울새의 치찰음이 들려온다. 잠시 후 눈을 떠보니 몸길이가 3센티미터가 될까 말까 한 회색 미소나방*이 내 얼굴 앞 30센티미터 높이에 떠 있다. 더 정확히 말하면 나무껍질 위에서 서식하는 잿빛 지의류로 위장 중이다.

_6월 27일

함께 어울려 자라는 나무

갈색 황조롱이 한 마리가 눈높이 위로 날아간다.

주크와 함께 호니우드 오크를 둘러싸고 있는 목재 난간 너머로 향한다.

"이 구역은 이제 곧 제초 작업을 할 예정이에요."

---

* 크기가 아주 작은 나방. 소형나방이라고 부르기도 한다.

그는 사전 작업으로 먼저 묘목을 그러모아야 한다고 말한다. 우리는 함께 묘목을 찾아 나선다. 뿌리 덮개 밑으로 삐져 나와 있는 플라타너스와 호랑가시나무는 보이지만 정작 상수리나무 묘목은 아무리 찾아봐도 없다.

"여기 하나 있네요."

이윽고 그가 말한다.

그것을 시작으로 우리는 여섯 개가 넘는 묘목을 찾아낸다. 상수리나무의 자식들인 그 묘목들은 다음 세대다.

우리는 걸어 나오면서 함께 상수리나무를 돌아본다. 방풍림이 조성된 이후로 상수리나무가 얼마나 잘 지내고 있는지에 관해 이야기를 나눈다. 주크는 푸릇푸릇한 잎사귀를 본다. 색깔이 짙푸르다는 것은 그만큼 상수리나무가 건강하다는 증거다. 그 말에 '투 오크 힐'의 나무들이 생각난다. 하나는 짙푸른데, 다른 하나는 색이 엷다.

"이제 우듬지 균형이 양쪽으로 훨씬 잘 맞네요."

내가 말한다.

주크가 고개를 끄덕인다. 상수리나무에 좀더 많은 공간과 대기와 빛을 마련해주고자 얼마 지나지 않아 남쪽에서 플라타너스와 소나무를 벨 계획이라고 털어놓는다.

"상수리나무는 700년 남짓 동안 누려온 것을 너무 많이 빼

앗겼어요.”

그 공간과 빛은 지난 세기 동안 서서히 잠식당해왔다. 이제야 상수리나무는 제대로 서식할 만한 여건을 돌려받는 셈이다. 참으로 감사할 일이다.

주크와 헤어진 후 나는 벤치에 앉아 한동안 멍하니 앞만 바라본다. 솔새가 운다. 청딱따구리가 날아간다. 하늘은 잿빛으로 물들어간다. 한두 시간 안에 비가 온다는 예보가 있다.

나는 상수리나무의 동쪽으로 가까이 다가가서 창백하게 노출되어 있는 부름켜에 내 손을 가져다댄다. 각기 다른 크기의 딱정벌레 구멍이 점점이 나 있다. 나는 나무가 따뜻하게 데워질 때까지 내 손을 떼지 않고 그대로 둔다. 한참 있다가 걸음을 옮긴다.

존 파울즈는 그의 아름다운 수상록 『나무』에서, 우리가 장엄하게 고립되어 서식하는 나무와 마주치는 순간, 어떻게 “나무의 정수”에 가장 근접했다고 인식하게 되는가에 대해 쓰고 있다. 호니우드 오크처럼 고립되어 저 혼자 덩그마니 남아 있는 나무는 우리에게 저런 상태의 나무에 대해서라면 최대한 알아볼 게 많을 거라는 믿음을 주는 것으로 보인다. 그렇다고는 해도, 파울즈의 주석에 따르면, 나무는 결코 고독한 파수꾼

이 아니라 숲과 임야 등지에서 다른 나무들과 어울려 자라도록 태어난 생명체다.[33]

　최근 생명과학 분야의 연구 방향은 나무들 사이의 복잡한 상호작용에 초점을 맞춰 새로이 전개되고 있다. 나무 사이의 상호작용은 곰팡이류 뿌리 계통의 그물이 촘촘히 얽힌 균사체 조직망을 타고 초미세 단위의 연결 구조 속에서 이루어진다. 새로 전개되고 있는 연구 방향은 나무들이 서로 보살펴주고 서로 보호받을 수 있는 상대들과의 사회적 관계망에 속할 때, 서로 원활하게 의사소통을 하고 생존의 필수 자원을 교환할 수 있을 때 더욱 번창한다는 주장의 설득력을 높여준다. 지금 생명과학이 우리에게 설파하고 있는 연구 결과는 이미 오래전에 많은 부분이 사실로 드러났다.

　『성난 군중으로부터 멀리』에서 토머스 하디는 다음과 같이 말한다.

"인류의 본능적인 활동은, 오른쪽 나무와 왼쪽 나무가 성당 성가대의 규칙적인 교송처럼 서로 투덜거리거나 칭찬하는 말을 주거니 받거니 할 때마다 일어나서 귀 기울여 듣고 그것을 따라 하는 일이었다."[34]

나무는 서로에게 말을 한다. 그런 나무 공동체 속에서 그들은 번창한다.

나무의 이러한 속성이 분명한 사실로 드러날수록, 내게는 다른 나무들의 무리에서 따로 떨어져 나와 하루하루 외로이 보내는 것처럼 보이는 오랜 상수리나무가 더욱 경이롭게 다가온다. 노숙한 현자, 나이 지긋한 순례자, 존재의 의미를 더욱 깊이 탐구하기 위해 번잡한 세상살이에서 자발적으로 제외되기를 택한 철학자나 성자와도 같이 우리는 호니우드 오크처럼 개별적으로 살아가는 나무들에게도 예외성을 부여하면서 특별히 소중한 대상으로 여긴다. 그런 상수리나무들은 우리가 가장 우러러봐야 할 교목의 반열에 오르는 것이다.

에드먼드 스펜서는 『양치기의 달력』에서 그런 정수를 정확히 포착한다.

"한 그루 나무가 풍성한 신록에 휩싸여 나이 들어가는데,
상당수 상수리나무도 한때는 그런 모습이었지만…
그 대신 옛 나무는
온갖 신비한 수수께끼에 둘러싸여 성스러워졌다네."[35]
_6월 29일

싱그러운 숲속의 생명

솔새가 울음소리를 내다 부슬비가 내리기 시작하자 울음을 뚝 그친다. 상수리나무 아래는 다소곳이 잎사귀를 두드려대며 떨어져 내리는 빗소리에 가득 에워싸인다. 잎사귀는 여전히 푸릇푸릇하고 싱그럽다. 색조도 밝다. 가을이 오면 노화되어 갈색으로 변한 잎사귀 위에 빗줄기가 떨어져 양철 두드리는 듯한 울림을 퍼뜨릴 것이다.

나무 밑동의 껍질 위에서는 딱정벌레 한 마리가 나무 표면의 협곡과 동굴을 가로질러 자기가 지나다닐 길을 내는 중이다. 바닥에 드리워진 녀석의 그림자는 다람쥐가 알맹이만 쏙 빼먹고 내버린 솔방울의 잔해 조각을 눈에 뜨이지 않도록 덮어준다.

나는 붉은색 불개미 떼가 나뭇조각을 가로지르며 기어 다니는 것을 지켜본다. 모든 게 아득한 정적 속에 가라앉아 있다. 쥐며느리의 눈을 들여다보고 있는데 상수리나무 남쪽에서 뭔가 부스럭거리는 소리가 난다. 고개를 돌려본다. 자리에서 일어나는 대신 동작을 멈추고 기다린다. 깡충깡충 달려 나온 새끼 토끼 한 마리가 눈에 띈다. 검은색 지느러미 같은 양쪽 귀가 쫑긋 세워져 있다. 짙은 황색 눈을 끔뻑끔뻑 번뜩인다. 어린 토끼는 상수리나무에 구부정하게 등을 기대고 앉아 있느라 쭈그러진 내 그림자를 향해 다가온다. 그러다 여덟 발짝쯤 떨어진 거리에서 멈춰 서더니 나를 빤히 건너다본다.

나는 그 눈길이 느껴져서 돌아본다. 토끼는 몸을 돌려 상수리나무 뒤편으로 향한 후 시야 밖으로 사라진다. 나무 둘레를 시계 반대 방향으로 돌아 이내 다시 나타난다. 잠시 후 북쪽을 향해 벌노랑이와 제자리에 앉아 있는 청둥오리 떼를 지나 목초지 무성한 풀밭 속으로 자취를 감춘다.

_7월 2일

벌 떼에 휩싸인 신성한 나무

따뜻한 여름 햇살.

오늘 아침 마차 차고로 가는 도중 사유지로 통하는 길목 아스팔트 위에서 시커먼 뱀 한 마리와 마주쳤고 녀석이 높이 자란 풀밭 사이로 미끄러져 들어가는 장면을 목격했다.

나는 상수리나무가 얼마나 짙푸른지 새삼 깨닫는다. 파릇파릇 활력이 넘치고 비옥한 생명력으로 충만하다. 콩알만 하던 도토리도 한 주 만에 두 배 이상 자랐다. 잎사귀의 푸르름도 더욱 깊어졌다. 늦은 오후 여름 햇살은 거기에 건강한 윤기의 테두리를 둘러준다.

나는 위에 있는 잎사귀 형체가 밑에 있는 다른 잎사귀 표면 위로 아른거리는 것을 그림자놀이 보듯 구경한다. 잎사귀는 손끝이 닿을 때마다 눅진하게 눌어붙을 만큼 점성이 강한 송진으로 얇게 덧씌워져 꽤나 끈적거린다.

이제 보니 이거 꿀물이다. 상수리나무 남쪽에 걸린 벌집은 아직 잠잠하다. 거기 사는 벌들은 나뭇잎에서 꿀을 거둬들이는 데는 별다른 관심이 없나 보다. 그렇다 해도 곧 몇몇 벌들은 가만있지 않으리라. 녀석들이 행동에 나서는 순간, 상수리나무는 단맛뿐 아니라 산화방지제 함유량이 풍부해서 건강까지 보증해주는 금지옥엽의 꿀단지로 여겨져 벌들에게 그 꿀을 조달해내느라 시달릴 게 빤하다.

2,000년 전, 베르길리우스는 전원시편 가운데 하나인 「에클로그」에서 이렇게 읊었다.

"신성한 상수리나무는 늘 벌 떼에 휩싸여 윙윙거린다."[36]
_7월 8일

무더운 여름날의 열기

29도. 본격적인 무더위 엄습. 여름의 무게에 짓눌려 허덕이기 시작한다.

회색 나방이 완벽한 위장술을 부리며 상수리나무 껍질 속으로 감쪽같이 사라진다. 나무껍질에 붙어 있는 이 녀석은 참나무나방인데 정말 사라진 것인지 그저 눈에 잘 보이지 않는 것인지 확실하지 않다.

　새들의 울음소리에서 확연히 더위에 지친 기색이 전해져온다. 솔새는 마지못해 운다는 듯 나지막한 소리를 낸다. 되새의 울음소리는 불협화음투성이다. 호숫가 거위 떼는 모처럼 조용하다. 상수리나무에서도 나른한 기운이 느껴지기는 마찬가지다. 상수리나무는 까무룩 잠들었다가도 산들바람이 꿀 발린 잎사귀를 후드득 훑고 지나가기만 하면 반색하며 깨어나는 것처럼 보인다.

　남쪽 출입 구멍에서 벌 떼의 육중한 행렬이 뜨거운 공기를 가르며 쏟아져 나온다. 그 가운데 열기에 정신 줄을 놓고 방향 감각을 상실해 낙오된 벌 하나가 2미터밖에 떨어져 있지 않은 집을 찾지 못해 나무 몸통 위아래를 오가며 우왕좌왕한다. 유럽뱀눈나비 떼는 우설채 잎사귀 사이에서 갈색 날개를 팔랑거리며 다소곳하고 우아하게 상승과 하강을 반복한다. 모든 게 고요하다. 잠시 후 뭔가에 자극받은 거위 떼가 다시금 꽥꽥대기 시작한다.

　_7월 16일

상수리나무를
끌어안는 시간

한 해 동안 호니우드 오크는 내가 일상생활에서 슬쩍 물러나 있고 싶어질 때마다 찾아가는 곳으로 자리 잡았다. 상수리나무와 그 주변에서 생태계를 이루고 살아가는 여러 생명체를 가만히 관찰하는 일은 내 마음을 평온하게 다스리는 수련의 시간이었다.

상수리나무는 아늑하고 평화로운 안식처였다. 그곳에서 나는 금이 가기 시작한 내 아내와의 관계에 대한 고민에서 헤어날 수 있었다. 거기 있는 동안만큼은 내가 신경 써서 처리해야 하는 일상의 온갖 잡다한 일에서도 벗어날 수 있었다.

내가 상수리나무에게로 향하는 것은 결코 이상한 일이 아니다. 나는 숲에 가서 자연을 직접 경험해보고 좋은 영향을 받을 수 있도록 다른 사람들을 일깨워주는 경험적 자산을 벌어들인 셈이다. 세상에서 벗어나 자연 속에 머무는 일은 언제나 내게 영약 같은 효험이 있었기 때문이다.

어느 날 나는 호니우드 오크로 향하던 발길을 뚝 끊었다. 내가 그 이유를 깨달은 것은 불과 얼마 전이다. 다시 누군가와 사랑에 빠졌기 때문이다. 몇 년이 지나 그 사랑의 불길이 사그라들기 시작할 무렵, 다시 상수리나무에게 돌아갈 수밖에 없으리라는 생각이 들었다.

하루가 다르게 내 마음속에서 불안이 커져갔다. 결국 나는 혼자 남았다. 갈수록 다른 사람들과의 관계에서 달아나려고만 하는 나 자신을 발견했다. 상수리나무 옆에 있을 때 가장 편하다는 사실을 깨달았다.

호니우드 오크는 이미 지나간 상대였다. 나는 집에서 가장 가까이 있는 다른 상수리나무에게로 눈길을 돌렸다. 내 집 뒤편의 들판에는 상수리나무가 한 그루 있었다. 그 앞에 앉아서 나무와 마주하고 있기로 했다. 호니우드 오크만큼 오래된 나무는 아니었지만, 그와 마찬가지로 내가 다가가서 곁에 머물 수 있는 상수리나무였다. 그 나무는 우리 집 뒷문에서 겨우 90미터 정도 떨어진 거리에 있었다. 나는 그 나무를 '필드 오크'라고 부르기로 했다.

또 다른 상수리나무가 내 눈에 들어왔다. 언덕 위에 상수리나무가 두 그루나 있다 해서 내가 '투 오크 힐'로 부르게 된 언덕은 집에서 160킬로미터 정도 떨어진 곳에 있었다. 그 터에 우뚝 솟은 상수리나무 두 그루 가운데 하나는 사슴뿔 모양처럼 생겨서 기어오르기가 쉬웠다. 4미터 높이까지 사다리처럼 나 있는 큰 가지를 딛고 올라가서 가지를 벤치 삼아 걸터앉곤 했다. 나는 내킬 때마다 '사슴뿔 오크' 위로 기어 올라갔다. 상수리나무에 안겨 아래를 내려다보면 모든 게 달라진다. 사는 게 한결 간단해 보인다. 만사가 평화롭다.

나는 상수리나무와 어느 때보다 더 가깝게 지냈다. 나는 종교 의례처럼 내 정해진 일과의 일부를 상수리나무 옆에서 보내기로 했다. 그저 일과 후 어디 가던 도중에만 호니우드 오크를 찾아가던 시절과 달리 이제는 상수리나무 옆에 붙어 앉아 하루 중 조금 더 많은 시간을 이 평온한 세계에서 보내고자 했다. 상수리나무 옆에 붙어 앉아 여기 내 앞에 존재하는 이 나무에게만 온 정신을 쏟으려면 나를 번거롭게 하는 일상과 업무에서 돌아서야 할 터였다.

상수리나무 옆에 있으면 마음이 한결 편해졌다. 그것은 명상의 한 방식이었다. 나는 갈수록 상수리나무와 함께 더 많은 시간을 보냈다. 나는 상수리나무에 기대어 스스로를 지탱했다. 여러 면에서 그것은 내가 속한 사회에서의 이탈이었고 도피였다. 이제는 내가 그랬다는 것을 돌아볼 수 있다. 아무 말도 없지만 분명 지각을 갖추고 살아가는 상수리나무의 삶의 태도는 내가 닮고 싶었던 모습이었다. 그것은 상수리나무와 충분한 시간을 보내기만 한다면 나도 어느새 체득할 수 있는 인격적인 면모처럼 여겨질 정도였다.

내가 거기서 찾은 것은 존재에 대해 깊이 명상하는 태도였다. 나는 그와 같은 상태가 내 정신을 건강하게 유지할 수 있는 길이라 믿었다. 혹시 내가 인류에서 빠져 나와 나무로 살아갈 길을 모색 중인지 어떤지는 아직 모르겠다. 이따금은 해안에서 너무 멀찍이 벗어나 항해하듯 내가 너무 멀리 떠내려가고 있는 게 아닌가 싶을 때도 있다.

종종 눈을 돌려 다른 사람들의 생각을 참고하려 했다. 나는 나와 교감할 만한 영혼을 몇몇 찾아냈다. 그들은 내게 자상하고 현명한 말을 들려주었다. 상수리나무가 그들에게 어떤 의미였으며, 어떻게 상수리나무가 우리에게 평화와 안정을 베풀어주었는지 등에 관하여, 또한 상수리나무로 존재한다는 게 어떤 의미인지에 대해서도.

명상 수련

간밤에 남쪽에서 들려오는 금눈쇠올빼미 울음소리에 집을 나와 투명한 어둠 속으로 발걸음을 옮긴다. 고양이처럼 구슬

픈 울음소리가 천랑성 별빛 가물거리는 밤하늘 아래서 들려온다.

아침에는 내가 잠자리에서 일어나기도 전에 들판을 가로질러 먼동이 터온다. 잠시 후 오두막 창밖으로, 얼어붙은 지표면이 녹으면서 두루마리구름을 향해 올라가는 동안 데워진 수증기가 아지랑이처럼 피어오르는 게 내다보인다. 그 사이 성에 덮인 바닥 위로 낮게 여명이 드리운다.

오후에는 일몰을 보기 위해 필드 오크에서 교회 쪽으로 걸어 내려온다. 저물어가는 햇빛에 눈이 부셔서 나는 하늘 높이 달이 떠 있는 동쪽으로 고개를 돌린다. 달은 창백하고 둥글게 영글어 가고 있다. 아직 다섯 시도 안 된 시각이다.

길을 따라 내려가는 동안 나는 만약 사람들 개개인이 무리에서 떨어져 나와 개별적으로만 살아간다면 어떻게 성장하고 또 어떤 인격체가 될지 생각해본다. 각각의 상수리나무는 어떻게 스스로의 개체성과 독자적 특성을 유지할지에 대해서도 생각해본다. 내 아이들이나 이 땅에 발을 딛고 사는 모든 인간과 마찬가지로 각각의 상수리나무에는 눈에 뜨일 수 있고, 느껴질 수 있고, 인식될 수 있는 개별성이 있다. 나는 나무에 관한 마르틴 부버의 실존철학을 지금까지 여러 번 읽고 또 읽었다.

"나는 한 그루 나무를 응시한다.

…내 대상물에 지나지 않지만 나무에는 엄연히 서식 장소, 나이, 종류, 생존 조건 등이 있다.

…내가 나무를 응시하는 동안, 나와 나무 사이에는 어떤 관계가 형성된다. 그렇게 해서 나무는 더 이상 '그것'으로 존재하지 않는다. '나무'란 말로 뭉뚱그려지지 않는 개별적 존재의 힘이 나를 압도했다…

그러니까 우리 인간과 마찬가지로, 나무에도 의식이 있다는 것일까. 나로서는 그런 체험을 한 적이 없다. 하지만 여러분의 경우, 그런 적이 있는 것 같다고 한다면, 나뉠 수 없는 대상을 다시 나누려 드는 것 아닐까. 내가 마주한 것은 나무의 영혼도 아니고, 드라이어드도 아니다. 그것은 그저 나무 자체일 뿐이다."[1]

오늘 한 번 더 나는 나무를 유심히 관찰하면서 부버를 읽는다. 그러고는 한 시간이 넘도록 내 오두막 뒤 들판에 서 있는 상수리나무를 바라본다. 요즘 들어 부쩍 나는 그 상수리나무에 끌린다. 자리에 앉아서 상수리나무의 자태에 정신을 집중한다. 나는 나중에야 내가 하고 있는 게 명상 수련의 한 방식이라는 것을 깨닫게 된다. 상수리나무에 정신을 집중하고 있으면, 내 머리를 들쑤시는 온갖 잡념이 잠잠해진다.

나는 자리에 앉아서 내 주의력을 상수리나무에게로 옮긴다. 내게는 한 그루 상수리나무가 하나의 개별체로 온전히 다가온다. 나는 상수리나무의 맨 나뭇가지가 드러내고 있는 구조와 모양새를 본다. 나는 나무껍질에 난 틈새의 어둠을 본다. 나는 여전히 나무에 매달려 있는 상수리나무의 싯누런 잎사귀를 본다.

그렇게 들판의 상수리와 함께한 시간이 지나고 나니, 마음이 한결 평온하게 가라앉는다. 나는 자리에서 일어나 남쪽으로 뻗은 시골길을 따라 걷는다. 밤으로 사위어가는 하루의 마지막 햇살을 보고자 다시 서쪽으로 향해 간다.

한 시간째 하늘을 올려다보다가 상현달이 오후부터 어떻게 더욱 둥글둥글해지면서 만월로 영그는지 알아차리게 된다. 이토록 깊은 해거름 속에서는 더욱 쉽게 사방이 침묵으로 뒤덮이는 것처럼 보인다. 밤이면 더욱 강고한 정적이 깃들 테지만 지금도 나는 해거름 녘 새소리가 잦아드는 사이 지상이 서서히 침묵 속으로 가라앉고 있다는 인상을 받는다.

내가 달빛 아래 앉아 있는 사이 시간이 꽤 흐른 것 같다. 필드 오크는 철흑색이다. 활짝 펼쳐진 별들이 밤하늘을 가득 수놓기 전 갈려 나온 잔가지가 아무렇게나 너울거린다. 그리 매섭지는 않다. 바람은 어느새 잦아들었다. 옷을 껴입은 덕에 밤 공기가 맨살로 스며들지 않는다. 장갑을 끼지 않았는데도 손이 시리지 않다. 나는 고작 코끝에 와닿는 냉기로만 아직 겨울밤임을 실감할 수 있다. 그것도 그런 감촉이 살짝 느껴진다는 것일 뿐 그 이상은 아니다. 꽤나 고요한 밤이다. 적막감이 나를 무겁게 내리누르는 것처럼 느껴진다. 지상이 잠들어갈 무렵이다.

손전등을 끄면 오히려 달빛이 더욱 환해 보일 정도로 투명한 밤이다. 상수리나무 몸통에는 이제 납빛이 감도는 은색 광택이 흐른다. 금속성 빛줄기에 비친 가지들의 검은 그림자가 그 위로 가로질러 지나간다. 나는 들판을 벗어난다. 풀밭 앞 산울타리를 지나가면서 나는 고개를 돌려 수은의 베일에 싸인 상수리나무의 윤곽을 본다. 그러다 오두막 뒷문에 다다를 즈음, 나는 상수리나무의 하체에 덮여 있는 게 죽음과도 같이 창백한 달빛의 숄임을 떠올린다.

_2월 16일

상수리나무에 깃든 고유한 특성

우리가 한 장소에 머무는 동안 눈으로 봐야 하는 것을 결국

볼 수 있게 되기까지는 여러 해가 걸릴 수도 있다.

생태주의 시인 게리 스나이더는 『지구, 우주의 한 마을』에서 "특정한 상대로서 상수리나무가 거기 있다는 사실에 주의를 기울이면서 그것의 나이와 기본 속성, 자기 성찰과 상수리나무다움에 대해 마치 지인인 것처럼" 느끼기 전까지 20년 동안이나 그 나무 앞을 무심히 지나쳤다고 털어놓은 바 있다. 그것은 곧 계시와 친밀한 관계가 형성되는 순간이다. 스나이더의 말에 따르면, "어떤 극적인 지각을 통해 돌연 상수리나무와의 만남"이 이루어진다.[2]

나와 필드 오크도 그와 비슷한 경우다. 겨우 얼마 전에야 내게는 상수리나무를 특정한 상대로 여기며 주의를 기울이고, 오로지 그 상수리나무에게만 있는 고유한 특성을 유심히 들여다볼 수 있는 여유가 생겼다. 이제 나는 상수리나무들 각각에 깃든 그 고유의 상수리다움을 알아차릴 수 있도록 무엇을 눈여겨봐야 하는지 안다. 그러기는 별로 어렵지 않다. 단지 시간이 조금 걸릴 뿐이다. 당신 앞에 있는 상수리나무에 시선을 고정할 것. 나무 몸통과 가지와 잎사귀가 무성한 우듬지에 일정한 무늬가 있는지 살필 것. 그러고 나면 지금 여기 있는 상수리나무가 지상에서 자라고 있다는 것을 알게 될 것이다. 또한 어느 상수리나무와 명확히 다르다는 것을 알 수 있는 세부

적인 특징이 눈에 들어오기 시작할 것이다. 각각의 인간존재만큼이나 각각의 상수리나무도 독자적인 존재다.

눈부신 햇살이 아침부터 작열한다. 약 2만 8,000제곱미터 숲의 그림자를 뒤로하고 태양이 장엄하게 들판 위에 솟아오른다. 되새 떼가 사과나무의 가장 높은 가지 위에서 소리를 지르고 있다. 너무 좋은 날씨에 이끌려 바깥으로 나와서는 투 오크 힐로 향한다.

햇빛이 비스듬히 쏟아지는 언덕 꼭대기에 오른다. 태양은 한 번 더 맑게 갠 겨울 하늘 위에 반쯤 솟아올라 있다. 오르막 서쪽 한 귀퉁이에 서 있는 상수리나무 두 그루 옆에서 나는 멈춰 선다. 그중 한 그루 표면에 손을 가져다댄 후 몸통에 기대어 서본다. 그러면서 발치에 펼쳐진 저 아래 세상을 굽어본다. 시야가 확 트이는 날씨다. 이 상수리나무 두 그루는 유서 깊은 귀족 혈통이 아니다. 그들은 어치가 심은 도토리에서 태어나 자랐다. 아마 200살쯤 되었을 텐데 그보다 많지는 않을 것이다. 그렇다 해도 그들이 이 자리에서 드러내고 있는 존재감은 확실하다.

나는 조금 더 저쪽으로 떨어져 있는 상수리나무 몸체 옆에 자주 붙어 서서 발밑으로 펼쳐진 세상을 내려다본다. 이쪽 지대 토질은 비바람의 침식작용에 따라 모래 입자만큼이나 가는 빙퇴석이 퇴적층을 이루면서 형성되었다. 그런 까닭에 상수리나무 각각의 뿌리가 바깥으로 불거져 나와 있다. 신의 섭리로 생겨난 개울이 남쪽으로 굽이돌면서 언덕 기슭을 치맛자락처럼 빙 두른 후로 아주 오랜 세월에 걸쳐 야트막한 골짜기가 이루어졌을 것이다.

쌍봉을 이루며 서쪽으로 솟은 언덕 꼭대기에는 교회 석탑이 얹혀 있다. 그곳 남향으로 나 있는 벤치에서 내려다보이는 전망도 꽤 근사하다. 그래도 나는 이 상수리나무들 곁에 앉아 있는 게 더 좋다.

_2월 19일

자연을 체감하는 삶

오늘은 새벽에 일어나서 시골길을 따라 산울타리 너머에 있는 상수리나무에게로 간다. 해가 맑은 하늘에 솟아오른다. 지표면에는 여전히 희뿌옇게 성에가 서려 있다. 저 위, 상수리나무 가장 높은 가지에 내려앉은 개똥지빠귀가 노랫가락을 부리 안에 담고 우물거린다. 나는 제자리에 서서 잠시 귀 기울이며 홀린 듯 그 새를 올려다본다.

90미터 정도 떨어져 있는 풀밭을 지나 들판으로 들어선다. 지난주 저녁 하늘에 떠 있던 달은 아이를 잉태한 듯 잔뜩 부풀어 올라 있었다. 게다가 분홍색과 연보라색, 오렌지색 등으로 소용돌이치는 것처럼 보였다. 모두가 관심을 보이며 화제에 올릴 만한 모습이었다. 이제 달은 그 모습 그대로 완벽한 구체로 여물어 창백하게 필드 오크 위에 걸려 있다.

저 달과 마주하니 아주 오래전, 두 발로 이 땅을 디디고 다녔을 옛날 사람들이 저토록 거대한 하늘 위의 원반을 활용해서 이뤄낸 여러 성과가 새삼 경이롭게 다가온다. 그들은 지금 우리보다 자연과 훨씬 더 깊은 관계를 맺고 살았을 것이다. 그들은 자기 주변의 세계에서 늘 자연을 체감하며 지냈을 것이다.

나는 필드 오크 옆으로 가서 잠시 동안—체감하기로 그 이상은 아니다—그 자리에 앉는다. 나무 위쪽 가지에는 깨끗하고 신선한 새로운 하루의 햇살이 비쳐들고 있다. 그만 발길을 돌려 서둘러 씻고 출근 준비를 해야 할 시간이다. 아쉽긴 하지만 이렇게 잠깐 동안이나마 이 자리에 앉아서 하루가 시작되려는 순간을 잠시 멈춰 세우고 고요한 경배 의례를 행하듯 지켜보고 귀 기울일 수 있다는 것만으로도 내게는 더할 나위 없는 축복이다.

어제 나는 오래전 추수하는 모습이 담긴 자료 화면을 보았다. 도토리를 가득 실은 마지막 수레가 마차 위로 들어 올려지는 장면이었다. 잎사귀가 매달려 있는 상수리나무 가지 하나는 쌓아둔 수확물 위에 놓여 있었고 이어 뒷머리를 고리로 질끈 동여맨 하녀가 마차에 올라탔다.

"너는 곡물을 낫으로 베어다 수레에 실어 나르는 마지막 농부가 되었을지도 몰라."

어머니가 내게 이런 말을 한 적이 있다. 그것도 이제는 다 사라진 시골 마을의 정취 가운데 한 조각일 뿐이다.

_2월 29일

새벽 여명 속의 괴생명체

새벽. 태양이 오렌지색과 연보랏빛 색조 사이로 떠오른다. 잡목림에서 들판 저편으로 말똥가리 한 마리가 곡선을 그리며 날아오른다. 상수리나무는 해가 솟아오르기 전에 길게 기지개를 켜며 몸을 활짝 펴고 있는 것처럼 보인다.

아침에 눈이 온다는 예보가 있었다. 하늘은 맑고 푸르지만 땅바닥은 성에로 뒤덮여 하얗다. 아직 햇빛에 녹지 않은 눈송이 자취가 목재 난간 위에 얼어붙어 있다. 들판에서는 상수리나무가 깨어난다.

나는 뻣뻣하고 차가운 목초지 풀밭 사이로 걸어간다. 내가 이 빈 공간에 남겨두고 간 캠핑용 걸상은 그 사이에 꽁꽁 얼어 있다. 앉는 자리에 둥그런 빙판이 생겨났다. 할 수 없이 관목 덤불과 가시나무가 있는 쪽으로 가까이 다가가서는 태양이 둥그렇게, 오늘도 변함없이 대지를 환히 밝히는 빛으로 최북단의 나뭇가지들을 어루만지고 상수리나무에게 왕관을 씌워주며 떠오르는 장관과 마주한다.

햇빛이 스며든다. 구구구구, 짹짹짹짹, 재잘재잘, 멀리서 컹컹 짖어대는 소리, 온갖 자연의 소음과 말소리 등으로 새벽을 젖히고 수많은 생명체가 들판에 돌아왔음을 알린다. 나는 땅에서 튀어나온 후 목초지의 무성한 풀들 사이에서 자란 상수리나무 묘목의 가지에 겨울을 버텨내고 여전히 이파리가 매달려 있을 뿐 아니라 심지어 그 이파리에 구릿빛 윤기까지 돈다는 것을 알아차린다.

나는 발길을 돌려 오두막으로 가는 풀밭 길을 되돌아간다. 상수리나무 산울타리를 지나 들판과 잇닿아 있는 길목을 걸어 내려온다. 일출의 장관을 더 잘 지켜보기 위해서다.

그 순간 아주 놀랄 만한 광경이 펼쳐진다.

상당히 괴이한 존재가 언뜻 내 시야에 걸린다. 그것은 한 종류의 생명체다. 그것은 동쪽으로 난 길을 따라 달아나고 있다. 그런데 다시 보니 사람의 형체다. 아마도 머리를 길게 기른 젊은 여성이나 아이 같다. 푸른색 옷을 걸치고 숲의 나무나 잎사귀로 위장하려고 한 것 같은데, 아스팔트로 나서는 것을 주

저하지 않는 것이 이상하다. 한순간 마녀에 홀린 기분이다. 이 괴이한 형체를 앞에 두고 뭘 어째야 할지 모르겠다. 내가 그 것을 실제로 보기나 한 건지 의아해질 지경이다. 이 새벽에 내 앞에 나타난 생명체는 실제가 맞다. 그게 달아나는 소리에 놀라 개가 짖어대고 있으니까.

들판으로 돌아오자마자 그게 뭐든 따라갔어야 한다는 후회가 밀려든다. 뒤따라 달려가서 설핏이라도 그게 뭔지 확인해둘 걸 하는 아쉬움이 몰려온다. 지금 그래봐야 너무 늦었다. 나도 그렇다는 걸 안다. 길은 텅 비어 있다. 아무런 기척도 없다.

형체는 사라졌고 나는 멍하니 내가 방금 본 게 무엇이었는지 되짚어본다. 혹시 내가 환각 증세를 앓고 있는 게 아닌지 걱정스러워진다. 요새 심할 정도로 나 혼자만의 관념에 빠져 살긴 했다. 정신상태가 그리 굳건하지도, 안정적이지도 않은 편이다. 하지만 이건 실제다. 나는 분명 뭔가를 봤다. 게다가 개도 길에서 짖어댔다. 녀석은 지금도 짖고 있다.

언뜻 내 눈에 뜨인 게 길가로 내달리는 그린맨 아니었을까. 절로 웃음이 나온다. 아니다. 나는 그 괴생명체를 다시 한 번 속으로 돌아본다. 왜소한 체구, 긴 갈색 머리. 아니다. 그린 맨이라기보다는 차라리 '그린 차일드'에 더 어울리는 모습이었다.

나는 곧바로 두 명의 그린 칠드런에 대한 이야기를 떠올려본다. 수 세기 전 여기서 그리 멀지 않은 마을의 늑대 구덩이 옆에서 발견되었다는 두 아이. 시간이 흘러 하루가 다 지나갈 무렵 나는 13세기 연대기 편찬자 랄프 오브 코게샬이 남긴 글을 다시금 뒤적거려본다. 그린 칠드런에 대해 그가 남긴 문헌은 800년이나 더 지난 기록이다. 이미 앞에서 이 괴이한 생명체에 대해 언급했듯 뭔가가 다시금 나를 그들에게로 몰고 간다. 그들의 외모에 대한 기술은 인상적이다.

또 한 번 놀랄 만한 일이 세인트 메리스 오브 울프 핏St. Mary's of the Wolf-pit의 서픽에서 발생했다. 한 소년과 그의 누이가 늑대 구덩이 입구 근처에서 그 지역 주민들에게 발견된 것이다. 두 아이는 여느 사람들처럼 팔다리가 멀쩡했지만 그들의 피부 색깔은 이 세상 그 누구와도 달랐다. 그들의 피부 표면은 초록색으로 물들어 있었다. 또한 아무도 아이들이 하는 말을 알아듣지 못했다.

오누이는 다른 세계에서 온 것으로 여겨졌다. 생전에 누이는 영어로 말하는 법을 익힌 듯했고 실제로 자기들이 어쩌다 서퍽 빌리지까지 흘러 들어오게 되었는지 털어놓기도 했다.

그들의 나라에 관한 질문이 계속되자 소녀는 다음과 같이 주장했다.

나라에 사는 거주민뿐 아니라 그 나라에 있는 모든 게 다 초록색이라고, 그들은 태양을 본 적은 없지만 일몰 직후의 빛을 쬐는 것은 좋아한다고.

그녀가 어떻게 하다가 소년과 함께 이 나라로 오게 된 것이냐는 물음의 답은 다음과 같았다.

자기들은 그저 친구들과 어울려 놀다가 어떤 동굴에 다다랐고 그 안으로 계속 들어가다 보니 밝은 종소리가 들렸는데, 그 감미로운 소리에 이끌려 오랫동안 동굴 속을 헤매고 다녔다. 그러다 이윽고 그들 앞에 동굴의 출구가 나왔다. 그런데 거기서 나오려는 순간 엄청난 햇빛과 익숙하지 않은 기온에 그만 정신이 아찔해져서 오랫동안 그 자리에 쓰러져 있었다. 그러는 사이 이상한 말소리가 자기들 쪽으로 다가오는 데 놀라서 그대로 도망치고 싶었지만 동굴 입구를 찾지 못해 그만 사람들에게 붙잡히고 말았다.[3]

이야기는 원래 전해 내려오는 설화가 훨씬 나아 보인다. 그런데 기분 좋게도 우연히 찾아낸 사실은 호니우드 오크가 살고 있던 곳과 아주 가까운 장소에서 랄프 오브 코게샬이 이 대목을 집필했다는 점이다. 당시는 호니우드 오크가 지상에 갓 뿌리를 내리기 시작한 시점이었다.

그린 차일드에 대해서라면 유명한 일화가 하나 더 있다. 내가 우연히 접한 이야기로, 1725년 독일 숲속에서 발견된 피터 더 와일드 보이의 사례다. 그의 이야기 또한 이미 앞에서 짤막하게나마 소개한 바 있다. 그렇긴 해도 울프핏의 그린 칠드런만큼이나 나는 이 소년을 내 머리에서 떨쳐내기 힘들다. 설령 초록색 피부가 아니었다 해도, 그 아이는 누가 봐도 숲에서 자란 야생이었다. 대니얼 디포는 그 소년에 대해 이렇게 썼다.

"완벽할 정도로 야생적이고 최소한의 교육도 받지 못했으며 인간적으로 전혀 형성되지 않은, 자연 상태 그 자체로 버려진 생명체 같다. 아이가 발견된 곳, 또는 사람들의 표현대로라면, 녀석이 포획된 곳은 독일 하멜른 근방의 어느 숲속에서였다."[4]

나는 조지 1세의 특별 초청에 따라 소년이 런던으로 이송된 이후 남겨진 초상화를 본 적이 있다. 근사한 예복을 차려입은 이 가엾은 소년은 야생의 괴물 취급을 받으면서 사람들의 호기심이 사그라지기 전까지 구경거리 신세가 되어야 했다. 그렇다 해도 야생 소년은 계속 살아갔다. 그는 숲의 아이에서 조지 왕조 시대의 인간으로 탈바꿈했다. 그가 일흔의 나이에 이르러 죽음에 임박했을 때 그는 무성한 백발 수염에 가린 입술을 달싹이며 여러 질문에 내내 똑같은 대답만 반복했다. 그의 정체가 도대체 무엇이었냐는 물음이 나오자 그는 잠시 생각에 잠기더니 이렇게 대답했다.

"야생 인간."[5]

난롯가에 앉아 야생 인간이나 그린 칠드런에 대한 글을 읽고 있으니 기분이 묘해져서 다시 새벽 여명 속에서 나를 스쳐 지나간 그 괴생명체에 대해 떠올리지 않을 수 없다. 나는 실제로 그것을 보았다. 지금도 흐릿한 초록색 형체와 긴 머리가 눈에 선하다. 그뿐 아니라 길가를 따라 달려가는 발소리도 귓가에 생생하다. 그게 무엇이었든, 엄연히 내게는 실제였다.

_3월 6일

상수리나무가 왕관을 씌워 준 장소

1852년 7월 26일 헨리 데이비드 소로는 일기에 이렇게 적었다.

"자연과 친밀해질수록 나는 인간에게서 멀어져 가는 스스로를 발견한다. 아침저녁으로 뜨고 지는 해와 달에 매달려 있는 일은 나를 어쩔 수 없이 고독으로 몰고 간다."[6]

나는 이와 같은 견해가 진실이라는 것을 확인했다. 상수리 나무와 더 많은 시간을 보내면 보낼수록, 인간에게서는 더 멀어질 수밖에 없다. 나무가 일상생활에서 친구의 자리를 대신한 셈이니 그것은 부득이한 결과다. 그렇다고 해서 불만이기는커녕 오히려 그 반대다. 당신이 낮 동안은 물론 새벽부터 해질 녘, 밤시간에 이르도록 점점 더 많은 시간을 상수리나무와 함께 보낸다고 해보자. 그러면 이 세상을 대하는 당신의 마음가짐은 한결 편해질 것이다. 또한 그와 비례해서 현재의 삶에 의미 충만한 방향성이 주어진 것처럼 여겨질 것이다. 당신은 새벽 여명과 함께 일어나고 해질 녘의 하늘을 올려다보게 된다. 밤에 뜬 달과 별을 마주하고 나서 다음 날 떠오를 태양을 마중하고자 깊이 잠든다.

버지니아 울프의 올랜도도 이와 비슷하게 자연과 친밀해지면서 다른 사람들과 멀어진 인물이었다.

"올랜도는 천성적으로 시야가 탁 트여 있고 혼자 떨어져 있을 수 있는 장소를 좋아했다. 언제까지나 고독 속에 틀어박혀 있고 싶어서였다.

이 기록 과정에서 그가 긴 침묵을 끝내고 마침내 숨을 한

번 크게 들이켠 후 입술을 달싹거려 내뱉은 첫 마디도 바로 '나는 혼자예요'였다. 그는 양치식물과 산사나무 덤불 사이로 난 오르막을 지나 사슴과 산새들이 화들짝 놀랄 만큼 재빨리 상수리나무가 왕관을 씌워 준 장소로 내닫곤 했다."

오늘 아침, 하늘은 옅은 안개에 휩싸여 날이 늦게 밝아온다. 두 시간쯤 지나서야 태양은 짙은 장막 사이로 새어나와 기꺼이 하루를 열어간다. 나는 커피를 들고 필드 오크 옆에 앉는다. 때마침 오색방울새 한 마리가 가장 바깥쪽 가지 위에 앉아서 즐겁게 지저귄다. 상수리나무 꼭대기에서 파란 박새가 사냥 중이다. 박새의 사냥감은 잎말이나방 유충일 것이다. 어느덧 나방 유충이 기어나오기 시작한 때가 된 것인지 아니면 우리가 모르는 어떤 감각에 따라 녀석들이 새싹 돋기 시작한 순간을 헤아릴 수 있는 것인지 어떤지 궁금해진다. 새싹은 아직 갈색이다. 개똥지빠귀와 굴뚝새가 제각각 다른 음조로 지저귄다. 파란 박새는 긴 꽁지가 생겼다. 상수리나무 꼭대기에서 변신에 성공했다.

나는 투 오크 힐로 발길을 돌린다. 교회를 지나 들판 가장자리를 따라 걷는다. 종달새의 노랫소리를 듣고 있는데 산울타리에 모여 있던 회색머리지빠귀 떼가 서둘러 흩어진다. 개똥지빠귀 한 마리가 날아가다 말고 예쁘고 우아하게 몸을 돌려 방향을 튼다. 나는 올랜도가 자신이 즐겨 찾는 언덕에 대해 "한 그루 상수리나무가 왕관을 씌워 준 장소"라고 말한 것을 떠올린다. 내게는 투 오크 힐이 있다.

버지니아 울프는 올랜도가 여름에 상수리나무 언덕, 즉 자신의 오크 힐에서 겪은 일을 이렇게 묘사한다.

"그는 깊은 한숨을 내쉬고 상수리나무 근처 지면 위로 몸을 던졌다. 그의 몸짓에서 뿜어 나오는 열정은 말을 대신하기에 족하다. 올여름 내내 덧없는 포말과 그림자 아래서 그는 자기 발밑으로 지반의 척추를 느껴보고 싶었다. 그는 상수리나무의 단단한 뿌리를 입에 넣고 삼켰다. 뿌리가 몸속으로 들어가서 서서히 흔들리다 결국 제 스스로 잠잠해질 수 있도록. 작은 나뭇잎이 걸려 있었다. 사슴이 멈춰 섰다. 창백한 여름 구름이 제자리에 머물러 있었다. 그의 사지는 땅 위에서 육중하게 자라났다. 잠자코 그 자리에 누워 있으니 사슴이 조심스레 그에게 아주 가까이 다가오다 멈춰 섰다. 당까마귀 떼는 그가 누워 있는 쪽으로 방향을 틀었다. 제비 떼도 그를 빙 둘러쌌다. 잠자리 떼는 그 옆으로 쏜살같이 지나갔다. 생명체들이 그의 몸 근처에만 오면 거미줄에 엮이

듯 여름날 저녁나절의 모든 생식 활동과 왕성한 번식 욕구에 사로잡히는 것 같았다."[7]

투 오크 힐은 다른 곳과 확실히 구별되는 그곳만의 겨울 분위기가 있다. 나는 멈춰 서서 좀더 멀리 있는 상수리나무에 몸을 기대고 나뭇가지 밑 안식처에서 바람을 피한다. 나무가 '지반의 척추'처럼 느껴진다.

삼림지대와 개울을 내려다본다. 혼자 떨어져 나온 까치 한 마리가 높이 날아올라 북쪽으로 향한다. 가지 밑에 웅크리고 있으니 바람이 들이치지 않아 아늑한 느낌이 든다. 나는 놀라워하면서 커피를 홀짝거린다. 언덕 밑에서는 두 사람이 개를 데리고 산책을 하고 있다. 360미터 정도 떨어진 남쪽이다.

나는 몸을 더욱 움츠린다.

_3월 13일

해거름 녘의 정령

상수리나무 곁에 있으면 우리는 그 무엇도 두려울 게 없다는 것을 알고 있다.

저물녘 필드 오크 옆. 새소리는 진작 멎었다. 해가 지기 전 마지막 빛줄기가 상수리나무 서쪽을 비추고 있다. 외따로 떨어진 벌판 한 귀퉁이에서 평소보다 한 시간 일찍 모닥불이 지펴졌다. 방금 내린 비에 불길이 사그라들면서 거의 꺼지다시피 했지만 아직도 모닥불에서는 나무 타는 냄새와 매캐한 연기가 피어올라 대기 속으로 퍼져 나가고 있다. 환상적인 원소의 조합이다. 나무, 공기, 불, 물.

해가 지는 동안 다시 비가 내려 상수리나무 잎사귀 위로 고즈넉이 빗방울이 떨어진다. 오늘 따라 유난히 낮이 빨리 저무는 것 같다. 굴뚝새가 지난해 배수로에 떨어진 잎사귀를 어쩌려다 뜻대로 되지 않아 달그락거리는 소리만 내며 갈색 눈을 끔뻑거린다. 모닥불은 이제 거의 다 꺼진 것 같다. 남쪽으로 눈길을 돌리자 정령처럼 산사나무 위로 거슬러 올라가는 담청색 연기가 보인다. 나도 이제 그만 집으로 돌아가려고 자리에서 일어난다.

해거름 녘 하늘을 등지고 선 상수리나무는 시커먼 윤곽으로 떠올라 있다.

_4월 4일

풍성한 생명의 터전

겨울은 기억상실증 환자다.

봄에 만물이 다시 태어난다는 것이 가물가물할 정도로 겨

216

울잠에 빠진 지난 몇 달은 길고 지루했다. 이제 생명이 꿈틀거리고 있다. 갈색 토양에서 푸릇푸릇한 칼날이 솟아나는 것처럼 보이기도 하고, 헐벗은 땅이 푸른 풀밭으로 변하는 것 같기도 하다. 상수리나무 가장 바깥쪽 가지에도 불룩하게 새순이 돋아나고 있다.

도심에서는 목련이 눈부시도록 우아한 자태로 벌써 꽃망울을 터뜨리려 하고 있다. 이제 곧 형형색색의 꽃잎들이 콘크리트 바닥에 떨어질 것이다. 마로니에나무 첫 이파리들은 갈색 껍질에서 벗겨져 나와 은색으로 이삭이 패고 부드럽게 펼쳐진 모양새로 이미 길가에 떨어졌다. 이쪽은 상대적으로 더 춥거나 더 황량한 지대가 아니다. 모든 게 얼어붙는 밤은 이제 지난겨울의 추억으로만 남아 있다. 만물이 번성하는 시기가 찾아온 것이다.

투 오크 힐에 도착한다. 남쪽에서 울려 퍼진 엽총 소리에 새들이 흩어져 날아간다. 나는 뿌리줄기 위 바람이 들이치지 않는 곳에 자리 잡는다. 그러다 기분 전환 삼아 비탈 위의 다른 상수리나무에게 다가가 본다. 그 나무의 뿌리는 지표면 위로 더욱 붉어져 나와 있다. 아무래도 지표면이 모래 성분으로 이뤄져 있다 보니 빗물에 씻겨 내려가기 쉽기 때문일 것이다.

나는 나무 앞에 꿇어앉아 뿌리의 보호망 사이로 그 안쪽을 유심히 들여다본다. 한줄기 햇빛이 나무 밑에 형성된 모래 공간 안으로 비쳐든다. 잔뜩 어질러져 있는 도토리깍정이가 눈에 띈다. 다람쥐의 완벽한 식품 저장고다. 건조한데다 뭐든 숨기기 좋으니까.

독일어로 상수리나무를 가리키는 단어는 'eiche'다. 그리고 도토리는 'eichel'이다. 'eichhörnchen'은 다람쥐 또는 도토리를 저장하는 동물의 통칭이다.

이쪽 상수리나무에는 누군가에게 얻어맞아 생긴 타박상 자국이 나 있다. 뿌리는 파헤쳐졌으며 피부도 찢겨 나갔다. 고개를 들고 올려다보니 머리에 짊어진 왕관도 너덜너덜하다. 근사한 사슴뿔 모양은 벌써 오래전 강풍에 날아갔다. 그렇지만 찢겨진 상처와 타박상 입은 자국이 있든, 웅장한 자태를 뽐내든 상관없이, 이 상수리나무 또한 여느 상수리나무와 마찬가지로 여러 생명체가 군집을 이루고 활기차게 살아가는 하나의 소우주다. 생기 넘치게 번성하든, 노쇠해서 죽어가든 각각의 상수리나무는 많은 동식물이 입주해 살아가는 풍성한 생명의 터전이다.

나는 이러한 사실을 깨닫는다. 이 앙상한 사슴뿔 모양의 상수리나무는 모래 성분의 토양, 밖으로 노출되어 있는 뿌리 등 이곳의 건조한 환경에 적응해서 살아가다 보니 그런 모습을 띠게 된 것일 뿐이다. 에너지를 비축하기 위해 자기 내부로 물러나서 핵심만 남기고 다 벗어던진 상태다. 사슴뿔 모양으로 뾰족뾰족 솟아나 있음을 강조하는 것은 나무가 죽어간다는 의미가 아니다. 오히려 반대로 이 상수리나무가 자신의 환경에 적응해서 살아남고자, 계속 살아가기 위해 분투하고 있다는 의미다.

나는 걸음을 옮겨 교회 묘지에 잠시 머문다. 그 사이 내 머리 위에서 종달새들이 지저귀고 있다. 그런데 어디선가 또 다른 이상한 소리가 들려온다. 흡사 라디오 주파수를 맞출 때 나는 소음 같다. 요란하게 퍼덕거리는 날갯짓을 떠올리기까지는 시간이 좀 걸렸지만 나는 한순간 그게 피위의 울음소리일지도 모르겠다는 생각을 한다. 실제로 피위가 맞다. 그 울음소리를 듣고 무척 반가웠지만 그 행복한 감흥은 이내 사그라들고 만다. 불과 한 세대 전만 해도 이런 들판에는 이 같은 소리가 그득했다.

이제 나는 외로이 남은 새가 날아가는 모습을 물끄러미 눈으로 뒤좇는다. 녀석은 땅 위에 홀로 서 있다. 그렇게 계속 지켜보고 있자니 이 생명체가 너무 가엾어서 울컥 눈물이 쏟아질 지경이다. 멸종되기까지 얼마나 오래 버틸까. 저 새의 울음소리가 오래전의 유산으로 간주되어 녹음 기기에만 남게 되

기까지는 앞으로 얼마나 걸릴까.

고대 묘지 형식으로 조성되기 위해 봉납된 땅에 새로운 무덤이 하나 생겼다. 이곳조차 사람들의 시신으로 땅이 포화상태다. 그렇게 줄곧 세계가 인간들로 넘쳐나다 보니, 인간 이외의 자연은 전에 없이 작은 부분으로, 더할 나위 없이 보잘것없는 크기로 축소되고 있다.

_ 4월 5일

삶의 무게를 덜어내는 일

초봄의 일요일.

오후에 나는 목초지 사이로 구불구불 이어져 있는 토끼 발자국을 따라 걷는다. 그러다 어린 서양뒤영벌과 마주친다. 몸집이 큰 땅벌 한 마리가 새로 생겨난 수풀 사이를 은신처 삼아 숨어 있다. 벌이 날아가자 나는 다시 발길을 옮겨 투 오크 힐의 언덕마루로 향한다. 그러고 보니 곧바로 여기까지 걸음을 내디딘 것도, 두 번째 상수리나무에게 곧장 가는 것도 이번이 처음이다. 나는 하늘로 향하는 사다리처럼 내려와 있는 나뭇가지를 타고 편하게 나무 위로 기어올라 지면에서 6미터 높이에 다다른다. 그러고는 가지에 걸터앉아 혼잣말로 웅얼거린다.

"여기서 몇 주 동안 지내는 것도 괜찮겠어. 상수리나무 새 순은 완전히 피어나는 중이고 햇살이 밝은 데다 파란 박새는 제 새끼들을 먹여 살리려고 푸르스름한 애벌레들을 모아두는 이 계절에."

나는 한동안 거기 눌러 앉아서, 내 손이 상수리나무 목질의 온기로 데워져 온몸에 열기가 퍼져 나갈 때까지 한 손으로 상수리나무의 팔뚝 한쪽을 꽉 움켜잡고 있다. 그러고는 내가 걸어 올라온 남쪽 구역을 물끄러미 내려다본다.

수많은 작가들이 오랜 상수리나무 아래 앉아 있는 순간의 경이로움에 대해 늘어놓고 있지만, 상수리나무의 품에 '안겨' 앉아 있는 것은 또 다른 차원이다. 당신은 당신이 속한 인간 세계에서 제 발로 걸어 나와 뭔가 다른 존재가 된다. 그것은 어쩌면 상수리나무와 비슷한 존재 형태일 수도 있을 것이다.

상수리나무 가지 위에 앉아 있다. 저 땅바닥에 있다가 높은 곳으로 올라와 보니, 인간의 욕구에 찌든 아침나절의 번잡한 일상이 확 달라지는 게 느껴진다. 지금은 내가 상수리나무 위에 앉아 있다는 이 순간의 지각만이 오롯이 남아 있다. 내 피부에 닿는 상수리나무 표면의 질감은 꺼끌꺼끌하다. 여기에 기어오르는 동안 내 머리에서 들썩거린 온갖 상념이 사라진다.

상수리나무와 함께 또는 그 안에 있을 때는 자유가 주어진다. 땅에서 3미터 이상 올라오면 전망이 달라진다. 우월한 높이는 시점을 바꿔놓는 법이다. 나는 오른손으로 꺼끌꺼끌한 상수리나무 가지를 꽉 붙잡고 있다.

나는 다른 가지 위에 옮겨 앉아 본다. 상수리나무 몸통에 등을 기대고 주위를 둘러본다. 지금 이 순간, 참된 현재 속에 내가 존재하고 있다는 느낌으로 마음이 충만하다. 모든 게 다 진실된 모습 그대로 보인다.

한 시간 정도 가지 위에 앉아 있다. 나무가 흔들리며 요동치는 게 느껴진다. 나는 못내 아쉬워하며 나무 아래로 내려간다. 다시 땅에 발을 딛고 서니 몸이 조금 더 가벼워진 것 같다. 마치 저 허공에 매달려 상수리나무 가지에서 시간을 보낸 체험이 삶의 무게를 조금이나마 덜어준 것 같다.

그래서일까, 내게 너무나 익숙한 도로를 따라 걷는 동안에도 어쩐지 내 앞에 열린 하루가 달라진 듯한 느낌을 받는다. 삶의 하중이 덜 무겁다. 모든 게 더 가볍다. 구름이 내 뒤로 몰려들면서 태양을 가로막아 하늘이 잿빛으로 저물어가는 와중에도 하루가 더 밝게 느껴진다.

_4월 10일

224

부슬비가 내린다.

호니우드 오크의 친숙한 서쪽 구석자리로 돌아와 앉아 있다. 아침 내내 내린 비가 봄에 대한 환상을 흐트려 놓고 있다. 어제는 뇌우가 우르릉 쾅쾅거리며 4월의 장대비를 몰고 와서 꽤 쌀쌀했다. 오늘은 우중충한 겨울로 되돌아가는 중이다.

공작이 북쪽에서 운다. 이제 막 날아든 솔새 한 마리는 계속 신나게 지저귀고 있다. 어제 오후 시내를 다녀오는 길에 상수리나무에 앉아 졸고 있는 부엉이 두 마리의 휴식을 본의 아니게 방해했다. 무슨 이유에서인지 녀석들이 깨어나서 경보음 울리듯 소리를 질러댔다. 한 녀석은 돌아앉아 나를 사납게 노려보더니 어디론가 날아가 버렸다. 다른 녀석은 잠시 후 깃털을 날리며 미로처럼 얽힌 나뭇가지 속으로 곤두박질쳤다.

우리 인간이 다른 생명체들에게 지상에 만연한 살인마로 여겨지는 것은 엄연한 사실이다. 설령 우리의 의도가 결백하다 해도 우리 주위에 있는 생명체들은 우리가 자신들을 도륙하기 위해 존재한다고 믿는다. 비둘기들은 땅에서 90미터 정도 되는 가장 높은 나뭇가지에서 쉬고 있다가도 내가 그 근처로 다가가기만 하면 화들짝 놀라 난리를 피워댄다. 내가 자기들한테 총을 쏜 것도 아닌데 말이다. 그래도 녀석들은 두려움에 벌벌 떨다 어디론가 날아가 버린다.

모두가 우리 인간을 보면 달아난다. 날아갈 수 있는 짐승은 날아가고 날개 없는 짐승은 숨을 곳을 찾기 바쁘다. 그게 누구든 사람만 가까이 오면 언덕 가장자리에 있던 토끼는 굴을 파고 그 속으로 뛰어든다. 사슴은 삼림지대로 달려가 몸을 숨긴다. 모든 생명체가 사람과 마주치면 무조건 달아나고 봐야 한다는 깨우침이 몸에 배어 있다.

오늘, 상수리나무는 갑자기 겨울로 돌아간 날씨 속에서 비에 흠뻑 젖기까지 한 탓인지 다소 황량하고 음울해 보인다. 비가 내리면 야생동물들은 자취를 감춘다. 그제까지만 해도 밝은 햇살 속에서 날아다니던 새들이 다 사라졌다. 모두가 잠잠하다. 모든 풍경이 존재가 소멸하고 말았다는 징후처럼 다가온다. 부슬비가 추적추적 쉬지 않고 내리는 날씨에는 인간마저도 몸을 잔뜩 움츠리고 집밖으로 나서지 않는다.

그런데 아니, 이게 누구야?

남쪽에서 날아든 나무발바리 한 마리가 상수리나무 몸통 주위에서 맴돌더니 높은 가지 둘레에서 자기 나름의 작업을 시작하는 게 아닌가. 그런데 또 한 마리가 날아든다. 두 마리는 협업에 나선다. 북쪽으로 거대하게 위를 향해 솟아난 가지 주위에 보이지 않는 실올로 둥그런 테두리를 말려는 것처럼 보인다. 그러다 한 마리가 어두운 몸통과 창백한 가지 사이에 짙게 드리워진 그림자 속으로 사라진다.

순식간에 달떠 있던 기분이 얼어붙는다. 정적 속에서 순간적으로 몸이 달아오르는 게 느껴진다. 땅바닥에서 고개를 돌려 저 위쪽의 어둠을 한동안 멀거니 올려다본다. 하지만 새는 다시 나타나지 않는다. 내 생각에 나무발바리는 이 오랜 상수리나무의 주름진 표면 밑자리에 둥지를 튼 모양이다. 물론 건조하고 숨어 있기 좋으니 새끼들을 돌볼 보금자리로 안성맞춤일 것이다.

_4월 15일

상수리나무와 보내는 하루

낮 동안의 빛이 스러져 간다.

해가 막 가라앉으려는 순간에 딱 맞춰 상수리나무에 도착한다. 나는 나무 위로 기어올라 상수리나무 가지에서 가장 안전해 보이는 자리에 앉는다. 등을 뒤로 젖혀 나무 몸통에 기댄다. 내 시선은 담자색과 연분홍색 빛살의 줄무늬가 눈부시게 저물어가는 하루의 여운처럼 내려앉아 있는 서쪽 지평선에 가닿는다. 몇 시간 전 시내에서 도망치다시피 빠져나온 것도 내게는 바로 이 순간이 기약되어 있었기 때문이다.

화창한 날씨 속에서 하루를 보내서인지 상수리나무의 몸은 따뜻하게 데워져 있다. 이토록 소중한 순간이 지나는 얼마 동안은 모든 게 다 양호해 보인다. 잠시 후 해거름 녘 코러스의 하모니를 깨뜨리며 계곡에서부터 교회의 음산한 종소리가 날아든다. 연한 색 밤새 한 마리가 저 밑 배수로 위로 날아간다. 멀리서 사람들의 말소리가 들린다. 상수리나무 위에 그대로 있어야 할지, 어디로든 숨어야 할지, 아니면 아래로 내려가야 할지 몰라 난감하다. 그러고 있자니 문득, 이탈로 칼비노의 소설에서 어느 날 나무 위로 기어 올라갔다가 나뭇가지와 잎사귀의 왕국에서 영원토록 머무르고자 했던 코지모 남작의 이야기가 생각난다.[8]

나는 허공에서 땅으로 내려가려 한다. 멀리 떨어진 언덕 능선 밑으로 해가 미끄러지자 옷 속에 밤 추위가 스며든다. 두 발이 지면 위에 닿는 감촉을 느끼며 나는 목초지 풀밭 사이로 총총히 빠져 나간다.

_4월 17일

새벽의 깜짝 선물

날이 밝아오기도 전에 잠에서 깨어난다. 주변의 작은 새들도 잠에서 깬다. 우리는 함께 일어난다. 나는 팔을 내저어 참새 떼를 몰아낸다. 새벽 여명 속에서 깜짝 선물이 하나 튀어나와 나를 기쁘게 한다.

"제비로구나."

나는 봄기운 가득한 허공에 대고 그렇게 소곤거린다. 올해 들어 처음으로 제비가 나타난 것이다. 제비가 내 시야에 들어오자 마음이 벅차오른다.

_4월 18일

나무 팔뚝에 안기는 순간

투 오크 힐로 걸음을 옮긴다. 제비 한 마리가 내 머리 위에서 홀로 몸을 돌린다. 파란 하늘을 날카롭게 가르며 지나가듯 뾰족한 꼬리가 양쪽으로 멀찍이 벌어진다.

오늘은 화창한 햇살에 세상이 달리 보인다. 까마귀 두 쌍이 아직 경작되지 않은 들판 위를 날아다니며 기웃거린다. 나는 남쪽으로 걸어간다.

지나가는 길에 자기 정원에서 가위로 풀을 자르고 있는 노부인이 보인다. 나는 그저 "안녕하세요? 좋은 아침입니다" 하고 인사를 건넸을 뿐인데 노부인은 소스라치게 놀란다. "네, 안녕하세요?"라고 대답해주긴 했지만 노부인은 어느새 사라지고 그 자리에 없다. 그녀의 머리는 가느다란 물푸레나무색

백발이다. 이슬이 맺혀 있는 두 눈은 꽤 큰 편이다.

나는 뒤숭숭해진 기분으로 목초지를 지나 투 오크 힐까지 이어져 있는 토끼 발자국을 따라간다. 그러고는 곧장 상수리나무 위로 기어 올라가서 내 지정석에 자리 잡고 등을 나무 몸통에 기댄다. 그렇게 거기 머물며 불어오는 샛바람을 피해 몸을 숨긴다.

나를 비껴 나무 사이로 지나가는 바람 소리에 귀 기울인다. 새들의 울음소리를 듣는다. 그러자 다시 한번, 내가 상수리나무 위에 앉아 있고, 땅에서 올라와 나무 팔뚝에 안겨 있다는 감각이 생생하게 나를 사로잡는다.

나는 주위를 둘러본다. 반짝반짝 광택이 나고 반질반질 윤기가 흐르는 잎사귀들로 새순이 풍성하게 피어나는 모습 말고는 아무것도 보이지 않는다. 내 옆에 있는 상수리나무도 마찬가지다.

시간이 흐른다. 농장에서 개가 짖어대는 바람에 불현듯 깨어난다. 잠이 들지 않았지만.

_4월 20일

상수리 묘목을 보호하는 일

이번 주 내내 겨울로 되돌아간 듯한 날씨가 지속되고 있다.

햇살은 화창하고 종달새는 내 머리 위에서 지저귀고 있는데도 매서운 바람에 손이 얼얼해질 지경이다.

간밤에는 몇 해 전 주크를 통해 알게 된 상수리나무의 거대 발자국이 생각났다. 그것은 한때 그 일대가 거대한 상수리나무 숲이었음을 증언해주는 유적이나 마찬가지였다. 그때 내가 느낀 상실감이 얼마나 컸는지도 떠올랐다. 침묵에 잠긴 전쟁터를 가로질러 지나가는 듯한 기분이었다.

우리가 경각심을 품고 살지 않는다면, 언젠가 또 다른 사람들이 체인 톱을 들고 나타나 이 땅에 살고 있는 상수리나무의 남은 몸통마저 베어갈지도 모를 일이다. 또한 우리가 이제 막 자라나기 시작한 저 어린 상수리나무 묘목을 보호해주지 않는다면, 앞으로 두 번 다시는 거대한 상수리나무를 보지 못할지도 모른다. 앞으로 800년이 지나도 이 땅에 상수리나무 노목들이 남아 있을까.

_4월 26일

상수리나무의 위엄 있는 평정심

오늘도 다시 충만한 감정으로 가슴이 벅차오른다. 이제는 그게 너무 넘쳐나지 않을까 걱정될 지경이다.

자연 안에는 모든 게 갖춰져 있다. 나는 언제나 변함없이 그저 마음 편하게 바깥으로 나가서 걷고 구경하고 내 앞에 있는 모든 것을 관찰하기만 하면 된다. 필드 오크 옆에서 나는 새와 나무의 상호작용—새로 생긴 이파리에 이제 선황색이 덧입혀져 있다—을 지켜보면서 저런 상호작용과 생명의 연결망 바깥에 늘 인간이 존재한다는 사실을 서글프게 절감한다.

선사시대에도 생명체들이 우리를 보고 달아나려 하지 않았을까. 그 시대에는 우리가 다가가도 상수리나무 가지 위에서 새들이 날아가 버리지 않았을까. 우리 인간이 다른 생명체들 주위의 생태계를 충격과 공포로 뒤흔들어놓지 않은 시대가 과연 있었을까.

우리도 자연의 일부다. 그런데도 우리는 자연과 분리된 듯 살아가고 있다.

필드 오크 옆에서 나는 자기들끼리 멋대로 지저귀며 주거니 받거니 노래하는 정원솔새의 이중창에 조용히 귀 기울이며 앉아 있다. 새들의 노랫소리에 하루의 시작이 더욱 생기 넘친다. 저 위에서는 피리 소리와 짹짹거리는 소리가 서로 대화를 나누는 것처럼 오간다. 그러니까 하루의 시작과 끝에는 만물이 한데 어우러져 부르는 코러스의 노랫소리가 흐르는 셈이다.

우듬지 잎사귀는 겨울 내내 하늘이 차지하고 있던 가지 사이 빈 공간을 가득 메워주고 있다. 나뭇잎은 빈 공간을 메워준다. 상수리나무는 팽창하고 있다. 나무는 숨을 내쉬고, 그렇게 한 번 숨을 내쉴 때마다 자란다. 그러면서 강건함, 용기, 슬기, 노숙한 현자의 풍모 등과 같이 종종 이 땅의 사람들이 기대하는 자질에 부응하려 스스로를 가다듬는다.

나는 내가 할 수 있는 한 모든 시간을 상수리나무들과 함께 보내려고 애쓴다. 어떻게 하면 이런 자질과 품성을 내가 고스란히 전해 받아 체득할 수 있을지 고심하고 있다. 사람들이 상수리나무의 고유한 특징이라고 생각하는 몇 가지 자질은 사실 우리 모두가 몸에 익히기를 소망하는 덕목이기도 하다.

토머스 하디의 소설『성난 군중으로부터 멀리』에 등장하는 주인공 가브리엘 오크의 온유함이 생각난다. 그는 운명이 가장 가혹할 때조차 "위엄 있는 평정심"을 잃지 않은 캐릭터다.[9] 과연 이름 그대로다.

내가 생각하기에, 우리는 개개의 인간으로서 가브리엘 오크처럼 우리 스스로가 소중하고 가치 있다는 마음가짐을 지닐 수 있다. 그런 마음가짐이 더 굳어지면 대지에 대해서도 올바른 태도를 지니게 된다. 우리 스스로 삶의 터전을 보호한다면 우리와 뺨을 맞대고 살아가는 것과 다름없는 이 세상의 여러 생명체들을 보살필 수 있게 된다.

어치 한 마리가 고약하고 으스스한 울음소리를 내며 북쪽에서 날아와 필드 오크의 맨 위쪽 가지 위에 내려앉는다. 거기서 쩍쩍거리자 얼마 지나지 않아 다른 어치 세 마리가 몰려와 함께 동쪽으로 날아간다. 퍼덕거리는 녀석들의 날갯짓이 시야에 아득하다. 이윽고 어치들은 옆 동네 버드나무 잡목숲으로 사라진다. 다시 깃든 정적의 평화는 불과 몇 초 만에 녀석들의 원한에 찬 비명소리가 들려오면서 여지없이 깨지고 만다. 어치 네 마리가 북쪽 숲에서 말똥가리 떼와 마주치기라도 한 모양이다.

_5월 1일

양팔을 늘어뜨린 완고한 노인네

내가 상수리나무에게 다녀온 지 벌써 열이틀이나 지났다. 겨울이라면 열이틀쯤 거를 수도 있다. 어차피 그 사이 달라지는 것도 없으니까. 하지만 지금은 5월이고 그 5월에서 열이틀이다. 온 세상이 확 달라져 보일 수도 있는 시간이다.

수줍게 고개를 내밀고 있던 상수리나무 잎사귀는 이제 대담하게 하늘을 가득 뒤덮고 있다. 내가 빤히 지켜보는 동안 이 가지에서 저 가지로 넘나들던 새들도 이제는 나뭇잎이 우거진 우듬지 밑에 숨어서 모습을 감추고 지저귄다. 겨울에는 혹시 우듬지의 나뭇잎이 새로 돋아나지 않으면 어쩌나 걱정될 정도로 앙상한 뼈대만 불거져 있었는데.

한 번 더 봄이 찾아온 셈이다. 5월에 열이틀이면 세계가 변하고도 남을 시간이다. 잉글랜드는 온통 초록 물결이다. 올초 기나긴 몇 달까지만 해도 음산한 불모지처럼 보이던 토양에 왕성한 생명력이 넘쳐나기 시작했다.

나는 노쇠해서 죽은 나뭇가지 하나를 잘라내 블랙베리나무의 관목 덤불과 쐐기풀을 헤치고 필드 오크 옆 빈터에 숨겨둔 캠핑 의자에까지 다다른다. 쐐기풀, 블랙베리, 카우 파슬리 등 사방에서 온갖 풀이 푸릇푸릇 우거져 있다. 에메랄드 빛 동굴에 갇혀 있는 기분이 들 정도다. 내 머리 위로는 어린 상수리나무 잎사귀들이 바깥으로 고개를 내밀고 이전보다 훨씬 넓게 자라 있다. 만져보면 아직 보들보들하기는 하지만 대기와 맞닿아 있는 표면이 많이 단단해졌다. 나는 상수리나무를 물끄러미 바라본다.

산들바람이 불어온다. 우듬지 사이로 레몬 빛깔에 가까운 노란색 햇살이 환하게 비쳐든다. 요즘 들어 상수리나무가 이만큼 생기 넘쳐 보이기는 처음이다.

톨스토이의『전쟁과 평화』에서 상수리나무는 안드레이 왕

자에게 매우 의미심장한 상징적 대상이다. 그는 자신의 젊은 아내 리제의 죽음으로 비탄에 잠겨 있다. 그러던 중 1809년 초봄, 모스크바에서 160킬로미터 떨어진 랴잔 국유지 방문길에서 그는 처음으로 상수리나무에게 눈길을 주게 된다. 자작나무와 오리나무와 체리나무 등에는 모두 푸릇푸릇한 새싹이 돋아나려는 참이다. 그런 나무들에 둘러싸여 있는데도 안드레이는 아무런 느낌이 없다. 그가 보고 있는 것은 상수리나무다.

"우람하긴 하지만 볼품없는 가지하며, 옹이가 잔뜩 박힌 양팔과 손가락을 늘어뜨리고 그것은 완고한 노인네처럼 버티고 서 있었다. 미소 짓고 있는 자작나무 따위를 경멸하는 괴물의 모습이었다."

그와 마찬가지로 상수리나무 또한 "봄의 매력 앞에서 물러서기를 거부하고 있었다." 숲을 돌아다니며 여행하는 동안 안드레이는 상수리나무에게 여러 번 되돌아온다. "마치 그 나무에게 뭔가를 기대하고 있기라도 한 것처럼."

"'그래, 상수리나무가 옳아. 천 배 만 배 옳아.' 안드레이 왕자는 그렇게 생각했다. '다른 사람들—젊은이들—이야 그 사기꾼과 손잡고 다시 시작해보라지. 하지만 우리는 어차피 우리 인생이 끝장났다는 걸 알고 있어!'"

상수리나무와 안드레이는 연대한다.

절망적이지만 서글플 정도로 유쾌한 생각의 넝쿨이 그 나무와 결속한 그의 영혼에서 새롭게 솟아났다.

안드레이가 같은 숲으로 돌아온 것은 6주 후다. 그는 혼자 귀향길에 나선다. 그는 전날 밤 어린 나타샤가 별이 빛나는 밤하늘을 올려다보면서 황홀해하는 목소리를 들었다. 그녀는 마냥 기쁨에 들떠 모든 것을 경이로워하고 있었다. 안드레이는 예전의 그 오랜 상수리나무를 다시 찾아간다.

"'그래, 나와 의기투합했던 그 상수리나무가 이 숲에 있었어. 하지만 지금은 어디 있는 거지?' 안드레이 왕자는 그렇게 생각했다. 같은 나무인 줄도 모르고 그는 경외감에 빠져 자기가 찾고 있던 그 상수리나무를 바라보았다. 모습이 많이 변한 그 오랜 상수리나무는 수액이 그득해 짙푸른 나뭇잎 우듬지를 활짝 펼친 채 저물어가는 태양의 빛살에 살짝 떨면서 휘황한 자태로 서 있었다. 옹이가 잔뜩 박힌 손가락도, 오랜 상흔도, 해묵은 불신도 보이지 않았다. 지금은 서로에게 슬픔만 확연히 전해졌다."

그것은 계시, 어떤 깨달음의 순간이다.

"'그래, 바로 이게 예전의 그 상수리나무야.' 안드레이 왕자는 그렇게 생각했다. 그러자 곧바로 터무니없게도 봄날에 어울리는 기쁨과 소생의 감정이 그를 엄습했다. 살아오는 동안 최고의 순간들이 불현듯 그의 기억에 떠올랐다."

그는 미래에 대한 믿음이 확고해진다.

"모든 사람이 나를 알고 있을 게 틀림없다. 다른 사람들이야 그런 데 아랑곳하지 않고 살아간다 하더라도 내 삶은 결코 나 혼자만을 위해 지속될 수 없다. 그런 내 삶의 방향이 그들 모두에게 반영될 수 있도록 해야 한다. 그리 되면 그들과 나는 함께 조화를 이뤄 살아갈 수 있을 테니까."[10]

살아오는 동안 겪은 그의 비애와 절망, 낙담은 어느새 사라진다.

_5월 13일

봄에 맞이한 또 다른 생애

내 발 아래 풀잎이 제법 두툼하고 싱그럽다. 나는 나무문을 지나 호니우드 오크로 나 있는 오솔길을 따라간다. 끼룩끼룩 회색 기러기 떼의 울음소리가 친근하게 들려온다. 나는 호니우드 오크를 마치 처음 마주한 것처럼 바라본다. 호니우드 오크는 푸른 잎사귀 구름에 풍성하게 에워싸여 생기 넘쳐 보인다.

언제 내가 전에 이쪽으로 들락거렸나 싶을 만큼 또 다른 세계, 또 다른 생애와 마주한 느낌이다. 처음부터 다시 시작하는 기분이 들어 나는 혼자 빙긋이 미소 짓는다. 사실 그건 아주 신나는 일이다.

그동안 나는 이 벤치에 앉아 상수리나무가 펼쳐 보이는 하루를 관찰하는 게 얼마나 환상적인지 잊고 있었다. 상수리나무를 중심으로 군락을 이루고 살아가면서 이 일대에 수시로 들락날락하는 포유동물과 새들, 곤충들의 찬조출연이 얼마나 즐거웠는지도. 그 생명체들에게는 이 호니우드 오크의 틀과 구조, 그 존재 자체가 단 하나의 살아 움직이는 실체라서 이 일대 다른 생태계에 미치는 영향도 그만큼 상당할 수밖에 없다. 이제는 나 또한 호니우드 오크의 그림자 안으로 들락날락 거리면서 그 안락한 몸통에 기대어 잠시나마 쉬다 가곤 했던 또 하나의 생명체에 불과하다는 것을 깨닫게 된다. 나도 그저 상수리나무가 편의와 위로를 베풀어준 또 하나의 개체에 지나지 않는다는 것을 알아차린다.

몸을 일으킨다.

벤치에서 일어나 상수리나무 곁으로 옮겨 앉아서는 잠시 거기 머문다.

호니우드 오크 옆으로 바짝 다가앉아 왼손을 몸통의 껍질 위에 가져다대고 있는 사이, 부드럽게 날개를 펄럭거리며 다가오는 뭔가가 느껴진다. 나무발바리 한 마리가 내 머리에서 2미터쯤 되는 위쪽 가지에 내려와 앉는다.

우아하게 곡선을 그리고 있는 부리가 닿을락 말락 할 정도로 가깝다. 숨쉬기조차 어려울 정도다. 새는 공격적으로 윙윙거리는 날벌레 떼를 잡는 중이다. 그러고는 잠시 쉬더니 굵직한 가지를 거슬러 올라 나무 몸통에 난 틈새로 향한다. 어느새 새는 상수리나무 품속으로 사라진다.

내가 사람들에게서 떨어져 나와 있다 보니 이 세계의 생명체들은 나를 앞에 두고도 더 이상 두려워하지 않는 것처럼 느껴진다.

_5월 16일

마음을 치유하는 나무

하루가 잿빛으로 시작된다. 화창한 햇살이 새들의 노래를 불러낸다. 호니우드 오크 옆 물푸레나무 꼭대기에서 솔새 한 마리가 쉬지 않고 울어댄다. 한 번씩 '치프' '채프' 하고 울어댈 때마다 꽁지가 올라갔다 내려갔다 한다. 이제 솔새는 이쪽으로 돌아앉아서 나한테도 자기 울음소리를 따라 하라는 듯 몸을 들썩거린다. 아마도 녀석은 시간이 촉박하다고 느끼는 모양이다. 계절이 바뀌는 중이다. 그런데도 아직 녀석은 자기 울음소리에 응답해오는 짝을 찾지 못했나 보다.

나무발바리 한 마리가 나타나 호니우드 오크 서쪽 한 귀퉁이를 빙빙 돌면서 올라가고 있다. 새가 위쪽으로 향하자 창백한 배와 몸통이 드러난다. 그것은 나무껍질이 벗겨져 바깥으로 드러난 상수리나무 위쪽의 속살 색깔과 아주 잘 어울린다.

나무발바리가 껍질 한 귀퉁이 아래에 구멍을 파는 동안 나는 녀석을 멀거니 올려다본다. 도토리깍정이처럼 굽어 있는 부리가 상수리나무 몸통 안쪽으로 깊숙이 파고든다.

녀석은 그 속을 뒤져 쪼아먹고 더 깊숙이 헤집어본다. 그러면서 헐겁게 떨어져 나온 나무껍질 조각을 6미터 아래 흙바닥으로 뱉어낸다.

나무발바리가 또 한 마리 나타난다. 마찬가지로 서쪽 앞면이다. 부리에는 이미 뭔가를 물고 있다. 버둥거리는 곤충의 다리와 날개가 보인다. 녀석은 휙 스쳐 지나가더니 가장 바깥쪽 가지에 내려앉는다. 그쪽으로 가까이 다가가 본다. 바닥에 떨어져 있는 나뭇잎을 살금살금 밟고 지나가 내 살갗에 꺼끌꺼끌한 상수리나무 껍질의 감촉이 전해질 때까지 다가간다. 녀석들은 둘 다 시야에서 사라졌다.

뭔가 요동친다. 북쪽에서 바람이 불어온다. 손에 거미줄 같은 은색 실오라기가 닿는다. 상수리나무 위쪽을 올려다본다. 나무발바리 두 마리가 마치 어딘가에서 솟아난 것처럼 그 자리로 잽싸게 돌아와 있다.

나는 뒷걸음질친다. 잠깐 지켜보면서 기다려야겠다. 녀석들이 위쪽을 향해 주춤주춤 걸음을 뗀다. 상수리나무 가장 바깥쪽 한 귀퉁이를 따라 구불구불 내딛는다. 한 마리가 가지 위로 휙 스쳐 지나가는가 싶더니 나는 순간적으로 두 마리 모두 시야에서 놓치고 만다. 그 사이 녀석들은 제각기 다른 방향으로 날아오른다.

한 마리가 다시 나타나 목마 모양의 무늬가 일정하게 불거져 나와 있는 상처 자국 위로 내려앉는다. 수백 년 전 가지 하나가 자라다 부러진 흉터다. 거기서 나무발바리가 사라진다. 나무껍질이 들려 있는 틈새 밑으로 몸을 욱여넣은 모양이다. 그곳은 나무발바리 새끼가 어미가 오기를 기다리는 상수리나무 내부의 입구이기도 하다. 나는 이 모든 과정을 우두커니 바라보며, 그저 한 걸음 물러나 마냥 기다리기도 하고 호니우드 오크의 존재방식을 지켜보기도 하면서 많이 배운다.

나는 살금살금 발을 내디뎌 상수리나무 서쪽에 있는 내 은신처에 가서 선다. 60센티미터쯤 떨어진 나무껍질 아래 입구를 살그머니 들여다본다. 나무발바리 하나가 그 안에 있고 다른 녀석은 거기서 90센티미터 정도 떨어진 곳에 머물러 있다. 얼룩덜룩한 깃털, 완만하게 휘어 있는 부리, 잔뜩 웅크린 날개 등이 눈에 들어온다. 거기 잡혀 버둥거리는 날벌레의 다리도.

개똥지빠귀 한 마리가 나타난다. 말쑥한 녀석의 붉은 앞섶이 얼마나 도드라지는지 9미터 밖에서도 그 색조를 한눈에 알아볼 수 있을 정도다. 녀석은 상수리나무 서쪽의 거대한 몸통한 귀퉁이에 움푹 들어간 쪽 어두운 원형 테두리 옆으로 가서 선다. 나는 민담에 등장하는 장난꾸러기 꼬마 요정 로빈 굿펠로를 떠올린다. 그는 요정이자 숲의 정령, 유쾌한 소란을 불러일으키는 말썽꾸러기다. 그러자 개똥지빠귀가 흥겹게 지저 귄다.

새가 노래 부르듯 지저귀는 곡조와 음색은 나무의 정령이 활동하는 소리일지도 모른다. 그것은 실제로 드라이어드의 목소리이자 상수리나무가 부르는 노래이기도 하다.

기분이 상쾌해진다.

나는 호니우드 오크에서 남쪽으로 발길을 돌린다. 근처에서 커다랗게 자라나 있는 또 다른 상수리나무를 살피고자 잠시 멈춰 선다. 그 나무가 남아 있는 곳은 반세기 전에 벌목된 삼림지대의 옛터다. 나이는 500살 정도이고, 번개를 맞아 내부는 시커멓게 그을렸다. 허옇게 노출되어 있는 속살도 그렇지만 공포에 질려 있는 듯한 외형상의 특색 때문에 사람들 사이에서는 '절규하는 상수리나무'로 알려져 있다.

한때 새가 둥지 삼아 드나들었을 구멍 두 개가 안구 없는 눈구멍처럼 시커멓게 뚫려 있다. 헝클어지고 부스스한 나무의 상태는 장엄한 상수리나무가 이렇게 망가질 수도 있구나 싶어 깊은 슬픔을 자아낸다. 하지만 설령 그렇다 해도, 비록 발육이 덜 된 듯하다는 인상을 줄망정, 우듬지는 새로 돋아난 잎사귀들로 여전히 푸릇푸릇하다. 그런 것만 보더라도 나무는 여전히 끈질긴 삶을 이어가는 중이고, 어쩌면 생각보다 훨씬

오랫동안 건강하게 살아갈 수 있다.

내가 알고 있는 상수리나무들이 각각 어떤 고유의 특색을 지니고 있는지 확인하는 것은 좋은 일이다. 나는 '절규하는 상수리나무' 근처를 서성거리며 그 나무에만 나타날 법한 외관의 특징이나 습성 같은 게 없는지 살핀다.

북쪽의 거대한 가지 두 개가 뜯겨나가 있다. 또 다른 시커먼 구멍을 출입구로 해서 야생벌 떼가 쏟아져 나온다. 그 구멍은 여러 해 전 딱따구리가 쪼아대서 생겨난 게 틀림없다. 나무의 구멍은 여러 해 동안 그곳에서 서식하다가 바깥세상의 빛을 따라 떠나는 명금류의 보금자리이자 둥지였다. 지금은 벌 떼가 군집생활을 하는 보금자리가 되었다.

나는 호니우드 오크가 있는 북쪽으로 발길을 돌려 90미터쯤 걸어간다. 거기 오랜 상수리나무가 한 그루 더 있다. 나는 앞으로도 상수리나무와 마주칠 때마다 그들이 제각기 어떻게 살아가고 있으며 개별적 특색은 무엇인지 느껴보리라 다짐한다.

마침내 화가 스티븐 테일러와 만나기로 한 날인데 약속 시간에 조금 늦고 만다. 나는 서툴고 미숙한 내 운전 솜씨를 탓한다. 우리는 전화로 이야기를 주고받다가 일요일 오후에 만나기로 약속을 잡았다. 화창한 서쪽 국도에서 빠져나와 느긋하게 일리로 접어들 때까지 소택지에 비친 하늘은 드넓게 열려 있고 지평선에서 가물거리는 대성당에는 환한 햇살이 비쳐들고 있다.

그의 자택에 도착해서 스튜디오 겸 거실로 이어진 계단을 따라 올라간다. 이젤에 올려져 있는 폭포 그림 한 폭이 공간을 압도하고 있다. 그는 그 그림을 이제 막 마무리 지은 참이다. 웅덩이에 고인 고뇌와 시련으로 밀려드는 물은 볼수록 점점 더 실물처럼 다가온다. 테일러는 주목할 만한 풍경 화가다. 그 세부 묘사와 정교한 사실성에 입이 쩍 벌어질 정도다. 하지만 테일러는 내가 상수리나무 그림에 대한 이야기를 나누고자 여기까지 찾아왔다는 것을 알고 있다. 10여 년 전 그는 노스 에섹스 들판에서 한 상수리나무를 모델로 삼아 50여 점의 그림을 그리면서 꼬박 3년을 보냈다.

그는 부엌에 서서 차를 준비한다. 그러면서 계절 변화에 아랑곳하지 않고 밤낮으로 상수리나무 연작에만 매달려 보낸 그 시절에 관해 이야기한다. 그 연작 하나하나에는 각각 「까마귀 떼가 내려앉아 있는 상수리나무」「눈 온 후의 상수리나무」「겨울밤의 상수리나무」 같은 제목을 붙였다. 그는 편해 보이는 플리스 스웨터와 청바지 차림에 서글서글한 인상이다.

그렇긴 해도 안경 너머로 보이는 두 눈에는 강렬한 심지의 불
꽃이 너울거린다. 그것은 그가 하는 말에도 어려 있다. 그는
자기 예술에 대해서, 자기 작업의 내력을 털어놓는 일에 관해
서만큼은 불같이 열정적인 인물이다.

우리는 다른 방으로 자리를 옮긴다. 그 방에는 밀밭이 그려
진 대형 화폭이 벽 하나를 온통 차지하고 있다. 테일러는 자기
이야기를 늘어놓기 시작한다.

"웨스트 버골트가 저기예요."

그가 손짓해 보인다.

"로니 블라이드의 자택은 이 방향으로 3킬로미터쯤 떨어진
거리고요."

그곳이 바로 노스 에섹스 들판이다.

"그럼 거기에 선생님의 상수리나무가 있겠네요."

그의 말을 받아 내가 말한다.

"그렇지요."

그 당시 상수리나무를 특별히 주목했던 사람은 테일러뿐만
이 아니었다. 그는 두 친구가 운영하는 324만 제곱미터 상당
의 농장에 초대받은 적이 있었다. 두 친구는 뉴질랜드에 있다
가 돌아온 사람들이었다. 테일러는 그들의 농장을 그려도 되
는지 물었고 친구들이 순순히 응낙하자마자 바로 작업을 시

작했다. 농장에는 농장관리인 빌과 잡역꾼 레그 말고는 테일러와 마주칠 만한 사람이 전혀 없었다. 그에게는 무한한 자유가 주어진 셈이었다. 부지가 워낙 넓어서 산책하기 좋은 곳이었다. 그는 광활한 공간 어디든 그의 발길이 닿는 대로 돌아다닐 수 있는 자유를 마음껏 누렸다. 탁 트인 공간을 걷는 일은 정신적인 치유에도 큰 효과가 있는 것으로 드러났다.

"작업에 뛰어들 무렵, 저는 심리적인 압박감으로 몹시 불안한 상태였거든요. 푸르른 장소에 머무는 동안 이게 다 네 들판이다, 라고 여기니까 말하자면… 야외 치료 같은 것이었지요."

그가 슬며시 웃음 짓더니 느릿느릿 한 마디 한 마디를 또박또박 끊어서 이렇게 말한다.

"괴로움이 누그러지기 시작했어요."

내 입에서 뭐라고 웅얼웅얼 감탄하는 말이 흘러나왔지만 나는 그의 말이 끊기지 않도록 조심한다.

"저한테 절실한 것은 땅을 딛고 있는 일이구나 하는 느낌이 강하게 왔어요. 그래야 제가 좀더 섬세한 그림을 그리겠구나 하는 생각도 들었죠."

그 이야기는 나도 이미 어느 정도 알고 있는 내용이다. 테일러가 자신의 책에 쓴 대목 중 일부가 기억났다.

"선생님은 그즈음 부모님 두 분을 모두 여의셨지요?"

내가 묻는다.

"그리고 제 여자친구와 가장 친한 친구도 함께."

테일러가 그렇게 덧붙인다.

불과 6년 사이에 그는 자기와 가장 가까이 지내던 사람들을 모두 잃고 말았다.

"선생도 부모님이 돌아가셨을 때 몹시 슬프셨겠지요. 그런데 거기에 더해 또 한 사람이 가더니 그게 끝이 아니라 또 한 사람 더…"

그가 황급히 말을 잇는다.

"그러고 나니까 깊은 수렁에 빠져드는 기분이 들더군요. 더 이상 일상적인 세계에 마음을 붙이고 살아갈 수 없게 되었죠."

"그때 농장이 일종의 피난처가 되어준 셈이군요."

내 말에 테일러가 부드럽게 웃음 짓는다.

"그렇죠. 피난처."

드넓게 탁 트여 있는 농장의 전경이 일종의 위안으로 다가왔다. 날마다 산책을 하다 보니 장소에 대한 몰입도도 높아졌다.

"땅에 뿌리를 내리는 진행과정이었지요. 들판의 경관을 계속 보고 또 봅니다. 스스로를 잊게 돼요. 그러고 나서야 비로소 자신이 누군지 이해하게 됩니다."

그는 미소 지어 보인다. 나는 우리 옆에 걸린 옥수수 밭 그림을 돌아본다.

"기이한 진행과정이지요."

그가 덧붙여 말한다.

"좀 기이해 보이지 않나요? 하지만 거기 머물면 머물수록, 저는 더욱더 자연이야말로 태초의 근원이라는 것을 깨달았어요. 그러니 그쪽으로 계속 거슬러 올라갈 수밖에요. 삶은 혼란 그 자체였지만, 그 혼란을 이겨낼 수 있다는 자신감이 생겼죠."

농장의 들판은 축복받은 환경이었다. 그곳에 있는 동안 테일러는 자신의 일, 그림 그리는 일을 다시 시작할 수 있었다. 그런 창작활동은 그가 필요로 하는 정신적 치유 요법으로 작용했다. 그는 자기 앞에 놓인 일에 집중할 수 있었다. 그는 우뚝 버티고 선 벌판, 자기 앞에 유유히 펼쳐져 있는 세계를 그리는 일에만 온전히 몰두했다. 우리 눈앞의 벽에 걸려 있는 그림이 바로 그 결실이었다. 작업을 마무리 짓고 나서 그는 홀가분하게 다른 대상을 그릴 수 있었다.

우리는 이미 눈에 익은 옥수수 밭 전경이 벽 한 면을 온통 차지하고 있는 거실로 돌아온다. 같은 옥수수 밭을 다르게 그린 그림이다. 비둘기 두 마리가 텅 빈 여름 하늘을 가로질러 날아간다. 쓸쓸해보이는 형체가 트랙터 고랑으로 걸어간다.

"빌이 여기 또 있네요."

테일러가 손가락으로 가리킨다. 빌은 농장 관리인이다.

뉴욕 전시회 기간에 테일러가 빌을 더욱 깊이 돌아보게 된 일이 있었다. 그것은 그가 하고 있는 작업의 내면적 진실을 일깨워주었다. 지금 우리 눈앞에 있는 그림은 맨해튼의 대규모 전시장에 걸려 있던 작품이다.

"브롱크스에서 온 깡패 녀석이 전시장을 휘젓고 다녔어요. 그 친구는 갈색과 흰색이 뒤섞인 구두를 신고 있었고, 아주 비싼 카멜 색 코트를 걸치고 있었지요."

테일러가 기억을 더듬으며 웃는다.

"그러니까 제가 하고 싶은 말은, 그 친구가 상당히 거들먹거렸다는 거예요. 자기 뒤로 덩치 큰 사내들을 이끌고 다니면서 말이죠. 그 친구가 제 쪽으로 걸어왔어요. 저는 아주 정중하고 깍듯한 태도로 맞아주었지요. 그런데 이 그림이 사진이 아니라는 것을 알아차리고는 '맙소사, 이런!' 하고 외치더군요."

테일러는 느릿느릿한 뉴욕 사람들의 말투를 흉내 낸다.

"그러더니 이렇게 묻더군요, '저 사람이 당신 아빠예요?'"

테일러는 앞으로 몸을 기울이더니 벽에 걸려 있는 그림 속 쓸쓸한 형체를 손가락으로 가리켜 보인다. 그는 말을 멈추고 얼마간 침묵에 잠긴다.

"오, 그러고 보니 그러네."

내가 웅얼거린다.

테일러는 당시 그런 생각을 해본 적이 전혀 없었지만, 그런 질문을 받으니 어쩐지 가슴이 내려앉는 것 같았다.

"말하자면 빌은 그러니까… 저는 단 한 번도 그런 생각을 해본 적이 없었거든요."

그는 말끝을 흐린다.

"아마도 선생님 생각 속에 뭔가 그럴 만한 요소라도…"

내가 그런 말로 거들어본다.

테일러가 고개를 끄덕거린다.

"네, 어쩌면요. 빌은 농장 일을 도맡아하는 노동자지요. 저희 아버지는 몇 해 전에 돌아가셨는데, 그분도 노동자였어요. 제 말, 무슨 뜻인지 아시겠어요?"

물론이다.

"그렇게 뉴욕에서 겪은 일은 너무 묘해서 저로 하여금 제 작업의 정신분석학적 차원을 돌아보도록 해주었습니다. 저는 스스로를 자연 세계의 사실성을 탐구하는 작가로 여기고 있었거든요. 하지만 그 이외에 다른 뭔가가 더 있었다는 거죠. 저는 그 남자가 '저 사람이 당신 아빠예요?'라고 물었을 때 정말이지 놀랄 수밖에 없었어요. 그럴 수도 있겠구나 싶었으니까요. 하지만 털끝만큼도 의식하지는 못하고 있었어요. 그러니까 거기에는 확실히 승화라는 과정이 끼어 있었던 걸 거예요."

그가 말한다.

"실은 예술에는 늘 그런 면이 반영되어 나타나기 마련이죠."

내가 그렇게 덧붙인다.

"맞습니다."

옥수수 밭 풍경화를 전시하고 나서 테일러는 콜체스터의 도심으로 돌아왔다. 324만 제곱미터 농장에는 그저 여름 몇 달을 보내기 위해서만 다녀가곤 했다. 그 기간이나마 그는 그림 작업을 통해 알게 된 들판의 자유를 다시 누리다 왔다.

"주로 들판에서 새를 지켜보거나, 아니면 빌과 수다를 떨면서 시간을 보냈어요. 그때 저는 새로운 소재가 떠오르기를 기다리는 중이었지요."

그가 말한다.

그러다 발견한 게 바로 상수리나무였다.

그가 그린 첫 번째 상수리나무 그림은 「푸른 불꽃」이었다.

그가 두 번째 상수리나무 그림에 매달려 있을 때는 가을이었다. 그 사이 상수리나무는 완전히 달라져 있었다. 금과 구리, 오렌지색 잎사귀들로 화폭이 그득해졌다. 테일러는 자신이 그린 그림과 그림을 그리는 동안 변화하는 상수리나무의 실제 모습 사이에 큰 간극을 느끼기 시작했다. 똑같은 방식으로 그린 같은 상수리나무인데도 상당히 달라 보였다. 그의 내부에서 뭔가가 요동쳤다.

"설익었다는 느낌이 들더군요…"

테일러는 손톱을 오므리며 괴로운 표정을 지어보였다.

"제가 하찮게만 느껴졌어요."

나는 그 말에 흠칫한다. 테일러가 뭘 말하고 싶어 하는지 알 것 같다. 우리는 그때의 느낌을 늘어놓기 위해 거친 말을 하지 않아도 될 구간으로 서둘러 넘어왔다.

"작업이 시작된 시점으로 넘어가시죠."

내가 그렇게 제안한다.

"바로 거기가 선생한테도 익숙한 시절이겠죠."

그 후로 3년 동안, 오로지 그 250살 된 상수리나무 단 한 그루만이 테일러의 유일한 작업 소재가 되었다. 날씨나 계절에 개의치 않고 그 상수리나무만을 담아낸 50여 점의 초상화는 그 나무에 개별적 존재 의의를 부각했다. 화가 여부를 떠나 개인적으로 한 사람이 나무 한 그루를 홀로 떨어뜨려놓고 그 정도로 관심을 쏟아붓는 것도 흔치 않은 일이었다. 각각의 초상화는 상수리나무에 얼마나 또렷이 구별되는 여러 측면이 있는지 보여준다. 「달빛도 없이」라는 작품에서 상수리나무는 더욱 어두운 산울타리 윤곽과 대비되어 어둠의 형체로만 떠올라 있다. 「봄의 실안개」에서는 새 움이 처음으로 활기차게 돋아나 생기 넘치는 모습이다.

상수리나무는 여러 생명체가 그 둘레에서 빙빙 도는 구심체이자 안정된 중심축으로 나타난다. 자신이 낸 책 『오크』의 그림에 붙인 주석에서 테일러는 한 작업에 대해 이렇게 말한다.

"이 그림을 그리고 있을 당시, 내 마음 한 귀퉁이에는 T.S.엘리엇의 시집 『사중주』에 수록된 시 「번트 노튼」이 자리 잡고 있었다. 그 시가 나무를 '회전하는 세계에서 제자리에 남아 있는 부동의 꼭짓점'과 연관 짓고 있기 때문이다."[11]

또 다른 그림에서는 상수리나무 잎사귀의 푸른 융단 너머로 비둘기가 화폭을 가로지른다. 나는 테일러에게 상수리나무와 함께하는 비둘기 이미지를 환기시킨다.

"그런 이미지를 좋아해요. 저는 새가 어딘가를 가로질러 날아가는 풍경이 좋더라고요."

그가 환하게 미소 지어 보이며 말한다.

"그럼 그건 순간적으로 포착한 이미지로군요."

내가 말한다.

테일러는 고개를 주억거린다. 그가 다시 열광적인 태도를 내보인다. 명확하게 형언하기 힘든 느낌을 말로 잡아내고자 노력하는 모습이 대견하다.

"새는… 제라드 맨리 홉킨스가 읊은 대로, 새는 세속화된 성령 같지 않나요?"

그가 말한다.

"확실히 그렇죠."

내가 강하게 긍정한다.

테일러는 자기가 새와 상수리나무를 보고 느낀 것에서 포착하고자 한 단면이 무엇이었는지, 무엇이 삶의 한 부분에 그토록 강렬한 영향력을 미쳤는지 곰곰이 되짚어본다.

"언뜻 눈에 비친 한순간 아니겠나 싶어요. 그런데 그것은 현상으로 발생하자마자 사라지고 말죠."

그가 말한다.

나는 일본 불교에서 쓰는 말 가운데 '사토리'라는 용어를 끄집어낸다.

"그 말은 정확히 그런 종류의 순간을 뜻하죠. 스치고 지나가는 한 마리 새, 멈춰 서서 물끄러미 바라보는 산토끼, 만물의 참된 본성을 흘낏 엿보고 지나가는 찰나의 시선."

테일러는 거기서 다시 T.S.엘리엇으로 돌아온다.

"『사중주』의 새도 마찬가지로 언뜻 보고 스쳐 지나가죠. '빨리, 새가 말했다.'"[12]

10대 시절, 그는 T.S.엘리엇의 책을 품에 간직하고 프랑스 일주 여행을 다녀오기도 했다.

"그 책은 저한테 성서나 다름없어요. 열여덟 살 이후로 늘 가방에 챙겨 다닐 정도니까요."

그가 말한다.

우리는 초월적인 문제로 흘러 들어갔다. 그러나 그런 문제에 대해서는 지금 당장 할 수 있는 이야기가 많지 않다.

우리는 상수리나무가 다시 한번 생기를 띠는 봄의 한순간으로 돌아온다.

"저는 새로 돋아난 상수리나무 새순을 본 적이 있어요. 정말 기묘하더군요. 분홍색이긴 한데, 거의 붉은 혈장 같다고나 할지, 핏빛 같다고나 할지. 아무튼 정말 기이해 보이더라고요. 빛이 작렬하거나 햇살이 화창한 날씨에는 구운 연어 색깔처럼 변해요. 꼭 살아 있는 짐승처럼 말이죠."

테일러는 그때 그 기억을 떠올리며 활짝 웃는다. 그러고는 또 다른 문학작품을 언급한다. 『전쟁과 평화』다. 그 작품에서 상수리나무는 안드레이 왕자가 스스로의 미래에 대해 행복하고 조화롭게 보장되어 있을 거라고 믿도록 자신감과 생기를 불어넣는 역할을 한다.

"그게 바로 제가 상수리나무에 의지하게 되는 또 다른 이유예요. 선생님도 아시다시피, 겨울에 상수리나무는 거의 바윗돌과 비슷해지죠. 시커멓고 아무런 미동도 없이 땅 위에 굳건히 남아 있으니까요. 오래되고 죽은 것처럼 보이기까지 하죠. 그러다 봄이 오면 난데없이 천여 개나 되는 핑크빛 새순이 돋는단 말이에요. 그것을 보는 순간 '와!' 하는 탄성이 절로 나오거든요."

물론 나도 안다.

"이처럼 상수리나무가 오랜 세월 동안 살아간다는 것뿐만 아니라 그런 면이 우리에게 상당히 중요한 문화적 의의가 있다는 점도 제 마음을 사로잡는 요인입니다. 상수리나무는 지칠 줄 모르고 다시 돌아오거든요."

내가 말한다.

"맞습니다. 상수리나무는 인간의 시간 바깥에서 살아가요. 인간이라면 그 누구도 상수리나무보다 더 오랜 세월을 살 수 없지요. 그건 애초에 태생적으로 한계가 있는 수명의 범위니까요. 누구도 그것을 넘어설 수는 없는 법이지요."

테일러가 고개를 끄덕인다.

"그러다 보니 우리는 그런 면에 대해 태생적인 경의 같은 것을 품게 되는 거겠지요. 제 생각에는 상수리나무가 우리에게 주는 위안도 거기서 비롯된 것 같아요. 상수리나무 한 그루는 그 자리에 버티고 서서 여러 세대를 거치는 인간들과 만나지요. 그래서 우리가 슬플 때 나무를 찾아가는 것도 어쩌면 나무가 듬직하게 우리의 슬픔을 덜어주는 것처럼 느껴지기 때문일지도 모르죠."

나는 그 의미를 명확히 전달할 수 있는 방법이 없을까 생각해본다.

"설령 그 순간에는 그렇다는 것을 의식하고 있지 않다 하더라도요. 일부러 이렇게 말하는 사람은 없죠. '나 슬퍼. 그러니 상수리나무한테나 가야겠어.' 하지만 의식의 다른 층위에서는 위로를 받거든요. 상수리나무는 언제나 변함없이 그 자리에 있으니까요. 우리는 언제든 상수리나무한테 돌아갈 수 있고요."

"그렇지요."

테일러가 말한다.

"그런데 선생님은 저 나무와 함께 3년을 보내셨네요."

나는 우리 앞 벽에 걸려 있는 풍경화 속 상수리나무를 가리킨다.

"네."

"선생님은 저 나무가 하나의 개인이라는 것을 아주 잘 알고 계시겠어요. 저 나무의 개별적 특성까지도요. 그러니 백여 그루의 상수리나무 속에 저 나무가 섞여 있다 해도 금세 알아보실 수 있지 않을까 싶습니다만."

내가 말한다.

테일러가 웃는다.

"그럼요, 알 수 있고말고요. 경찰서에 붙들려온 불한당의 대열에서 누가 용의자인지 콕 집어내듯 저 나무를 알아볼 수 있지요."

재미난 비유다.

"바로 저자가 아이를 덮쳤습니다!"

그는 혐의를 추궁하는 상고법정 변호사 같은 말투로 농담을 이어간다.

"이건 계획적인 범행입니다!"

우리는 둘 다 웃음을 터뜨린다.

하지만 또 다른 초상화를 그리고자 매번 같은 상수리나무와 마주할 때마다 테일러는 어떤 느낌이 들었을지 궁금하다.

"그냥 제가 사는 집 방으로 돌아온 느낌이었어요. 저는 더 작은 크기의 상수리나무 초상화도 많이 그렸는데, 들판에는 제가 늘 앉는 자리가 정해져 있었어요. 그래서 제가 앉아 있다가곤 한 땅바닥 위 그 지점이 단단하게 굳기까지 했지요. 3년 동안 늘 똑같은 자리에만 앉았습니다. 저와 그 자리 사이에는 친분 같은 게 생겨났지요. 제가 자주 쓰는 방 안락의자 같았다고나 할까요. 저는 변함없이 그리로 향하곤 했으니까요."

첫 번째 단계로 테일러는 그림 그리기라는 '틀에 박힌 수공예'를 수행하고자 꾸준히 반복해서 그 들판과 상수리나무를 찾아갔다. 그것은 그의 창작 생활에서 궤도 위로 달리기 전 일단 자갈부터 까는 사전준비 작업이나 마찬가지였다. 시간이 흘러 50여 점의 상수리나무 그림을 전시하고 나서 그는 한 번 더 그 들판에 다녀왔다.

"저는 들판 가장자리에 있는 상수리나무 발치에 누워보았어요. 소파처럼 느껴지더군요. 나무는 제 곁에 있었어요. 햇살이 환하게 비치고 있었지요. 거기서 올려다본 하늘은 환상적이더군요. 그 순간은 저한테 가장 행복한 한때로 남게 되었어요. 정말이지 너무나도 아름다웠어요."

그 말을 들으니 상수리나무 옆에 몸을 누이고 있던 올랜도가 생각났다.

테일러는 살아가다 여유가 생기면 다시 그 장소로 돌아올 수도 있고, 또는 다른 곳에 마음이 생길 수도 있다는 사실을 알고 있었다.

"그런데 문이 닫혀버렸어요. 그전까지만 해도 꽤 많은 물이 다리 아래로 흘러 내려가곤 했는데 말이죠. 그 들판에 남아 있어야 하고, 상수리나무 옆에 있어야 할 이유가 모두 사라졌어요. 작업을 끝마치고 나서 상당히 오랫동안 비통한 심정에 사로잡혀 지냈지요."

그가 말한다.

그는 벌판에서 7년을 보냈고 상수리나무와는 3년 동안이나 함께 지냈다.

"선생님은 그 마음이 아물 수 있도록 일부러 그쪽으로 발길을 옮기지 않으셨나 봅니다. 그래도 어떤 면에서는…"

내가 말한다.

"큰 도움이 되었어요."

테일러는 내 말을 받아 그렇게 말하고는 잠시 입을 다물고 있더니 잠시 후 그 말을 되뇌었다.

"큰 도움이 되었고말고요."

"그렇게 해서 상수리나무는 그 치유과정의 일부가 된 셈이었군요."

"맞습니다."

_5월 23일

봄이 지나가는 흔적

투 오크 힐로 향한다. 450미터 떨어진 거리에서 지평선 위로 푸릇푸릇하게 솟아나 있는 상수리나무 두 그루의 듬직한 모습이 눈에 들어온다. 각각의 색조가 뚜렷이 구별된다. 나는 바람 들지 않는 구석에 자주 앉곤 하는데 거기서 더 멀리 있는 나무는 한결 옅은 라임 그린색이다. 요즘 들어 부쩍 자주 내가 그 사다리 가지를 밟고 올라가는 상수리나무는 우듬지가 더 짙푸른 초록 빛깔을 띠고 있다. 어째서 그런 차이가 나는지는 나도 잘 모르겠다.

불과 며칠 만에 목초지가 꽤 달라졌다. 내가 되밟곤 한 토끼 발자국은 그 사이 목초지 수풀 안에서 그 윤곽이 더욱 깊고 또

렷해졌다. 미나리아재비가 넓게 군락을 이뤄 이제 그 강렬한 원색으로 수풀이 우거진 들판을 수놓고 있다. 봄이 지나가는 흔적이다. 지상에 생명체가 다시 나타나면 그렇게 자연은 온갖 색조로 울긋불긋해지기 마련이다. 우리는 단색의 겨울이 얼마나 황량한지 깨닫게 된다.

두툼한 수풀에서 연이어 날아오르는 종달새 두 마리에 깜짝 놀란다. 녀석들은 서로의 꼬리를 따라 둥그렇게 맴돌며 거친 포물선을 그린다. 마치 자기들이 짓고 있는 둥지를 빈틈없이 감출 수 있도록 지상에 내려오기 전까지 그런 형태로 함께 엮여 있겠다는 듯이.

상수리나무 두 그루 가운데 첫 번째 나무는 초록 잎사귀를 두르고 있긴 하지만 몸통이 굵고 키가 작은 버섯 모양으로 한층 더 변해 있다. 아무래도 이쪽 상수리나무 두 그루 모두 아래로 밀려나 지면에 닿을 정도로 기울어진 언덕 비탈에 서식하다 보니 그런 것 같다. 내가 은신처 삼아 가지 위로 기어오

르곤 하는 상수리나무 쪽은 두 갈래로 뻗은 사슴뿔 모양의 회색 가지가 특징이다. 우듬지 지붕 위로 돋아나 있는 그 가지는 뿔처럼 보이기도 하고 번갯불처럼 보이기도 한다. 그런 외관은 한눈에 구별되는 시각적 특징으로 나무에 독특한 개성을 더해준다. 키가 작은 쪽 상수리나무 우듬지는 훨씬 더 조각조각 나뉘어 있다. 내가 800미터 밖에서도 알아볼 수 있을 정도로 창백한 잎사귀는 나무에 제대로 된 지붕을 씌워주지 못하고 있다. 그러기는커녕, 듬성듬성한 밀도로 누더기 같고 불완전한 그림자만 드리울 뿐이다.

셰익스피어는 사냥꾼 헤르네의 특징에 대해 말하는 대목에서 상수리나무의 사슴뿔 가지 형상을 끌어들인 바 있다.

"사냥꾼 헤르네에 관한 옛이야기 하나가 전해 내려오니
한때는 윈저숲 산지기가 되어
겨울 내내 한밤중에
어느 상수리나무 일대를 거닐곤 했다는군
거대하나 마구 뒤엉킨 뿔이 난 꼴로."[13]

머리에 사슴뿔이 났다는 것으로 보아 사냥꾼 헤르네는 도깨비 같은 그린맨의 형상과 유사하다. 더욱 인상적인 것은 그런 헤르네의 이미지를 일부 상수리나무의 사슴뿔 가지와 연결 짓고 있다는 점이다. 뿔난 사슴 머리는 숲속 사슴을 상수리나무와 결합시킨다.

노스요크셔의 스타카유적에서 발굴된 사슴뿔 모양의 옛날 머리장식이 떠오른다. 그것은 약 1만 년 전 중석기시대까지 거슬러 올라가는 유물이다. 비슷한 가면도 200여 개나 발견되었다. 그러한 유물들은 붉은 사슴의 뿔로 만들어졌고 어떤 상징적 목적에 따라 머리에 둘러쓰고 다닐 수 있도록 제작되었다. 뿔 사슴이 된 인간. 이렇게 사슴뿔 머리와 관련된 측면은 인간을 사슴과 상수리나무에게로 이끈다. 석기시대 샤먼이 붉은 사슴으로 분장하기 위해 스타카유적의 사슴뿔 머리장식을 착용한 예와 마찬가지로, 어쩌면 그 시대의 다른 사람들 또한 숲과 관련된 역할을 하나씩 나눠 맡았을지도 모른다. 사슴뿔 가면을 쓰고 상수리 노목이 된다든가, 수사슴이 된다든가 말이다.

_ 5월 24일

나무가 건네는 위로

사방이 우중충하게 가라앉아 있는 날씨다.

일찌감치 안개가 전경을 자욱하게 에워쌌다. 대지가 드러나다 말았다. 자욱한 잿빛 장막이 걷히면 또 다른 세계가 눈부시게 펼쳐지리라는 상상이 결코 허황되게 느껴지지 않을 정도였다.

스코틀랜드섬에 있을 때 잠에서 깨어나 맞이한 새벽녘이 불현듯 생각났다. 내가 거기까지 간 이유는 밀도 높은 바다 안개에 휩싸여보고 싶어서였다. 날이 밝기를 기다리는 동안, 나는 유체이탈과 비슷한 비현실적 지각에 사로잡혔다. 그것은 존재가 손끝으로 빠져 나가고 난 후 맞닥뜨린 깨달음의 영역이었다. 나는 마치 반쯤 맹인이 된 듯 혹은 저물녘 어슴푸레한 달빛 경관 속을 헤매다 발을 헛디딘 것처럼, 스코틀랜드어로 '맥체어'라고 불리는 그 섬의 야생화 모래언덕을 더듬더듬 돌아다녔다.

태양이 불쑥 얼굴을 내밀자 순식간에 바다 안개가 산산이 흩어졌다. 햇빛이 지상에 비치는 사이, 주위를 둘러보니 내가 서 있는 곳은 청동기시대 집의 돌담 안이었다.

지금 나는 이토록 궂은날에도 종달새의 해맑은 노랫소리에 귀 기울이고 있다. 앞으로 세 시간 후에 해가 날 거라는 일기예보가 있긴 했지만, 사방은 아직도 밤과 낮 사이에 갇혀 있는 미명의 시간처럼 어슴푸레하기만 하다.

해는 안개 사이로 뚫고 나올 기미를 전혀 보이지 않는다. 빛은 앞으로 몇 시간도 채 되지 않아 서서히 약해질 것이다. 잿빛 대기는 더 어두워질 것이다. 낮은 어느새 밤으로 이울기 시작할 것이다.

바람이 분다. 나는 계속 걷는다. 상수리나무 가장자리에 난 잎사귀 없는 가지들을 스쳐 지나간다. 그 가지들은 돌연 죽어 버린 것처럼 보인다.

까마귀 떼가 흙탕물에서 먹잇감을 찾아 기웃거린다. 계절이 역류하기라도 한 듯하다. 시간이 거꾸로 흐르고 지구가 봄에서 겨울로 역회전하는 것 같다. 얼음 바람이 산울타리 틈새로 밀려 들어와 거칠게 휘몰아친다. 들판 한 귀퉁이에 피어 있는 전호*가 걷잡을 수 없이 휘날린다.

잿빛 하늘을 홀로 날아다니는 검은색 제비 한 마리는 이런 날씨에 완전히 넋이 나간 것처럼 보인다. 솔새가 울음소리를 낼 때마다 세찬 돌개바람에 소리가 휩쓸려 날아간다.

나는 올해 초에 마주친 적이 있는 노부인 집 앞으로 고개를 숙이고 지나간다. 그때 노부인은 가위로 정원 잔디를 손질하는 중이었다. 지금은 다른 사람이 노부인의 잔디밭을 깎아주

---

* 유럽산 야생화로 흰 꽃이 핀다. 숲 가장자리같이 습기 있는 곳에서 잘 자란다.

고 있다. 그 모습을 보니 반갑다. 나는 상수리나무까지 멀리 에둘러 가려다가 빗물에 흠뻑 젖은 목초지 풀잎에 바짓단이 젖을까봐 다시 돌아간다.

칠이 벗겨지고 부서진 문을 빠져 나와 언덕 비탈의 들목으로 접어든다. 사슴뿔이 난 첫 번째 상수리나무는 색이 엷지만 우듬지만큼은 푸릇푸릇한 모습으로 멀찍이 내 눈에 들어온다. 아무리 봐도 번쩍하는 번개가 양갈래로 갈라져 그대로 얼어붙은 모습이다.

토끼가 달아난다. 언덕 마루에 도착해보니 상수리나무 앞 땅바닥에 죽은 토끼 한 마리가 눈에 띈다. 피투성이가 된 사체에 까마귀 떼가 달려든다. 악취가 풍긴다.

상수리나무 위로 기어오른다. 평소와 다른 적막에 휩싸인다. 나무는 극심한 찬바람에 시달리지 않도록 나를 보호해주고 숨겨준다. 그 세계가 나를 감싸주고 있다. 나는 가지를 꽉 움켜잡고 있다. 내 손끝으로 나무 표면에 스며든 습기가 전해진다. 나는 점차 따뜻해지는 것을 느낀다. 얼마 동안 나는 그곳에서, 내가 여기 있는 것만으로도 묘한 위로를 받는다는 사실에 뿌듯해한다. 한편으로는 어쩔 수 없이 땅으로 내려가야 하리라는 생각이 나를 짓누른다.

_6월 1일

삶과 죽음이 갈리는 날

나무문을 나서자 반구형 지붕처럼 덮인 에메랄드 빛 하늘과 마주한다. 새끼 거위는 내가 이곳에 마지막으로 왔을 때보다 더 많이 자랐다. 회색 기러기 떼가 튀어나와 뒤뚱뒤뚱 호숫가로 걸어간다. 나는 녀석들을 지나쳐 호니우드 오크로 향하는 비탈길을 쉬엄쉬엄 걸어 올라간다. 상수리나무는 전에 없이 아주 좋아 보인다.

솔새가 다시 소나무 꼭대기 위에서 모습을 드러낸다. 오목눈이 대여섯 마리도 비슷한 높이의 가지 위에 앉아 높은 음역대로 자기들끼리 재잘거리고 있다. 청딱따구리 한 마리가 상수리나무를 떠나 북쪽으로 날아간다. 얼마 지나지 않아 새매 한 마리도 그 뒤를 따라 유유자적하게 동쪽으로 날아간다. 개울 건너편에 있는 키 큰 사이프러스 나무 위쪽에 촘촘하게 뻗은 가지에서 멈춘다. 상수리나무로 걸어가는 동안 녀석의 시선이 나를 향하고 있다는 게 느껴진다.

오늘 내가 보러 온 것은 나무발바리다. 간밤에 나는 나무발바리 한 마리가 무섭게 나를 노려보는 꿈에 시달렸다. 꿈이라서 그렇겠지만, 아주 괴이하게 뒤틀린 상황이었다.

나는 다시 쉽게 잠을 이루지 못했다. 그 꿈이 오늘 나를 여기로 불러낸 셈이었다. 그 새에게 새삼 관심이 생긴다. 약간 빠져드는 느낌도 든다. 상수리나무 우듬지에서 가장 두툼하게 뒤덮여 있는 위쪽 어딘가에서 오색방울새가 여름에 걸맞게 청아한 소리로 지저귄다. 얼마간 나는 상수리나무 남서쪽의 바람 들지 않는 지점에 서서 나무발바리가 둥지로 돌아오기를 기다려본다. 하지만 그런 순간은 좀처럼 오지 않는다. 혹시 어린 새끼가 다 자라 둥지를 떠난 게 아닐까. 상수리나무 이쪽 편에서는 이제 아무 소리도 나지 않고 조용하기만 하다.

내가 상수리나무에서 돌아서려는 순간, 내 옆에 나타난 새매가 냉정하면서도 우아한 몸짓으로 주변을 시찰하고 돌아다닌다. 한적한 바닷가에 거대한 백상아리 한 마리가 나타난 데 견줄 수 있을 만한 분위기다. 아무런 거리낌이나 동정심 없이 다른 짐승을 잡아먹도록 태어난 최상위 포식자이자 맹금류 특유의 위엄이 느껴진다.

새매는 상수리나무 우듬지 북서쪽 위쪽에서 내려왔다. 그쪽에 있던 오색방울새가 멋도 모르고 청아한 울음소리로 새매를 불러들인 셈이었다.

날은 더욱 청명하고 화창하고 따뜻해져만 가겠지. 상수리나무에 사는 작은 새들의 운명은 오늘 장렬한 순간을 맞이하게 될지도 모른다. 오늘 새매는 이 상수리나무를 수차례에 걸쳐 주위를 살피고 또 살피면서 돌아다닐 것이다. 오늘은 상수리나무에서 삶과 죽음이 갈리는 날이다.

　_6월 6일

인간의 언어가 사라지는 순간

나는 호니우드 오크 서쪽의 아늑한 그늘 속으로 피신한다. 오늘은 바람이나 비를 피하기 위해서가 아니라 햇빛 때문이다. 벌써부터 해가 강렬하게 내리쬐는 느낌이 든다. 저 위에서 말벌 한 마리가 나뭇가지를 이리저리 살피고 돌아다닌다.

오래된 딱따구리 구멍도 어떤지 점검해본다. 나는 내 몸이 얼마나 이 자리에 꼭 맞는지 한동안 잊고 지냈다. 이 자리에서 상수리나무에 등을 기대어보면 나무의 굴곡진 형태와 등의 곡선이 틀로 짜 맞춘 듯 들어맞는다. 인류나 현대 세계가 어디에 매달려 있든 아랑곳하지 않고 이런 날 여기 와서 앉아 있으면, 내가 속해 있는 인간존재에서 서서히 행복하게 벗어나는 듯한 느낌이 든다. 나는 새들의 노랫소리에 귀 기울인다. 인간의 언어는 사라진다. 여기 있는 동안만큼은 아무 말도 할 필요가 없다.

호니우드 오크 위로 올라가는 순간을 머릿속으로 그려본다. 그냥 거기 머물러 있기만 해도 좋으련만.

살아 있는 동안 내 언어능력은 서서히 쇠퇴할지도 모른다.

한순간에 내 세계는 허물어지고 말 것이다. 내 귀에는 여름이 다채로운 모양새로 겹쳐져 울려 퍼지는 소리가 들리기 시작한다. 야생벌이 단조롭게 윙윙대는 소리만큼이나 이쪽에서는 휘파람새의 노랫소리 너머 또는 그 아래로 다른 새들의 울음소리가 뒤섞이며 낭랑한 수런거림이 주단처럼 깔린다. 그렇게 해볼 마음만 있다면 우리는 그 소리를 주파수 맞추듯 조절할 수도 있으리라.

나는 물러서서 다시 한번 가지를 올려다보며 상수리나무의 너른 품과 깎아지른 듯한 높이의 규모에 감탄한다. 두 세대 전까지만 해도 이 땅에 상수리나무 수백 그루가 살았고 만약 나 같은 사람이 나서서 나무를 함부로 벌목하지 못하도록 제지했다면 아직도 여기서 살고 있었을 거라는 사실을 떠올린다.

사람들이 그런 일을 실제로 계획하고 실행했다는 사실에 슬픔과 두려움이 사무쳐온다. 내가 백 년 전에 태어났다면 이처럼 거대한 나무에 매력을 느끼지 못했을 것이다. 나는 이러한 크기와 규모를 지닌 나무를 그다지 특별하다고 생각하지 않았을지도 모른다. 여기서 몇 발자국만 걸어가도 이 정도 크기와 규모의 형제자매 나무를 발견하기는 어렵지 않았을 테니까 말이다.

_6월 8일

나무와 영적으로 교감하는 일

오늘 아침 들판에서는 제비 떼가 땅에서 1미터 정도 되는 높이로 날아다니며 길게 자란 수풀과 엉겅퀴 맨 윗부분을 스치고 지나간다. 나는 나무 울타리 옆에 서서 내 앞으로 돌진해 오는 제비 떼를 바라본다. 녀석들은 마지막 순간 몸을 위쪽으로 틀어 맑은 하늘로 날아오른다.

비 온 뒤 해가 떠서 비와 이슬에 촉촉해진 땅을 말리고 있다. 종달새는 동쪽 어디선가 지저귀고 있다. 서쪽에 경계를 이루고 있는 상수리나무들은 이제 짙푸른 잎사귀들로 우거져

저 위의 풍성한 회색 구름 떼와 하늘과 땅에서 서로 마주 보고 있다는 인상을 준다.

나는 상수리나무에게 다가간다. 젖은 풀잎이 내 구두를 흠뻑 적신다. 말똥가리 두 마리가 하늘에서 원을 그리며 돌고 있다.

그날 오후 늦게 나는 호니우드 오크로 향하는 문을 통과해 걸어가다가 우리 집 책상 위에 놓인 벌집 조각을 떠올리게 하는 은은한 꿀 향기에 멈춰 선다. 나는 몇 년 전 호니우드 오크 아래 땅바닥에서 그 벌집 조각을 주워 집으로 가져왔다.

오후 햇살 속으로 걸어 들어가자 마치 문지기처럼 호숫가 다리 위에 버티고 있는 왜가리가 눈에 들어온다. 내가 가까이 다가가자 녀석은 고개를 내 쪽으로 돌리더니 날개를 펼치며 날아올라 남쪽으로 간다. 내 앞에는 옹기종기 모여 있는 기러기 떼만 남는다. 기러기 떼도 이내 기지개를 켜면서 몸을 일으키더니 그 자리에서 떠나 호수의 차갑고 어두운 물속으로 들어간다.

오늘 아침 일찍 천둥번개와 함께 비가 몰아쳐 공기가 싸늘하고도 산뜻해졌다. 나는 걸음을 옮겨 호니우드 오크 옆에 잠시 앉는다. 얼마 지나지 않아 북쪽에서 날아오는 새매가 보인다. 녀석은 이 일대를 유유히 돌아보고는 잿빛 구름 조각을 스처 지나간다. 곧 내 시야에서 사라진다.

호니우드 오크 옆으로 파리 떼와 각다귀 떼가 귀 따가울 정도로 윙윙거리면서 날아간다. 늦은 오후 여름 햇살을 흠뻑 들이마시고 활력이 되살아난 모양이다. 딱따구리 한 마리가 북쪽에서 날아온다. 이번만은 잠잠하다. 비가 오고 나면 씻겨 내려간 맨바닥에서 올라오는 냄새로 풍성해진다.

나는 바람이 안 드는 그늘 밑에서 상수리나무 몸통에 등을 기대고 앉아 숨을 깊게 들이마셔 본다. 흙바닥과 나뭇잎, 나무와 물 냄새가 난다. 거기에 더해 생명의 냄새도. 찌르레기 한 마리가 울음소리를 내면서 주위를 날아다닌다. 검은머리꾀꼬리의 부드러운 노랫소리가 남쪽에서 맴돈다. 나는 바닥으로 내려서서 저 위 어두운 구멍으로 들락날락하는 야생벌 떼의 비행을 올려다본다.

햇살이 내 등을 따뜻하게 내리쬔다. 나는 상수리나무 주위를 어정어정 돌아다니면서 위를 올려다보기도 하고 밑을 내려다보기도 한다. 붉은 심재 더미, 몸통 껍질의 여러 부위, 말라붙은 갈색 잎사귀와 오래전 버려진 도토리깍정이, 잔나비불로초*가 서쪽에 새로 돋아나 자라고 있다. 내가 상수리나무

* 활엽수에서 자라는 다년생 약용버섯.

에 바짝 다가가자 희끄무레한 나방 한 마리가 껍질에 붙어 몸을 숨기고 있다 서둘러 날아가 버린다.

불쑥 나무 위 중심부의 움푹한 자리까지 올라갈 방법을 찾아보고 싶다. 오래전 로프에 매달려 딱 한 번 올라가본 적이 있는 바로 그곳이다. 보금자리처럼 아늑한 저 자리에 앉아 아무 생각 없이 몇 날 며칠을 보내고 싶다. 내가 지금 상수리나무에 앉아 있다는 것을 실감하게 해줄 매순간의 경이로움에만 사로잡혀, 상수리나무라는 존재와 상수리나무에서 살아가는 동안 그곳을 집으로 여기는 여러 생명체가 오가는 모습에만 열중하면서 말이다.

상황은 너무 명확해서 뻔해 보일 정도다. 투 오크 힐의 사슴뿔 오크로 향하거나, 호니우드 오크 또는 필드 오크 옆에 앉아 있는 동안 어떤 변화가 일어날까. 내 기분이 좀더 안정되고 나 자신이 더 행복한 사람으로 변할까. 당분간 이 문제는 나를 둘러싼 쟁점이 될 것 같다. 그러나 핵심은 오래된 상수리나무와 붙어 지내면서 내가 진정으로 고요와 평화를 깊이 체감했다는 점이다.

문제는 그 느낌을 말로 표현하기 어렵다는 데 있다. 나무와 영적으로 교감하고 땅에 뿌리를 내리면서 자연의 어떤 생명력과 하나가 되는 과정 속에서 심층적으로 겪게 되는 근본적인 변화 같은 것일까. 단지 평화로운 공간에서 맞이한 한순간에 지나지 않는 것일까. 상수리나무에 대해 많은 글을 쓴 다른 작가들에게서 답을 구해야 할까. 그 체험을 좀더 개인적이고 좀더 종교적인 관점에서 바라봐야 할까.

나는 과학에서 답을 구해보고자 한다.

"나 또는 다른 누군가가 상수리나무 안이나 그 옆에 앉아 있으면 어째서 우리는 보다 큰 안정감과 행복감을 느끼게 될까?"

마이크 로저슨은 편히 앉는다. 대화 서두가 좋다. 로저슨은 우리의 심리 상태를 좌우하는 환경의 역할에 대해 특별히 관심이 많은 심리학자다. 에섹스 대학 부설 녹색운동 연구팀의 일원이기도 하다. 그 연구팀은 실외 운동이 우리에게 미치는 긍정적 여파의 다양한 측면에 대해 깊은 관심을 기울인다. 로저슨은 내가 중학교 재직 시절에 가르쳤던 학생이다. 그런데 삶의 길이 묘하게 뒤바뀌면서 지금은 내가 턱수염을 말쑥하게 기른 이 젊은 연구자의 얼굴을 건너다보고 있다. 시간이란 참으로 재미난 조화를 부린다.

"검토할 사항이 몇 가지 있네요."

로저슨이 이야기를 시작한다.

"우선 선생님은 일반적인 세계에서 멀리 떨어진 장소에 계셨지요. 그것은 아널드 윌킨스가 관심 있게 연구한 직선에서의 이탈을 의미하는데, 그의 연구는 인간이 만든 직선 세계가 자연에서의 곡선 세계보다 훨씬 더 많은 스트레스를 받을 가능성이 높다는 것을 보여줍니다."

나는 방을 둘러본다. 우리는 주변의 모든 것이 직선으로만 구성된 진부한 사무실에 마주 앉아 있다.

"상수리나무에서는 직선 형태가 눈에 많이 띄지 않을 수 있습니다. 그러다 보니 선생님의 시야에서 이쪽의 딱딱한 측면이 시각적인 처리 과정을 거쳐 삭제되는 거죠. 물론 그런 데에는 수다스럽고 분주한 일상생활에 거리를 두고자 하는 마음가짐도 작용하고 있습니다. 그런 심리적 거리두기는 선생님한테 즉각적으로 감지되는 위협의 대상을 적절히 다루지 못할 때 생겨납니다. 위협의 대상이라는 것은 손에 칼을 들고 달려드는 사람의 형태라기보다 어떤 상황에 더 가깝습니다. 개인적인 관계나 직장생활에서 맞닥뜨리게 되는 여러 골칫거리를 제대로 처리해야 한다는 압박감에 짓눌려 있는 상태가 그런 상황에 해당될 수 있지요.

상수리나무와 함께 보내는 시간 동안에는 그와 같은 소란, 무언가를 빨리 처리해야 한다는 의무감의 압박이 사라집니다. 우선은 육체적으로 그런 위협 요인에서 멀리 떨어져 있을 뿐 아니라 심리적으로도 다른 장소에 있다는 안도감이 들기 때문입니다. 거기서 듣게 되는 모든 소리, 거기에 와 있음을 일깨워주는 여러 지각요인 등이 그런 안도감의 근거입니다. 선생님이 부정적인 환경에서 벗어나 있다는 것을 실감 나게 해주니까요."

옳은 견해다. 상수리나무 안에서는 모든 게 평화롭고 안정적으로 느껴진다. 실제로 더 평화롭고 더 안정적이기 때문이다. 우리의 몸과 마음은 그렇다는 것을 안다.

"그러니까 여기에는 현실도피적인 측면이 두드러집니다. 선생님이 나무로 향하는 이유도 마찬가지고요. 사람들은 장소의 고유한 특징이나 분위기에 이끌린 탓이라고 할 테지만, 거기서 말하는 장소란, 의외든 아니든, 자연 속의 어떤 특정 지대가 아니라 자연이라는 일반 공간을 가리키기 일쑤죠. 그러면서 이렇게 생각합니다. '오늘도 거기 가야겠어. 심신을 편안하게 하는 데 도움이 되거든.'

이 말은 자기 충족적인 암시가 됩니다. 사람들은 스스로를 위해 그것이 꼭 필요한 과정이라고 생각합니다. 아니나 다를까, 그러면 그럴수록 더 큰 효력이 생겨나지요. 나중에는 거기에만 가면 심신의 긴장이 해소될 거라고 더더욱 확신하게 될 겁니다.”

마차 차고의 작은 나무문을 빠져나와 호니우드 오크로 나 있는 친숙한 오솔길을 따라 걷던 순간이 생각난다. 문을 열 때 엄습하는 짜릿함, 상수리나무에 다다른 순간 평화가 나를 채 워주고 감싸주리라는 기대.

“그러면 자네는 심리적으로 스트레스가 감소한다는 것을 측정할 수 있다고 보나?”

로저슨은 가능하다고 했다. 그는 에든버러 대학 팀의 연구 결과를 들려준다. 그곳 연구원들은 다양한 참가자들에게 이 동식 뇌전도 센서를 몸에 부착하고 도시 일대를 돌아다니도 록 하는 실험을 한 적이 있다. 실험 참가자들이 도시 한복판에 서 한적한 공원 주변으로 이동하는 순간, 그들의 뇌파가 극심 한 스트레스 상태에서 차분하게 생각에 잠기는 상태로 바뀌 었다. 어쩌면 과히 놀랍지 않을 수도 있지만, 그것은 직관적으 로 그런 결과가 나올 것이라고 어림짐작해서 알아낸 게 아니 라 과학적 실험으로 입증된 지표였다.

실험 결과 신경계의 변화가 있는 것으로 파악되었다. 실험 참가자들은 그들의 뇌파 패턴이 변할 때 그에 따라 기분도 어 떻게 달라졌는지를 전했다. 나는 ‘차분하게 생각에 잠기는 상 태’라는 말에 귀가 솔깃해진다. 로저슨이 설명해준다.

"그것은 명상 수련을 하는 동안 일어나는 신경계 패턴과 유사합니다. 편도체가 평온하게 가라앉지요. 잡념은 줄어들고요. 상수리나무와 함께 있을 때 선생님은 유대감이 느껴지는 환경 속에 머무는 셈입니다. 뇌는 한층 더 주변 자극에 집중하게 됩니다. 그러면 '차분하게 생각에 잠기는 상태'라는 개념을 통해 이완된 무의식이 바깥으로 걸어 나옵니다. 선생님은 지금 그런 환경에 사로잡혀 있는 상태입니다. 혹시 새를 유심히 바라보면서 그 새들의 노랫소리에 귀 기울이지는 않나요? 그것은 정신을 집중시키는 활동으로 우리가 흔히 '노력이 결여된 집중'이라고 부르는 상태에 가깝습니다. 그런 행동을 하는 데는 정신적으로 아무런 노력도 할 필요가 없으니까요."

상수리나무 옆에 앉아 있든 공원을 산책하든 자연 세계에 머무는 것은 본인에게 이롭지 않은 상황을 피하려는 욕구와 관련이 있다. 육체적으로든 사회적 관계에서든 살면서 우리가 빚어내고 형성하는 온갖 스트레스 요인을 줄이려는 것도 그와 무관하지 않다.

"상수리나무 곁에 가면 우리는 부정적 상황에서 벗어나 초기화 모드로 돌아가게 됩니다. 스트레스 받을 일이 없어지지요. 자연 서식지에서 살아가는 동물들은 대부분 스트레스를 받지 않습니다. 상수리나무에게로 가면서 우리는 최근 들어 인간 생활에 가중된 짐 더미를 내려놓게 되는 겁니다. 산업화 사회에 맞춰 우리 스스로 창조한 아홉 시 출근 다섯 시 퇴근의 실존 상태 같은 거지요."

이 모든 요인은 결국 로저슨이 '친환경 장소 디자인'이라 일컫는 현상을 불러온다. 우리는 녹지 공간을 창안해서 그 장소로 돌아오고 또 돌아온다. 우리는 이와 같은 공간을 안전하고 건강한 장소라고 여기면서 경우에 따라서는 도피처로 삼을 수도 있다고 생각한다. 우리가 스스로의 삶에 대해 돌아보려 할 때 필수적인 정신적 거리감을 보장해준다. 화가 스티븐 테일러가 그래왔듯이 지칠 줄 모르고 똑같은 옥수수 밭과 똑같은 상수리나무를 그리는 일로 돌아가고 또 돌아가는 것이다. 내가 호니우드 오크를 상대로 그래왔듯이. 필드 오크와 사슴뿔 오크를 상대로 그래왔듯이.

"만약 사람들에게 스트레스를 받을 때 '지금 가고 싶은 곳이 어디죠?' 하고 묻는다면, 아마 많은 사람이 자연이 있는 공간에 가고 싶다고 대답할 겁니다. '숲에 가고 싶어요'라거나 자연이 있는 곳이라면 어디든 말이에요. 그게 다 정신적 거리감과 스스로 돌아볼 기회를 확보하고 싶어서죠. 그런 장소에 가 있는 동안 생겨날 행동 변화 때문이기도 하고요."

확실히 이 모든 말이 상식에 부합하는 진단처럼 여겨진다.

"고맙네, 로저슨."

하지만 그밖에 다른 요인의 작용은 없는지 궁금해진다.

"우리한테는 그와 같은 환경적 측면, 행동 변화의 측면, 신경계 반응의 측면이 있겠지. 그럼 생리적 측면은 없을까? 사람들이 숲에 산소를 늘리려고 하는 것처럼 말이야."

로저슨은 고개를 주억거린다.

"물론이죠. 선생님도 '신린요쿠'shinrin-yoku 즉, 삼림욕이라고 들어본 적 있으시죠? 웰빙의 증대를 위해 일부러 숲에서 보내는 시간 동안 그 공기로 목욕을 한다는 뜻이죠. 식물에서 발산되는 피톤치드라는 게 있습니다. 상수리나무에서도 피톤치드가 나오겠지요. 제가 보기에는 그게 우리의 생리 작용에도 영향을 미치지 않을까 싶습니다. 그런 게 바로 아로마 테라피의 기본 원리거든요. 어떤 경우에는 피톤치드로 심신의 이완 효과를 보고, 어떤 경우에는 자극을 받고요. 또 다른 경우에는 우리의 면역체계를 강화하기도 하죠."

로저슨은 일본에서 시행한 연구 결과를 들려준다. 이 연구에서 삼림욕 수목원은 우리 면역체계의 필수 요소인 대형 림프구 세포 기능을 대폭 강화하는 것으로 밝혀졌다. 연구팀은 대형 림프구 세포 기능에 대해 동일한 측정치가 나온 호텔 객실에 피톤치드를 살포하면서 실험을 반복했다. 피톤치드는

나무에서 얻어냈다. 화학물질에 따른 신체적 효과와 생리적 효과가 있었다.[14]

"어찌 보면 상당히 단순한 발상이죠. 본질적으로 우리는 그런 요소를 우리 앞에 고정적으로 배치시킨 셈입니다. 우리는 누구나 직관적으로 녹지에 가거나 숲에 가면 좋다는 것쯤은 다 압니다. 우리가 그쪽으로 이끌리는 이유도 다 거기에 있고요. 상수리나무만 하더라도 선생님은 그 장소에 머물면서 깊이 몰입하고 집중하면서 즉각적인 효과를 얻어낸 셈이지요. 하지만 그 말은 선생님이 거기서 많은 일을 벌이고 있다는 뜻이 아니라 그저 거기 머물러 있다는 사실을 실감하면서, '그래, 지금 나 여기 앉아 있어'에 지나지 않는 활동일 수도 있다는 겁니다. 한마디로 선생님은 지금 '친환경 장소 디자인'을 하고 있는 셈이죠. 안정적이고 평화로운 방식에 맞춰 행동하도록 이끌리고 있을 뿐이에요. 뇌에 다음과 같은 생각을 강하게 각인시키기 위해서 말이죠. '그래, 이런 식으로 사는 게 나한테 유익할 테니까.'"

로저슨은 이토록 네모반듯한 직선 형태의 사무실에 있는 게 아니라 마치 수목원에서 삼림욕을 즐기듯 한순간 긴장의 끈을 늦춘다.

"제가 이런 연구에 뛰어든 것은 영광스러운 도전입니다. 다른 사람들 눈에는 한낱 상식을 확인하는 선으로만 비칠지도 모릅니다. 저는 과학으로 그것을 입증해 보여야 합니다. 아주 단순한 발상이죠. 이제는 과학이 그런 문제를 뒷받침하게 될 겁니다."

_6월 15일

한 자리에 오래 머무를 때

투 오크 힐. 상수리나무 가지 안에 안락하게 자리 잡는다. 문득 1,000년 전 이 땅에 살면서 여기저기 기웃거리고 돌아다녔을 이곳 원주민들에 대한 호기심이 생긴다. 여러 해 동안 나는 이곳의 옛날 자연 경관은 어떤 모습이었을지 궁금해 했다. 언덕이 우뚝 솟아 있긴 하지만 대체로 드넓고 평탄한 지대다. 분명 옛날 사람들은 여기서 살고 싶어 했을 것이다. 저 밑으로 개울이 흐르고 모든 지역 일대가 한눈에 다 내려다보인다.

시선을 위쪽으로 돌린다. 바람이 분다. 상수리나무 잎사귀가 내 뺨을 어루만지며 쓸어내린다. 내 손아귀 밑의 가지는 여전히 따뜻하다. 꿩 두 마리가 목울대 부푼 소리로 울면서 내 발밑을 날아간다. 하루하루가 덧없게 느껴진다. 풀잠자리가 내 손등 위에 내려앉는다.

작은 거미 한 마리가 내 오른쪽 다리털에 걸린다. 순간순간이 녹아 없어지는 것처럼 느껴진다. 그런 순간들이 이어지는 동안 나 스스로에 대해서도 실체감이 흐릿해진다. 나는 마치 긴장성 정신분열증*에 서서히 빠져들고 있는 사람처럼 두 손을 가지에 걸치고 두 발도 다른 가지에 얹어놓은 자세로 그 자리에 앉아 있다. 내가 계속 이 자리에 남아 한 시간, 두 시간, 세 시간 동안 버틴다면 과연 무슨 일이 벌어질지 궁금하다. 내가 마냥 이 자리에 앉아 하루가 펼쳐지면 펼쳐지는 대로, 햇빛이 사위면 사위는 대로 남아 있다면 어떻게 될까. 일기예보에 따르면 오후 늦게 구름이 몰려와 비가 내린다고 하는데도, 이윽고 해가 지면 지는 대로, 밤으로 뒤덮이면 뒤덮이는 대로, 새날이 밝으면 밝는 대로 이 자리에 계속 머무른다면 어떻게 될까. 내 안의 뭔가가 절박하게 그 부름에 응답하기를 원하고 있다.

_6월 28일

광활한 보리밭 풍경

나는 가까스로 마음을 다잡고 다시 일어난다. 몇 주 동안

---

* 긴장성 정신분열증(catatonic): 정신분열의 한 형태로 제자리에 꼼짝 않고 굳어 있거나 지나치게 흥분하는 등 극단적인 행동을 하게 되는 정신질환이다.

이유를 알 수 없는 무력감에 빠져 있었다. 그런 증세는 나날이 심해지는 것 같았다. 단순한 일조차 태산처럼 느껴질 정도였다.

나는 바깥으로 나가서 비좁지만 한 번쯤 가보고 싶어지는 보리밭 샛길을 미끄러지듯 내달린다. 어린 초목의 키가 어느새 허리 높이까지 자랐다. 나는 밭을 가로지르는 동안 보리의 푸릇푸릇한 수염이 내 살결을 스쳐 지나가도록 일부러 왼손을 옆으로 내밀고 달린다. 문득 멈춰 서서 자연 그대로 남아 푸르고 광활한 보리밭 일대를 건너다보고 있으면, 실바람 한 줄기에 최면술처럼, 잔잔하게 출렁이는 바다 물결을 바라보고 있는 느낌이 든다. 폭풍우의 회오리바람에서 헤어났다 싶을 정도로 이 들판은 보리의 일렁임과 들썩거림으로 사람의 넋을 쏙 빼놓는다. 마음에서 우러나는 경탄을 자아낸다. 쇠흰턱딱새 한 마리가 내 앞에 있는 산울타리를 긁어대고 있다.

보리밭을 혼자 걷다보면 생생한 꿈결을 헤매고 다니는 기분이 든다. 몇 킬로미터 반경에 사람이라곤 아무도 없다. 마치 옅은 잠에 빠진 듯 바닥에서 규칙적으로 서걱거리는 내 발소리가 자장자장 잠을 불러온다.

_7월 3일

자연이 주는 세례

이른 저녁나절, 나는 어제와 마찬가지로 다른 세상으로 이끌리듯 교회 쪽으로 향한다. 역시 어제와 똑같이 보리 이삭 사이로 난 진입로를 따라 걷는다. 바람이 제법 쌀쌀하다. 보리 이삭의 부드럽고 푸릇푸릇한 보풀에 양손을 스치고 지나가면서 푸른 대양의 수면 위로 넘실거리는 파도를 바라본다. 그 길을 따라 걷다보면, 내가 행동한 만큼 나는 어떤 방식으로든 변화하는 중이고 예전의 나에서 앞으로의 나로 옮겨가는 중이며, 설령 그게 어떤 모습일지 전혀 짐작조차 가지 않는다 해도 내 안에서 깊고 원형적인 이동이 일어나리라는 사실만큼은 확실하다. 왜 그런지 알 수 없지만 이 순간 그런 느낌이 든다.

다시, 어제처럼 교회 부근 들판의 완만한 비탈을 걸어 내려가서는 개울 위 다리를 이정표 삼아 산울타리를 지나 출입문으로 향한다. 오늘은 마치 보리알의 일렁거리는 수면에 내가 세례라도 받은 것 같다. 세례를 받아 이전의 내가 아닌 뭔가 다른 존재로 거듭난 듯하다. 이 지상의 생명체들이 나를 보고도 더 이상 도망가지 않는 그런 인간으로, 그들이 더 이상 두려워하지 않아도 될 인간으로.

_7월 4일

내가 다시 호니우드 오크를 방문한 것은 초저녁 나절이다. 도로에 표지판이 아직 남아 있긴 하지만 지역 이정표는 잠깐 있다가 사라지곤 했다. 나는 나 혼자 힘으로 나무문에서 걸어 나와 사유지까지 찾아간다. 호숫가 다리를 건너 호니우드 오크로 향하는 오르막길로 익숙하게 걸음을 내딛는다. 북쪽 소나무 숲속의 잡목 덤불은 깜짝 놀랄 만큼 말끔히 밀려 나갔다.

나는 벤치에 앉는다. 나 스스로를 방목한다. 심호흡을 한다. 상수리나무를 관찰한다. 심호흡을 한다. 상념을 떨쳐낸다.

해가 서쪽으로 지고 있기는 하지만, 하늘이 점점 더 맑아지면서 곳곳에 창백한 여백이 드러난다. 하늘에 아주 연한 청색이 번져간다. 나는 구두를 벗는다. 양말도 벗는다. 그러고는 내 맨발에 휘감기는 공기의 자유를 느낀다. 햇살이 구름 밑으로 새어나온다.

나는 맨발로 상수리나무를 향해 다가간다. 울타리 난간 안쪽 나무뿌리를 동그랗게 덮어놓은 흙의 감촉이 내 발밑으로 부드럽게 전해져온다. 내 발바닥이 닿을 때마다 흙이 가라앉는다. 나는 상수리나무 서쪽에 선다. 시간의 풍화작용에 따라 말랑말랑해진 부름켜가 밖으로 드러나 있다.

상수리나무 옆에 앉아 있으니 불과 몇 분 만에 근심 걱정이다 사라졌다. 어린아이들처럼 나는 다시 현재로 돌아와 살고 있다. 우리 모두가 되찾고자 애쓰는 바로 그 상태로 말이다. 내 발은 상수리나무 가지 아래 땅속으로 스며들고 있다. 내 머리는 나를 둘러싼 세계와 다시금 확고하고 직접적으로 맞닿아 있다.

내 머리 위치에서 몇 미터 앞 북쪽으로 뻗은, 끝이 잘린 가지는 솜털 자국으로 뒤덮여 있다. 그것은 어린 새의 사체 조각이다. 그것을 보자마자 나는 새매를 떠올린다. 전에 이쪽으로 날아오른 적이 있는 다른 맹금류도 생각난다. 그 잔해 때문에 가지는 새들의 털갈이용 횃대로 사용된 듯하다.

나는 벤치로 돌아와 앉아서 한동안 거기 머문다. 5년 전 이곳에 처음 왔던 시절을 돌아본다. 처음으로 주크와 만나서 호니우드 오크와 시간을 보내려 한다는 발상에 대해 이야기 나누던 일도.

"여기 와서 상수리나무를 관찰하고 싶어요. 낮이든 밤이든, 해가 뜨나 비가 오나."

당시 나는 시간이 날 때마다 이곳으로 오고자 했다. 퇴근하고 집에 가는 길에 여기 들러 상수리나무가 살아가는 방식을 지켜보고 그렇게 살아가는 태도를 배우면서 오랜 시간 소일하고자 했다.

"오케이, 그렇게 하세요."

주크가 말했다.

그는 내가 필요할 때마다 이곳에 자유롭게 오고갈 수 있도록 허락해주었다. 나는 사유지 사무실 옆에 주차할 수 있었고 상수리나무 옆에 머물고 싶을 때마다 거기서 시간을 보낼 수도 있었다. 그는 그저 간단히 허락해준 것일 뿐이다. 그렇지만 거기에는 내가 이곳에 편히 오갈 수 있도록 하는 배려가 담겨 있다. 밤늦게 내가 차를 몰고 떠나려는 순간, 예기치 않게 감정의 파도가 거세게 출렁이더니 눈물이 솟구쳐 올랐다. 나는 회사와 집에서 느끼는 압박감으로 거의 숨이 막힐 지경이었다. 이제 나는 자유롭게 숨쉴 수 있는 공간을 찾았다. 운전대를 잡고 있는 동안 가슴이 부풀어 오르면서 호흡이 가빠졌다. 당시 내가 얼마나 격한 감정에 휩싸여 있었는지 지금도 기억에 선하다. 나는 길가에 차를 대놓고 미래에 대한 희망과 가능성으로 마음이 벅차 연신 환호성을 질러댔다. 그러고는 다시 차를 몰고 집으로 돌아왔다.

그날을 되돌아보니 미소가 배시시 새어나온다. 그만 자리에서 일어난 후 어쩔까 하다가 좀 걷기로 한다. 나는 북쪽 호수 가장자리로 향한다. 내가 다가가자 두 무리로 나뉘어 모여 있던 회색기러기 떼와 거위 떼가 동요한다. 녀석들은 일제히 몸을 일으켜 달려들 듯하더니 이내 뒤뚱거리는 걸음으로 달 아나 한 마리씩 호수의 잔잔한 수면으로 물을 엄청나게 튀기면서 뛰어든다. 그보다는 훨씬 우아한 품위를 과시하는 회색 왜가리 한 마리가 날아든다. 나는 북쪽으로 날아가는 왜가리의 동선을 내내 지켜본다. 녀석은 다른 새들을 따라 호숫가로 가더니 호수 뒤편에 있는 오리나무 가지 위에 내려앉아 혼자 외롭게 보초를 서듯 거기 머문다.

내 머리 위에서 흰털발제비 떼가 쩍쩍거린다. 나는 사유지로 나 있는 길을 따라가다 내가 우연히 '절규하는 상수리나무' 앞에 와 있다는 것을 알아차린다. 찌르레기 한 마리가 나

무 꼭대기 사슴뿔 가지에 앉아 지저귀고 있다.

흰털발제비 몇 마리가 그쪽으로 날아온다. '발 없는 새'라고 불리는 이 녀석들 역시 여름철 단골손님이다. 나는 서쪽을 둘러본다. 그러다 어느새 한적한 연못가에 다다른다. 수면을 건너다보자 반대편 기슭에서 나와 마주보고 있는 토끼 한 마리가 눈에 띈다.

그렇게 불쑥 자연 속의 생명체와 교감하고 있는 듯한 순간에는 시간이 정지하는 느낌이 든다. 초침이 멈춰선 것 같은 순간을 맞이하게 된다. 이렇게 어린 토끼 한 마리와 교감하는 순간은 더욱 놀랍다. 저 녀석들을 보면 어쩐지 신화적이고 마술적인 기분에 사로잡히기 때문이다.

우리는 한동안 제자리에서 서로를 바라본다. 상대방의 존재감에 서로 얼어붙은 것만 같다. 그러다 녀석이 살금살금 남쪽으로 기어간다. 창백한 목초지 풀잎에 대비되어 더욱 새까맣게 보이는 양쪽 귀 끝이 까딱거린다. 토끼가 사라지자 시계가 다시 째깍거리기 시작한다.

_7월 13일

새롭게 탄생하는 상수리나무

오늘 아침에는 머리가 무겁다. 내 안에서 벌 떼처럼 몰려다니는 온갖 상념이 꽉 차 있어서다. 고열처럼 번지는 불안감으로 목과 어깨가 욱신거린다. 걱정이 머리를 쿵쿵 때려댄다. 나는 내가 어디로 가야 할지 알고 있다.

투 오크 힐에 다녀온 지 몇 주가 지났다. 여름 그늘 안에서 뭔가가 달라졌다. 목초지 벌판이 지푸라기 빛깔을 띠며 창백해졌다. 지금 보니 긴 풀잎들이 말라 죽은 채로 바람에 너울거리고 있다. 상수리나무 위 사슴뿔 갈래가 더욱 두드러져 보인다. 언덕 마루 모래 비탈은 금빛을 띤 잡초가 번식해 얼룩덜룩하다.

나는 사슴뿔 오크로 다가간다. 그러고는 능숙한 동작으로 사다리를 밟고 올라가서 가지 위 내 자리로 향한다. 상수리나무에 등을 기댄다. 한숨을 내쉰다. 뒤통수를 껍질에 대고 비빈다. 상수리나무에 닿은 내 머릿결이 느껴진다. 이번에는 정수리를 나무에 대고 들이밀어 본다. 편해지는 느낌이다. 숨이 쉬어진다. 나는 여기 머무르겠다.

개울가에서 난 고함 소리가 언덕까지 날아온다. 화들짝 놀란다. 마치 그 소리에 놀라 갑자기 잠에서 깬 듯한 느낌이다. 하지만 그랬을 리는 없다. 내가 나무 위에 올라가 있는 것을 누군가 볼까봐 두려워 서둘러 땅으로 내려온다. 모래로 뒤덮인 언덕 가장자리의 마모된 길바닥으로 내려와 보니 정작 거기에는 아무도 없다. 나는 다리를 건너다 말고 금화 한 닢을 제물 삼아 개울 안으로 던져 넣는다.

우리 가족이 항상 건강하고 행복하고 희망으로 가득하기를, 나는 그렇게 웅얼거린다. 쐐기풀과 버드나무를 지나 개울 가 둑길을 따라서 북쪽으로 향한다.

내게 딜런 핌을 소개해준 사람은 내 친구 데이브 찰스턴이다. 나는 찰스턴과 그의 서점에서 내가 상수리나무 옆에 앉아 시간을 보내는 일에 관해 이야기를 나눈다.

"딜런 핌 선생을 만나보면 좋겠군. 그 양반도 상수리나무를 좋아하거든."

찰스턴이 제안한다.

내가 핌을 만나게 된 건 그로부터 몇 달 후의 일이다. 나는 찰스턴의 자택으로 향한다. 그의 자택은 폴스테드 서픅 마을의 녹지 안에 있다. 찰스턴은 두 구역쯤 빙 돌아가야 하는 핌의 자택으로 나를 안내한다.

핌은 자택에서 우리를 맞이하며 최근에 새로 짓고 있는 방으로 데려간다. 그는 지금 그 방의 목재 마감 작업에 매달려 있어서 무척 바쁘다. 회벽의 석고도 아직 마르지 않은 것 같다. 핌은 가장자리에 합판을 두르고 있다. 그는 독특한 모양으로 구부러진 벽에 들어맞도록 증기로 구부려 가공한 상수리나무 패널 조각을 들고 있다. 그는 허리를 구부린다.

"여기가 딱 안 맞네."

그가 바닥에서 시선을 들어 올리며 말한다.

그건 큰 문제가 아니다. 어쨌거나 우리는 그의 공방을 향해 걸어 내려가고 있다. 핌은 내게 그곳을 구경시켜주기로 약속한 참이다. 찰스턴이 자기는 먼저 가보겠다고 한다. 저녁식사인 꿩 두 마리를 미리 손질해놔야 하기 때문이다. 우리는 작별인사를 나눈다. 나는 조금 이따 그에게 들르겠다고 말한다.

뒷길을 따라 조금만 내려가면 마을 공터가 나오고 거기서 좀더 내려가면 길목에 아담한 막사가 있다. 핌은 거기서 작업한다. 그를 목수라고 부르는 것은 그다지 적절하지 않다. 그는 목재 마법사 그 이상이다. 그는 목재를 증기로 가공 처리하는 등 아주 보기 좋으면서도 완전히 독창적인 가구 공예품을 창조해낸다. 그런데 그의 공예품들에는 내가 지금까지 어디서도 본 적이 없는 유체성流體性이 흐른다. 그가 만든 장식장, 수납장, 서가 등은 초현실적인 아름다움의 결정체다. 그의 목공예는 목재의 고체성과 액체 같은 유동적 질감의 조화로 보는 이들을 끌어당긴다.

"저는 상수리나무가 좋아요."

298

우리가 어스름에 휩싸일 무렵 핌이 말한다.

"이 근방에는 세상에서 가장 경이로운 상수리나무가 있어요. 저는 지금까지 살아오면서 대부분의 시간 동안 그 나무를 보러 가곤 했지요."

이 사람은 더 따져볼 것도 없이 나와 영적인 동류다.

폴스테드에서 나고 자란 핌은 거의 50년 이상 인근 국도와 큰길과 벌판을 돌아다닌지라 이쪽 지역을 속속들이 아는 사람이다. 그는 학구적인 부모 밑에서 태어났지만 부모와는 다른 길을 가야 했다. 난독증이 심해 읽고 쓰는 법을 배운 적이 없었기 때문이다. 그는 지금도 읽고 쓸 줄 모른다.

"그래서 요즘은 오디오북에 빠져 있어요."

그는 그렇게 말하며 빙긋이 미소 짓는다.

그러나 그는 내가 나무와 관련해서 만나본 사람들 가운데 가장 지혜롭고, 가장 박학다식한 사람임에 틀림없다. 게다가 그가 목재를 다루는 재능은 가히 천재적이다. 그는 주변에 서식하는 나무라면 뭐든 다 알고 있을 뿐만 아니라 그 나무들에 대해 놀랄 만큼 열정적이다.

"선생도 나무들이 개별적인 존재라는 것을 아실 테죠."

그가 말한다.

그가 이제 이어가려고 하는 대화 주제는 나무 목재를 이용

한 목공예 작업에 관해서다. 작업할 때 중요한 것은 무엇보다 나무가 자라온 토양의 유형, 수분 공급 상태, 생장 구조 등 각각의 개별적 환경 여건을 이해하는 일이다.

"나무에 수분 공급이 원활했는지만 봐도 그 나무가 어떻게 살아왔고 목질이 어떨지 가늠할 수 있지요."

우리는 추레한 오솔길에서 빠져나와 수풀이 우거진 들판으로 향한다. 들판 한 모퉁이 가운데 자리에 가지런히 줄지어 선 나무들이 보인다. 자작나무와 검은 호두나무가 뒤섞여 있다. 모두 20년 전쯤 핌이 심은 나무들이다.

"나무들이 물가로 향해 있는 것을 좀 보세요."

그는 어두워지는 하늘 저편으로 팔을 내저으며 그렇게 말한다. 들판 아래 멀리 떨어진 귀퉁이로 지하수가 흐르고 있다. 이렇게 사위어가는 햇빛 속에서도 나무들이 서서히 물가로 기울어져 자라왔다는 게 선명히 눈에 들어온다. 그 여파로 데이비드 내쉬의 조각 작품으로 빚어진 소규모 잡목림이 생겨났다.

핌은 스스로 조성한 경관이 예술작업의 소재가 되었다는 생각에 흐뭇한 표정을 짓는다. 그는 어떤 화제에 대해서든 열광적으로 자신의 의견을 쏟아낸다. 핌이 에너지 넘치는 사람이라는 것은 두말할 나위가 없다. 여름이면 이 들판에서 열리는 축제도 주관한다. 예술가들이 자신의 공예품을 가져오기도 하고 핌이 최근에 제작한 가구를 소개하기도 한다.

"그런 행사가 20년 동안이나 이어져 오고 있지요."

공방으로 돌아와서 그는 자기가 목재를 가지고—특히 상수리나무 목재로—어떻게 작업하는지 조금 더 자세히 이야기해준다. 나무의 천연 재질을 판별하기 위해 나무의 나이테 패턴이나 감촉, 질감 등을 손으로 살피는 방법에 대해서도 설명한다.

핌은 낡고 지저분한 작업복 차림으로 내 앞에 서 있다. 어두운 빛깔의 머리카락은 부스스한데다 더부룩한 수염과 마찬가지로 은색으로 얼룩덜룩하다. 그는 목재 부품 앞에 서 있을 때처럼 두 손을 마주대고 비빈다. 그러고는 광적인 열기를 내뿜으며 말한다.

"일단은 작업 가능한 나무인지 아닌지 파악해야 합니다."

나무를 이해하려면 물리적으로 깊이 있게 파고들 필요가 있다. 목재의 복잡하고 섬세한 면뿐만 아니라 여러 해에 걸쳐 일어나는 성장의 변화를 보고 느끼는 것은 핌의 예술에서 핵심적인 요소다.

바깥쪽 공방 뒤편에는 단면으로 잘린 상수리나무 토막들이 몇 단씩 묶여 차곡차곡 쌓여 있다. 몇 달 안으로 이토록 주의 깊게 선별된 목재 조각들은 핌의 손을 거쳐 훌륭한 가구로 새롭게 태어나겠지.

날이 저물었다. 찰스턴에게 들르기로 한 약속을 떠올린다. 부슬비가 내리는데도 핌은 벌판을 지나 마을 어귀까지 나를 배웅해준다. 그러는 동안에도 그는 목재와 상수리나무에 대한 이야기를 이어간다. 나는 그 이야기에 행복한 마음으로 귀 기울인다.

_8월 19일

상수리나무 속의 생명체

일찍 잠자리에서 일어나니 상수리나무로 향하고 싶어진다. 일을 정리하고 투 오크 힐로 가는 길에 나선다. 태양은 벌써부터 이글거린다. 말똥가리 떼가 높이 떠올라 가냘픈 울음소리를 내고 있다. 창백하고 부스스한 구름 조각 사이로 반달이 걸려 있다. 목초지 앞에 멈춰 서서 나는 말똥가리 두 마리를 올려다본다. 녀석들은 몇 초 간격으로 엇갈려 지나가며 내 눈앞에서 함께 날아오른다. 흰털발제비와 제비는 말똥가리 쇼를 지켜보는 관중처럼 그 밑에서 날고 있다.

그럴 리 없다는 것을 알지만, 상수리나무 사슴뿔이 그동안 더 자란 것처럼 보인다. 하지만 오히려 죽은 나무일수록 계속

성장하는 것처럼 보이는 경우가 많다. 마치 모래 토양에서 자란 나무가 그 뿌리를 딛고 경이롭게도 천공 너머에 이르려는 것처럼.

상수리나무의 자태는 웅장하다. 야수 한 마리가 언덕 등성이에 꼿꼿이 버티고 서 있다. 녀석은 북쪽에 있는 목초지와 들판과 나무를 바라보고 있다. 풀잎 사이에 뱀이 있다고 생각하니 온몸이 오싹해진다.

나는 다시 언덕으로 걸음을 옮긴다. 그러고는 여느 때와 마찬가지로 사슴뿔 오크의 사다리 가지를 타고 내 자리로 기어올라간다. 하지만 내가 그 가지의 우거진 자리에 엉덩이를 붙이기가 무섭게 동쪽에서 사람 목소리가 들려온다. 그 목소리에 서린 뭔가가 나를 잔뜩 겁준다. 나는 곧장 기어 내려가기 시작한다.

어디선가 상수리나무 위에 앉아 있는 나를 보고 그 목소리의 주인공이 자기 나름대로 뭔가를 판단한 뒤 어떤 쪽으로든 말이나 행동으로 조치를 취하려 할지도 모른다는 생각에 깊은 두려움이 몰려든다. 나는 다시 땅으로 내려온다. 하지만 막상 내려오자 그 목소리는 더 이상 들리지 않는 것 같다. 다시 그 자리로 되돌아갈까 말까 망설여진다. 나는 상수리나무를 물끄러미 올려다본다. 다음에 이런 일이 또 생기면 그때는 겁

먹고 기어 내려오는 대신 아예 더 위쪽으로 올라가서 그 목소리가 어디서 들려오는지 잎사귀와 가지 사이를 샅샅이 살펴봐야겠다는 생각이 든다.

_ 8월 23일

사슴뿔 오크 안의 은신처

눈부신 여름 저녁이다. 투 오크 힐로 가는 길 건너편에는 잘려 나간 황금빛 보리 이삭이 들판에 누워 반짝인다.

교회 종소리가 울린다. 종소리는 후텁지근한 공기 사이로 둔중하게 퍼져 나가 야트막한 골짜기까지 가닿는다. 딱따구리 울음소리에 나는 고개를 돌려 상수리나무 위쪽을 올려다본다. 딱따구리는 날아올라 무더운 대기를 가로질러 남쪽으로 향한다. 짙푸른 삼림지대 속으로 유유히 사라진다.

삼림지대는 개울가와 맞닿아 있다. 나는 사슴뿔 오크의 몸통을 유심히 살핀다. 거기서 둥지 삼을 구멍을 아직 찾지 못한 새 한 마리가 날아간다. 저 위에 잠시라도 올라갔다 내려오고 싶은 마음이 굴뚝같기는 하지만 이내 누군가가 이쪽으로 다가오는 기척이 느껴진다.

개를 산책시키는 사람이 상수리나무 근방과 통하는 오솔길로 걸어오고 있다. 저 위쪽 꼭대기가 더욱 무성해진 잎사귀에 뒤덮여 거기로 마음을 푹 놓고 올라갈 수 있을 때까지 사슴뿔 오크 안에 마련되어 있는 내 은신처, 내 지정석은 한동안 모른 척하기로 한다.

나는 그게 불가능하다는 것을 잘 안다. 가지들이 너무 작고 촘촘해서다. 오직 다람쥐나 요정 또는 드라이어드만이 그렇게 할 수 있으리라.

_8월 26일

상수리나무 품에 안겨 있을 때

방금 천사가 지나갔다. 상수리나무로 향하던 도중 문득 멈춰 서서 적막하고 적푸근한 이 일대를 물끄러미 바라본다. 까마귀과 조류들이 울음을 뚝 그친다. 침묵이 지상에 뒤덮인다. 새매들이 부드럽게 날개를 펼치고 낮게 떠서 골짜기 위로 활공한다. 원을 한 번 크게 그리고는 포플러나무 근처에 내려앉는가 싶더니 이내 시야에서 사라진다. 새매가 내려앉고 얼마 지나지 않아 동쪽으로 말똥가리 울음소리가 들려온다.

나는 상수리나무 가지 높이만큼 두 팔을 쭉 뻗고 기지개를 한 번 켠 후 두 눈을 감는다. 내게는 아주 익숙한 평화와 안정감이다. 하늘거리는 산들바람에 나와 가까이 있는 잎사귀들이 수런거린다. 여기에만 있으면 심신이 한결 가벼워진다. 마치 여기까지 기어 올라오는 동안 몸무게가 약간이나마 줄어들기라도 한 것처럼. 이곳에 있을 수 있다는 것은 축복이다.

모든 세속의 근심거리는 저 밑에 남아 있다. 상수리나무 품에 안겨 있을 때만큼은 저 밑 세상살이의 걱정이 내게서 멀어지는 것처럼 느껴진다. 저 멀리서 달그락 달그락거리는 말발굽 소리가 들린다. 좀더 가까이에서 부드럽고 자족적으로 들려오는 것은 비둘기 떼가 구구거리는 소리다.

_9월 21일

풍경 속에 뿌리 내린 자

작은 나무문에서 벌집 조각의 기분 좋은 향내가 다시 한번 나를 반긴다. 늦은 오후다. 아침 내내 환히 비추던 태양은 이제 잿빛 구름 뒤로 사라졌다. 사유지에 완전히 나 혼자 떨어져 있다는 기분이 든다. 다른 모든 게 여기서 떠나갔다. 내 발은 사뿐사뿐 자갈을 밟고 지나간다. 다리 근처 돌계단 위로 똑똑 떨어지는 물방울 소리와 여러 단풍나무 잎사귀 사이로 스쳐 지나가는 호숫가 바람 소리가 들린다.

나는 서쪽으로 걸어간다. 다리 건너 호니우드 오크로 난 비탈길을 올라간다. 아주 고요하다. 편안한 기분이 나를 감싼다. 그 편안함에 내가 그동안 모른 척해왔던 피로가 느껴진다. 일단 벤치에 앉아 한동안 멀거니 동쪽을 돌아본다. 잿빛 구름 아래 지평선 위로 푸른 하늘이 펼쳐져 있다. 한 시간 정도 벤치에 앉아 상수리나무에게 섣불리 다가가지 않고 거리를 둔다. 얼마 지나지 않아 내 머리 위로 하늘에 갈매기 몇 마리가 나타난다. 이내 녀석들은 동쪽으로 날아가더니 바람과 구름에 휩쓸려 어디 갔는지 보이지 않는다. 자리에서 일어나 호니우드 오크 옆으로 다가가서 서 있으니 아늑한 평안이 나를 감싸준다.

숭배자처럼 경건한 걸음걸이로 상수리나무 곁을 돌며 여느 때와 다름없이 나무의 다양한 측면을 관찰한다. 혹시 벌집 조각 같은 게 떨어져 있지 않을까 기대해보지만 나무 서쪽 바닥을 아무리 살펴봐도 그런 것은 눈에 띄지 않는다. 나무 둘레를 한 바퀴 돌고 나서 나는 마치 변심하기라도 한 것처럼 발길을 돌려 다리 너머로 돌아온다.

나는 날이 거의 저물 때까지 돌아다닌다. 그러다 다다른 소나무 숲에서 다시 발길을 돌려 호니우드 오크로 향하는 길을 되짚어간다. 나는 어스름에 에워싸여 하루를 마감하고 있는 상수리나무 곁에 머문다. 나무 밑의 더욱 짙어진 어스름에 잠길 때까지 나무에 가까이 다가간다. 그러고는 내 머리 위에 있는 호니우드 오크의 몸을 올려다본다. 가지와 잎사귀와 하늘

사이 적막한 그림자를 들여다본다. 얼마 동안 그 일대를 둘러보고 나서야 나는 발길을 돌려 거기서 멀어진다.

며칠 후 한창 일하고 있는 도중에 나는 친구 마크 맨스필드에게서 문자메시지 한 통을 받는다. 맨스필드는 석회 미장 일을 하며 먹고살긴 하지만 고고학과 고대 역사 분야에 해박해서 정보와 지식의 샘이 마르지 않는 친구다. 그는 커지에 있는 서퍽 마을 자택 앞에서 앵글로색슨 역사학자 샘 뉴턴 박사와 방금 마주쳤다는 소식을 전해준다. 그들은 지역 경관에 관해 이야기를 나누었다.

서퍽 지역의 '기이한 지층 형성 현상'grundles으로 화제가 넘어갔다. 서퍽 지역에는 빙하기 이후 해빙수 부근의 지반 사이로 묘하게 생긴 협곡이 많다. 그에 관해 맨스필드와 나는 1년 전쯤 여러 날 동안 답사 연구를 했다. 어떤 이들은 이 지반의 협곡들이 괴물들의 소굴과 관련 있다고 생각할 수 있다. '기이한 지층 형성 현상'이란 용어는 어원학적으로 '그렌델' Grendel을 연상시키기도 한다. 그렌델은 앵글로색슨 서사시 「베오울프」Beowolf에 등장하는 괴물이다. 그것은 어떤 이들에게는 매혹적으로 느껴진다. 맨스필드의 메시지를 읽어본다.

"우리는 마녀사냥의 통로에 접근해서 마녀사냥의 문을 열게 될지도 모른다는 위험성에 대해서 언급하기도 했어."

나는 맨스필드의 말이 무슨 뜻인지 안다. 아니면 최소한 안다고 여긴다. 이해하기 힘든 일을 설명하려 하는 것은 바람직한 자세지만 맨스필드는 그것을 회피하고 싶은 유혹에 대해 말한다. 빙하기 이후 형성된 북 서쪽 경관의 특징적 형상을 괴물들의 소굴로 이해하는 것은 확실히 무지몽매한 믿음을 조장한다. 이에 대해 현대 지형학은 전혀 다른 논증을 펼치려 들게 틀림없다. 하지만 몇 백 년 전으로만 거슬러 올라가더라도 이토록 괴이하고 어두운 연안을 설명하고자 논증거리 삼아 '괴물들의 소굴'을 들먹이는 것은 많은 사람의 심성에 부합하는 일이었을 것이다.

이상하고 특이한 현상을 설명하고자 하는 욕망에 이끌리다보면 대부분 어느 정도 해명을 얻기까지는 과학적인 규명에서 멀어지게 된다. 선택의 여지가 없다고 느껴질 수도 있다. 느낌과 믿음을 해명하고자 이성에 근거한 실증적 태도에서 떨어져 나오려는 태도는 종교적 사고의 중심과 맞닿아 있다.

그렇다면 비이성적인 설명에 발을 들여놓지 않고 상수리나무와 함께 있거나, 그 안에 앉아 있는 동안 찾아오는 평화와 안정을 어떻게 설명할 수 있을까. 지금 생각나는 것은 '고요히 생각에 잠기는 상태'와 '아무 노력도 들이지 않는 집중'에 대해 제시한 로저슨의 심리학적 해명이다. 그의 추론은 나름 타당하다. 하지만 거기에는 뭔가 더 있다는 느낌을 지울 수 없다.

지금까지 오랫동안 나는 상수리나무에 매혹되어 각각의 나무와 독특한 친분을 맺었고 그 나무들과 함께 있는 동안 내 존재가 평온해지는 것을 느꼈다. 그러나 나로서는 그에 관해 설명할 길이 없다. 그렇다고 내가 강한 종교적 신앙에 의지한 것도 아니다. 그러니 나에게는 이 문제가 수수께끼로 남아 있을 수밖에 없다.

최근 나는 모니카 가글리아노의 작업에 주목하고 있다. 그녀의 연구는 식물 지능의 본질에 관한 과학적 관점을 극적으로 변화시키고 있다. 사무실로 돌아오자 그녀의 이름이 기억난다. 그녀의 웹 사이트를 열어보니 가장 먼저 내 눈에 뜨인 것은 아래와 같은 문장이다.

"방황한다고 해서 다 길을 잃은 것은 아니다."Not all those who wander are lost.15)

미소가 새어나온다. 그 말은 묘한 안도감을 준다. 화면에는 누가 한 말인지 나와 있지 않지만 나는 그게 J.R.R.톨킨의 『반지의 제왕』 *The Lord of the Rings* 에 나온 시에서 따온 구절임을 알고 있다. 우리 집 내 책상 위에도 파란색 연필로 그 문장을 적은 종이 쪽지가 붙어 있다. 수년 전 딸 몰리가 다섯 살 때 연필로 쓴 글씨다. 몰리는 연필로 그 문장을 베껴 적으면서 다음과 같이 바꿔놓았다.

"궁금해한다고 해서 다 길을 잃는 것은 아니다." Not all those who wonder are lost.

가글리아노의 작업은 놀랍다. 그녀의 논문 가운데 하나에는 이런 제목이 붙어 있다. 「식물의 마음, 상상할 수 없는 것을 상상하기」.[16] 이 논문에서 그녀가 말하고자 하는 바는 식물이 연상 작용을 통해 학습할 수 있다는 사실이 과학적으로 밝혀졌다는 것이다. 즉, 식물에는 선별적 사고능력이 있다는 것이다.

식물에 대해 이런 주장을 펼치는 것은 가글리아노 한 사람만이 아니다. 스스로를 식물 신경생리학자라고 말하는 과학자 단체도 있다. 그들은 식물 인지와 지각의 개념을 정립하는 작업을 진행하고 있다. 나는 얼마 전부터 파코 칼보의 「식물 신경생리학에 관한 철학 선언」이라는 글을 읽기 시작했다. 칼보는 스페인 무르시아 대학 팀과 작업하며 식물 지능의 생태적·철학적 근거를 규명하는 데 헌신하고 있는 연구자다. 그는 글의 첫머리에서 다음과 같이 선언한다.

"식물 지능에 관해 언급하는 일은 더 이상 금기가 아니다."[17]

이 문장은 1990년대 브리티시 콜롬비아의 생태학자 수잔 시마드의 선구적인 작업을 선연히 떠오르게 하며 나를 뒤흔든다. 그녀는 균사체 망, 즉 식물 뿌리와 균류의 상호작용을 뜻하는 '우드 와이드 웹'Wood-Wide Web이라는 개념을 정립했다. 균사체 망은 보다 넓은 식물체 근계의 범위 안에 존재하면서 숲의 필수적인 활력 유지를 위한 연결망으로 작용한다. 나무가 따로 떨어져 고립 속에서 살아가는 존재가 아니라는 사실을 우리에게 일깨워준 것도 바로 시마드의 연구였다. 그녀의 말에 따르면, 나무들은 "땅 밑은 물론 땅 위에서도 서로 소통하며 지내고 있다."[18]

이제 우리는 나무를 비롯한 식물이 어떻게 사고하는지를 이해하는 방향으로 나아가고 있다.

그것은 참으로 경이롭고 가슴 벅찬 진전이 아닐 수 없다.

나는 신선한 공기를 쐬려고 바깥으로 나간다. 그런데 우연치 않게 계단에서 친구 사라 비빈스와 마주친다. 이전에 대화를 몇 번 나누다가 그녀가 자연 세계의 신성성에 관해 깊이 공감하고 있다는 것을 알게 되었다.

"마침 커피를 마시려던 참인데 내가 한 잔 사갈까요?"

그녀가 말한다.

내가 그녀와 알고 지낸 지는 몇 달 되었다. 그녀는 유쾌하고 활기차서 주변 사람들에게 자신의 좋은 에너지를 불어넣어줄 수 있는 사람이다. 나는 흔쾌히 그녀의 커피 제안을 받아들인다. 우리는 몇 분 있다 만나기로 약속한다.

커피를 사들고 내 방에 들어오는 그녀는 커피 말고도 가방을 챙겨 든데다 미소까지 지어 보이느라 정신이 없다. 그녀는 4원소가 활용되는 예를 소재로 연재 기사를 써나갈 계획이다.

"그중 하나는 풍력 발전 지역에 관한 내용이 될 거예요. 그리고 또 하나는 하수 처리 작업에 관한 거고요."

그녀가 말한다.

우리는 웃으면서 폐기물 관리 문제를 다룰 방법에 대해 농담을 주고받는다.

그녀는 내가 상수리나무를 알아가는 데 대부분의 시간을 쏟고 있다는 것을 알고 있다. 예전에 언젠가 나는 비빈스에게 나를 자신의 영적인 신앙으로 인도할 생각이냐고 물은 적이 있다. 나는 그동안 내가 상수리나무와 진정으로 관계 맺기 위해 바쳐온 시간에 대해 그녀가 어떻게 생각하는지 무척 궁금하다. 내가 슬그머니 그 화제를 꺼내자 그녀가 묻는다.

"나무를 숭배하는 형태였나요?"

"내가 하는 행위가 상수리나무를 숭배하는 것처럼 여겨지지는 않았어요. 하지만 지금 돌아보니, 그건 확실히 상수리나무를 앞에 두고 행한 일종의 명상수련과 비슷한 면이 있긴 했어요."

"진정으로 상수리나무 같은 뭔가가 되고자 했던 건가요, 아니면 그저 상수리나무와 같이 있는 시간을 즐겼을 뿐인가요?"

나는 입을 다문 채 이맛살을 찌푸린다. 대답을 찾기가 쉽지 않다.

"명상 속에서, 내가 진정으로 원하는 것은 자작나무 또는 상수리나무가 되는 일이죠. 내 손가락을 몸통의 껍질 속에 깊이 집어넣어 껍질의 주름 속에 파묻고, 내 이마를 상수리나무에 밀어 넣은 채로 호흡하면서… 그렇게 함으로써 나는 상수리나무가 되고자 발버둥 친 것이죠."

사라가 말한다.

"맞아요."

내가 웅얼거린다.

그녀가 계속한다.

"당신은 상수리나무가 5월 초순 신록으로 피어나 빛깔이 연하고 푸릇푸릇해질 때 어떤 느낌으로 다가오는지 잘 알고 있죠. 분명 저라면 상수리나무나 산사나무가 되려는 시도를 할 거예요. 그렇게 제 자신에게서 벗어나기 위해 노력할 거예요. 제 생각에 우리는 동일한 하나의 완전체에서 갈라져 나온 개체들이거든요."

비빈스가 미소 지어 보인다.

그 말을 들으니 "상상할 수 없는 것을 상상하기"라는 가글리아노의 논문 부제가 떠오른다.

"우리는 동일한 하나의 완전체에서 갈라져 나온 개체들이에요."

비빈스는 같은 말을 한 번 더 반복한다.

"살아 있는 생명체로서요?"

내가 도발적으로 그렇게 묻는다.

"살아 있는 생명체로서요. 우주에는 그저 수많은 분자가 있을 뿐이에요. 폐쇄적인 시스템이죠."

"이게 특별히 이교도 의식과 유사하다고 보나요?"

내가 묻는다.

"아니오."

비빈스가 말한다.

"명상수련에 가깝긴 하지만 그렇다고 해서 진짜로 불교는 또 아니지 않나요?"

내가 묻는다.

"그래요, 거기에는 '이거 해라' 또는 '저거 해라'라고 명령하는 이교도주의의 계율 같은 건 딱히 없어요."

흥미진진하다. 이교도나 이교도주의 같은 단어는 많은 사람의 눈에 부정적이고 경멸적인 개념으로 비치기 십상이다. 하지만 내가 기억하기로 '이교도'^{pagan}란 단어의 어원은 단지 '촌 동네 사는 사람'을 의미하는 데 지나지 않는 라틴어 'pagus'이다. 만일 어떤 사람이 촌 동네에 살고 있다면, 단어의 정의상 그 사람은 이교도인 셈이다. 분명 우리는 모두 촌 동네와 관련 있는 대상을 긍정적으로 받아들이곤 한다.

비빈스는 며칠 전 한 친구에게 보낸 이메일에서 나를 두고 "풍경 속에 뿌리 내린 자" "가장자리를 떠도는 이교도"라고 했다면서 까르르 웃는다. 그런 표현이 마음에 든다.

나는 비빈스가 상수리나무와 관련해 내 상황을 듣고 정중하게 늘어놓는 말들을 갈무리해보고자 머릿속으로 헤아리기 시작한다. 지금까지 호니우드 오크 주변을 맴돌면서 나무를 보고, 나무의 생태계에 대해 배우고, 개별체로서의 상수리나무를 알아가며 보내온 날들. 내 느낌으로 그것은 한 부분에 불과했다. 호니우드 오크의 생태 공동체를 형성해온 여러 생명체에 대해 기록하고 알아가는 과정 또한 내게는 큰 비중을 차지하고 있었다. 당시 나는 한 그루 상수리나무 옆에서 함께 시간을 보내는 게 얼마나 큰 심신의 안정 효과를 가져다주는지 체감했다. 그 작은 나무문으로 빠져나와 사유지 땅에 발을 내디딜 때마다 온몸이 기쁨의 전율로 부르르 떨리곤 했다. 내가 곧 오랜 상수리나무 옆에 앉아 그 나무와 마주하게 될 거라는 기대만으로도.

필드 오크 옆에 머물거나 투 오크 힐의 사슴뿔 오크 위로 기어 올라가는 동안에는 상수리나무에 관한 또 다른 경험이 쌓였다. 정말 그랬다면, 그것은 단순히 앉아서 시간을 보내며 명상하는 것보다 훨씬 적극적인 실천이었다.

"나는 상수리나무가 되고자 한 게 아니었어요. 나는 여전히 별개의 존재였을 뿐이에요."

내가 말한다.

비빈스는 조언해줄 말을 찾는다.

"관념적인 생각을 떨쳐버려요. 그냥 상수리나무가 되려고 노력해봐요."

나는 미소 짓는다. 그 말도 좋은 조언임에 틀림없다.

"아무 생각 없이 그냥 거기 머물러 있고자 하는 것은 명상의 전부나 마찬가지예요. 선입견을 뛰어넘어야 해요. 말하려고 하지도 않아야 하고요."

그녀는 자기 목소리에 엉뚱한 장난기를 실어 이렇게 말한다.

" '나는 상수리처럼 된다는 게 어떤 것일지 궁금하다. 그런 상수리나무가 있다면 나한테 무슨 말을 할지도 궁금하고.' 이렇게 생각하는 대신 그저 '나는 존재한다'라고 말하면 그만이죠."

"내 생각에 나는 어째서 상수리나무 곁에만 있으면 더 평온해지고 행복해지고 평화로워질까 궁금해하다 보니 그 상태에 다다르고자 애쓰고 있는 게 아닐까 싶어요."

내가 그렇게 말한다. 이참에 로저슨이 해준 말을 떠올려본다.

"묻고 나서 답이 있을 거라고 기대하기 쉬운 문제가 아니죠. 그래서 나는 이 문제에 대해 제각기 다양한 방식으로 답을 내놓을 법한 여러 사람에게 의견을 물어보는 중이고요."

내가 말한다.

비빈스는 한숨을 내쉬며 천천히 고개를 끄덕인다. 그러고는 그 고민에 공감한다는 듯 호의적인 미소를 엷게 지어 보인다.

"당신은 수백 년 동안 생명을 이어갈 존재 곁에서 살아가는 사람이에요. 그러다 보면 우리가 얼마나 덧없는 존재인지 실감하게 되겠죠."

그녀는 천장을 손가락으로 가리킨다.

"밤에 저 위쪽을 올려다보면 우리가 정말 티끌만도 못하다는 사실을 새삼스레 깨닫게 될 때처럼요."

나는 고개를 주억거린다. 나는 비빈스가 무슨 말을 하려는지 알고 있다.

그녀의 조언은 내가 앞으로 얻게 될 여느 해답 중에서도 아주 훌륭한 해답으로 남을 게 틀림없다. 우리 저편에서 아득하게 살아갈 별을 올려다보고, 상수리나무와 함께 있으면 평화가 깃든다. 지금 우리가 사는 세상보다 훨씬 더 무한하고 한층 더 의미심장한 세계의 지평 속에서 우리 스스로를 돌아보게 되기 때문이다.

그러고 나서 며칠 후 나는 다시 책으로 돌아온다.

내가 1년 넘게 도서관에서 대여한 책은 스튜어트 피고트의 『드루이드』*The Druids*다. 피고트는 냉철하고 학구적인 접근방식으로 "드루이드에 대해 알아가야 할" 사안이 어떻게 "드루이드에 대한 이상화 또는 신화 창조"의 문제로 변질되고 있는지 설명한다. 드루이드에 대해 우리가 알고 있는 내용의 출처는 대부분 듬성듬성하게 짜깁기되어 있는 옛날 문헌이며, 드루이드를 향한 우리의 관점은 때때로 지나칠 정도로 부풀려져 화사하게 채색되어 있다. 전해 내려오는 증거를 보더라도 드루이드가 "선사시대의 켈트족 사제"였다는 것은 확실해 보인다.

하지만 피고트가 말하는 "알려진 대상으로서의 드루이드"와 "소망의 대상이 되어온 드루이드" 사이에는 뚜렷한 차이가 있다.[19] 상수리나무를 중심으로 한 숭배의식을 포함해서 그들의 실상을 알려줄 수 있는 진실은 모두 증발했다. 현재 우리가 알고 있는 드루이드의 모습은 18세기 낭만적인 재발견에 따라 재구성된 데 불과하다. 거기서는 드루이드를 우리가 2,000년 넘도록 잃어버린 자연 세계의 이치와 그 신성성에 대해 일깨워준 고대 브리튼의 현자로 기린다.

나는 책을 덮는다. 낡은 초록색 양장본 겉장이 닫히면서 그 안의 활자가 사라진다. 책을 책상 한쪽으로 밀쳐놓고는 의자에 편히 몸을 늘어뜨린다. 이전에 비빈스가 내게 해준 조언이 생각난다.

"관념적인 생각을 떨쳐버려요. 그냥 상수리나무가 되려고 노력해봐요."

나는 상수리나무에 대해 알고 싶다. 또한 수많은 사람이 알고 있는 것, 즉 상수리나무 곁에 머물면 어떤 안정 효과가 있다는 것을 체험했다. 나는 그게 뭔지 알고 있다. 내가 호니우드 오크의 오래되고 장엄한 자태를 응시하고 있든, 그보다 훨씬 앳된 필드 오크의 골격 옆에 앉아 있든, 투 오크 힐의 사슴뿔 오크의 가지 사이에 몸을 웅크리고 있든 상관없이 이런 상수리나무들과 함께 있다 보면 마냥 내 기분이 좋아지곤 했다. 마음이 고요하게 가라앉는다. 불안이 한결 줄어든다. 내가 안전한 상태에 있다는 게 피부로 느껴진다. 나는 현재 상태를 받아들일 수 있으며 더욱 쉽게 나 스스로 존재할 수도 있다. 그러니 이 순간에 대해서 나는 굳이 왜 그런지 답을 구하지 않으려고 한다. 그저 상수리나무가 내 곁에 존재한다는 이유만으로 위로와 평안을 얻을 수 있다는 사실을 감사히 받아들이기만 하면 된다.

_9월 28일

이제는 외롭지 않다

상쾌한 샛바람을 쐬며 투 오크 힐에 올라왔다. 눈부시게 화창한 날이다. 햇살 말고도 창백하고 푹신해 보이는 구름이 하늘에 그득하다. 나는 발이 이끄는 대로 한 번 더 가지와 잎사귀 사이로 기어올라 땅에서 떠오른다. 그러고는 예의 사슴뿔

오크의 그 자리로 향한다. 상수리나무 가지가 사람처럼 보이다니 참 별일이 다 있다.

내가 저 위로 걸음을 내디뎌 상수리나무에 기어오르기 전까지만 해도 잠깐 지상에 얽매인 뭔가가 내 발목을 붙잡았다. 하지만 일단 여기로 올라와서 이 자리까지 파고 들어오니 이내 평안한 느낌이 내 안에 차고 넘친다.

'여기 있는 한 나는 누구의 눈에도 뜨이지 않아. 누군가가 이쪽으로 지나가다 혹시 발견하더라도 결코 나를 잡아갈 수는 없을 거야.' 나는 그런 생각으로 내 기분을 다독였다. 하지만 가지 위에 앉아 있는 동안에도 그런 걱정은 가시지 않는다. 말끔히 떨쳐낼 수가 없다. 누군가가 이런 내 모습을 보면 뭐라고 말할지, 어떻게 여길지, 어떤 행동을 할지 두려워서 마냥 편히 있을 수가 없다. 다 큰 어른이 언덕 위 상수리나무 안에 기어 올라가서 앉아 있다니.

바람이 분다. 도토리가 흔들린다. 가장 작은 나뭇가지는 휙 젖혀진다. 그렇다 해도 나는 안전하다. 굳게 버티는 중이다. 나무 몸통에 기댄 내 등이 따뜻해져오는 게 느껴진다. 오히려 안정감이 더 커진다. 근심걱정이 점점 희미해진다. 더 이상 외롭게 느껴지지 않는다.

상수리나무 품에 안겨 있으면, 이 세계 안에 올라와 있으면 세계는 아득한 발아래 있다.

_10월 4일

나를 감싸는 평화

투 오크 힐로 향한다. 비록 한 시간 정도밖에 시간이 나지 않지만 그게 지금 내가 할 수 있는 최선의 일로 여겨진다. 나는 내가 거기로 가야 한다고 느낀다. 잠깐이라도 거기 앉아 있다 오고 싶다. 그러면 만사가 다 잘 풀릴 것 같다. 그래서 그렇게 한다. 나무 안에 들어와 있으니 평화가 나를 감싸는 게 느껴진다. 내 등과 머리를 휘감는 가지의 감촉은 내게 푸근한 안도감을 준다.

나는 더 이상 뭘 어떻게 해야 할지 모르겠다. 나는 지상에 얽매인 몸이니 날아오를 궁리를 하는 게 당연하다. 날마다 땅에서 떠올라 상수리나무의 품안에 와 있을 궁리를 한다. 그리고 숨어든 후 이 세계 저편으로 떠날 궁리를 한다. 하지만 그건 불가능하다. 그렇게 하는 건 한낱 도피행각에 지나지 않으니까. 대신 가능할 때마다 나는 나무 위로 기어올라 이 땅에서 멀어져 언덕 위 사슴뿔 오크 안에 마련되어 있는 내 안식처로 향한다. 그리고 거기서 잠시 동안이나마 평화를 누린다.

_10월 11일

투 오크 힐에 올라오니 냉기 어린 바람이 분다. 나는 잿빛 조각상처럼 굳어버린 엉겅퀴 덤불이 매서운 바람에 흔들리는 모습을 보며 서쪽으로 난 길을 택한다. 언덕 꼭대기에 올라와서는 몸에 단단히 힘을 주고 발돋움을 해서 나무숲 전경을 내려다본다. 가장자리가 갈색과 노란색으로 변했다. 사람들이 흔히 말하는 환절기의 색조다.

두 그루 상수리나무에도 가을 기운이 어리고 있다. 상수리나무 잎사귀는 바람과 마주해 오들오들 떠는 것처럼 보인다. 우선 크기부터 쪼그라들었다. 그러면서 초록빛 생명력을 잃고 서서히 죽음을 준비하겠지. 그래도 끄트머리에 남은 잿빛 먹구름 뒤에서 태양이 슬그머니 모습을 내비치니 아직까지는 지난여름이 떠오를 만큼 충분히 따뜻하다. 한동안 부드럽게 지상을 어루만지던 햇살은 다시 구름 밑에 깔려 자취를 감춘다.

더 멀리 있는 상수리나무 곁가지에 올빼미 두 마리가 비에 흠뻑 젖어 시커먼 몰골로 앉아 있다. 지면에서 3미터 정도 위쪽 가지의 표면에는 긁힌 자국이 잔뜩 나 있다. 올빼미가 사방을 경계하면서 밤을 보낸 흔적처럼 보인다. 나는 여기 들러야겠다고 스스로에게 다짐한다. 곧 이쪽으로 걸음을 옮겨 야음을 타고, 또는 해거름 녘에 길을 따라 슬그머니 접근해서 밤하늘로 날아오를 흰 날개를 단 천사의 모습을 슬쩍이라도 봐둬야겠다.

어느덧 시간이 꽤 흘렀다는 게 느껴진다. 그렇지만 사슴뿔 오크 옆으로 그냥 지나쳐 돌아가려니 도저히 견딜 수 없다. 결국 나는 나무 위로 기어 올라간다. 그러고는 자리에 앉아 잎사귀에 반사되는 햇살을 바라본다. 그렇게 쏜살같이 흘러가지만 더할 나위 없이 행복한 순간을 느끼며 거기 머문다. 그렇게 남아, 초록색에서 점점 색깔이 변해가는 나뭇잎들이 떨어질 때까지 그것을 지켜보면서 계속 이 자리에 머문다면, 그리고 이 가지 또는 근처 다른 가지 위에서 떠나지 않고 지금 내 몸을 지탱해주는 이 가지들처럼 상수리나무의 일부가 되어 계속 살아간다면, 그런 시간 속으로 기어이 들어간다면 과연 어떨지 상상해본다.

내가 스티븐 웨스트오버를 찾아가게 된 것은 우리 동네에서 서쪽으로 두 구역 떨어진 고스필드 너머 시골 마을까지 여행 삼아 내 좋은 친구 폴 그윈을 만나러 간 게 발단이다. 우리는 그윈이 관리하는 정원에 쓸 목적으로 히스*를 차에 실어 오기로 한다. 그윈은 전에 이메일에서 그에 대해 말한 적이 있긴 하지만 나는 그게 정확히 무슨 뜻인지 몰랐다. 대신 내가 웨스트오버를 만나고 싶어 한다는 것만큼은 확실하다. 픰은 "나무에 대해 누구보다 많이 아는 사람"과 만나고 싶다면 웨스트오버를 찾아가야 한다고 했다. 웨스트오버는 딸 베키와 함께 수목 재배와 조림 사업에 종사하고 있다. 부녀가 동업으로 여러 아담한 삼림지대를 관리하며 장작에서 지붕 판자에 이르기까지 목재 가공업을 하고 있다. 그들의 본거지는 블랙모어 엔드 마을 인근의 벌판이다.

"옷을 따뜻하게 챙겨 입어. 그 사람들 일터는 사방이 뚫려 있는 헛간이라서 계속 찬바람을 맞게 될 테니까."

그윈은 문자 메시지로 주의사항을 알려준다.

그윈의 집에서 점심식사를 한다. 가정식 뿌리채소 수프를 먹는다. 수프색이 깊고 선연한 진홍색이다. 오늘 아침에는 해가 나와 있다. 우리는 식탁에 자리를 잡는다. 뜨거운 국물 요리를 보니 감사한 마음이 앞선다.

"그래서 상수리나무와는 어떻게 되어가고 있어?"

그윈이 묻는다.

지금도 자주 가는 호니우드 오크의 청정지대로 내가 첫발

---

* 에리카속 관목의 종류.

을 내딛고 난 이후부터 여러 해 동안 그는 나무에 대한 내 열정이 진전되어가는 과정을 지켜봐왔다. 나는 내가 여전히 상수리나무와 인간 사이의 관계 탐색에 골몰하고 있다는 것을 설명해보려고 한다.

"그래서 말인데 내가 짐작하기로 평소 자네 표현대로라면, 상수리나무의 영적 측면이라고 부를 만한 부분을 들여다보는 중이야. 그리고 목재로 작업하는 사람들이 나무를 어떻게 느끼는지에 대해서도."

내가 말한다.

그원은 고개를 주억거린다.

"목재 작업을 하는 사람들 대다수가—심지어 무지막지한 나무꾼까지 포함해서—왜 몇몇 나무들에 대하여 진심으로 깊은 정감을 느끼는 것처럼 보이는지. 그와 일맥상통하는 이야기로군."

나는 리처드 포드햄이라는 나무꾼 이야기를 꺼낸다. 그는 나에게 자기가 어느 자작나무 한 그루를 각별히 아끼고 좋아한다면서 애정 어린 어조로 털어놓은 적이 있다. 그원도 포드햄을 알고 있다. 내 말에 그는 수프를 떠먹다 말고 깜짝 놀라 눈을 치켜뜬다.

그원은 그런 주제에 대해 편히 대화를 나눌 수 있는 상대다.

그는 오래도록 작은 사유지의 정원관리사로 근무하면서 나무를 관리해왔다. 그러니 이쪽 분야에 관해 속속들이 잘 알고 있는 사람이다. 그뿐 아니라 자연 세계와의 교감을 추구하는 철학자이자 파도타기 선수이기도 하다. 그는 거기서 왜 그런지 답을 찾는 일이, 그토록 신실한 방향으로 나아갈 출입구를 여는 일이 상당히 어렵다는 것을 잘 이해하고 있다. 그러면서 그런 질문을 던지는 게 필요하다는 것도 알고 있다.

나는 두 주 전쯤 비빈스가 내게 해준 조언에 대해 말한다. 그저 상수리나무를 어떻게 생각하는 데 그치는 것이 아니라 아예 상수리나무가 되도록 노력해보라는 조언 말이다. 그 조언은 계속해서 내 머리를 떵하고 울린다. 일부러 필드 오크 옆에 가서 몇 시간씩 앉아 있다 오거나 투 오크 힐의 사슴뿔 오크 위로 기어 올라가곤 했던 그동안의 나의 행동이, 만약 상수리나무가 되고자 한 게 아니라면, 상수리나무 곁에 머무르면서 어떻게든 적극적으로 변화하기를 갈망하는 몸부림이 아닐까.

"글쎄, 과학자들은 요새 균사체 층위에서 이뤄지는 나무 사이의 상호 소통방식에 대해 이야기하는 중이지. 그런데 숲에서 LSD 성분을 채취해본 사람들이라면 아마 자네한테 나무는 우리가 일반적으로 결코 인식하지 못하는 범위 안에서 살아가고 있다고 증언하겠지."

그윈이 말한다.

우리는 함께 껄껄거린다.

"그런 사람들은 서로 멀리 떨어져 있지 않거든."

그윈이 그렇게 덧붙인다.

우리는 다시 껄껄하고 웃음을 터뜨린다. 사실이다. 상수리나무에 관한 진실을 찾는 길은 다양하다.

그건 체험의 영역이다. 상수리나무와 함께 시간을 보내다 보면 나무의 진면목이 드러나기 시작할 것이다. 물론 그러한 모습은 우리 시대 문화에서 대부분 망각되고 말았지만 상당수 나무꾼과 나무하러 다니는 여성, 그리고 나무 숭배자라면 모두 느끼고 있을 것이다. 또한 일부 현대 과학과 자연에 기초한 신학 분야에서는 여기에 동의할 것이다. 결국은 그 현상을 어떻게 표현할 것인가의 문제로 돌아간다. 신경생리학과 행동생태학의 관점에 따라 그 분야의 언어로 표현할 것인가, 아니면 상수리나무로 변해가기에 대해 늘어놓는 또 다른 언어로 표현할 것인가.

우리는 랜드로버에 몸을 싣고 노스 에섹스의 평지를 달려 웨스트오버와 베키를 만나러 간다. 사방이 트여 있다는 그들의 헛간 공방은 바로 그 근방에 있다. 그 옆으로 잔뜩 쌓여 있는 장작더미가 보인다. 두 사람은 바람에 대비해 옷을 겹겹이 껴입고 있다.

그윈이 서로를 소개시켜준다. 우리는 추위에 관해 농담을 나눈다.

"그래서 지금 저는 일곱 벌이나 껴입었거든요."

웨스트오버가 말한다.

베키와 그윈이 담소를 나누고, 베키가 기르는 목양견 스플린터와 칩이 그윈이 함께 데려온 워킹 코커스패니얼 버클리와 먼저 인사하려고 다투는 사이, 웨스트오버는 나를 공방에 안내할 겸 산책길로 이끈다. 그는 지금도 사용되고 있는 다양한 전통적 목재 가공기술에 대해 설명해준다. 톱질하기보다 결을 따라 가르는 식으로 목재를 쪼개야 목재의 강도를 유지할 수 있다고 한다. 그들은 손도끼나 큰 망치 같은 연장을 사용한다. 그는 후에 목조 주택 벽의 골조를 짜는 데 쓰일 한 무더기의 오리목 토막을 손으로 가리킨다. 베키의 솜씨다.

"베키가 저보다 훨씬 나아요."

그는 뿌듯한 미소를 지어 보이며 딸을 치켜세운다.

나무하는 여성을 보기란 그리 흔한 일이 아니다. 나는 점심시간을 즐기고 있는 베키를 건너다본다. 그녀는 트럭 짐칸에 기대어 샌드위치를 먹고 있다. 부녀의 사업은 그녀의 손재주가 건재하고 지역 숲이 있는 한 탄탄대로다.

웨스트오버에게는 눈 밝은 총기가 있다. 그는 차분하고 듬직한 태도로 말하는 편이며 결코 서두르는 법이 없다. 그런 몸가짐에서 오랜 연륜의 경험과 지식의 내공이 엿보인다. 한때 그는 자신을 '쬐쬐한 나무꾼'이라 여긴 적도 있다. 어쩌면 그래 보일지도 모르지만 그는 정말 나무에 정통한 사람이다. 그는 호니우드 오크도 잘 안다. 30년 전쯤 마크스 홀 에스테이트의 수목원에서 근무하기도 했다. 그때는 주크가 사유지 나무 큐레이터로 오기도 전이다.

"우리가 호니우드 오크 둘레에 보호 난간을 지었어요. 벌써 4년쯤 된 일이네요."

그가 말한다.

이제 그는 그 이야기로 넘어간다. 거기에서도 섬세한 배려가 드러난다. 호니우드 오크를 둘러싸고 있는 보호 난간이 낮게 지어진 것은 상수리나무에 너무 가까이 다가서거나 자기도 모르는 사이에 나무 둘레 안쪽으로 밀려 들어갈 수 있는 사람들을 너무 삼엄하지 않게 막으려 한 데 그 이유가 있다. 나는 가로 막대의 형태로 가공된 목재 조각을 속으로 그려본다. 그것은 방금 본 오리목 토막보다 더 기다랗다. 더 크고 긴 목재는 그 나뭇결에 따라 밀려 있고 마디마디에는 심하지 않게 끌질도 되어 있다.

우리는 그윈과 베키에게로 돌아가서 검게 고랑이 난 농장 지하 창고로 뛰어든다. 알고 보니 그곳은 또 하나의 목재 저장고다. 거기에는 3미터 높이로 쌓여 있는 향긋한 밤나무 조각도 있다. 그윈은 알펌스톤 사유지로 돌아가면 작은 호숫가 가장자리에 방죽을 하나 세우려고 구상하고 있다. 그는 창고에 들어가서 웨스트오버와 함께 목재 상태를 점검해본다. 그 사이에 나는 짧게나마 베키와 이야기를 나눈다. 그녀는 낡은 청재킷 위로 작업복을 한 겹 더 껴입고 있다. 벌써 수년째 아버지와 함께 일해와서 그런지 그들은 팀워크가 좋다. 누구라도 이 부녀가 손발 맞춰 능숙하게 일하는 모습을 보면 감탄을 금치 못하리라.

"시간이 많이 지났는데."

그녀는 아리송한 표정으로 그렇게 웅얼거린다.

우리는 창고의 어두운 모퉁이를 들여다본다.

"아무래도 일을 크게 벌이려나 봐요."

그녀가 말한다.

이제 가야 할 시간이다. 베키는 학교에서 아이들을 데려와야 한다. 그윈과 나도 딸들을 태우러 돌아가야 한다. 하지만 랜드로버 지붕 위에 히스를 자그마치 다섯 단이나 얹는 일이 우선이다. 거기다가 아홉 발에서 열 발 정도 되는 개암나무도 실어야 한다. 그것들은 목재 골조를 짤 때 지탱해주는 용도로 요긴하게 사용된다. 그원은 그것들로 정원을 꾸밀 계획이다. 그렇게 해주면 꽃들은 큰 가지와 잔가지의 그물망 사이에서 자라게 된다.

돌아오는 길에 랜드로버 안에서 그원과 나는 그 부녀가 얼마나 땅과 깊이 교감하며 살아가는 것처럼 보였는지 이야기한다. 그 부녀는 땅에 그들의 존재를 심은 사람들이다. 마치 숲속에서 나무와 함께 보내는 시간이 그 부녀에게는 가장 근본적인 요소이고 거기에 결박되어 있는 것처럼 여겨질 정도다. 한 사람, 한 사람이 나무에 묶여 있는 셈이다. 그들은 목재를 자르고 목재로 작업하면서 어느 정도는 나무처럼 변했다. 그들은 땅과 연결되어 있는 나무 인간이나 마찬가지다.

나는 차창 밖으로 경작지를 내다본다. 잿빛 하늘의 윤곽선과 대비되어 삼림지대 한 귀퉁이가 두드러져 보인다. 산업화 이전에 불과 100년 전만 하더라도 우리 중 상당수는 도시보다 시골 생활에 더 익숙했을 것이다. 우리는 숲을 삶의 터전으로 여기며 살아갔을 것이고 나무는 일상생활에서 우리와 불가분한 존재로 받아들여졌을 것이다.

_10월 18일

해가 뜬다. 들판은 땅에서 1미터 높이로 얇게 떠 있는 안개 막 아래 고요히 잠들어 있다. 그 얇은 장막 사이로 나 있는 토끼 발자국을 따라가 보지만 이내 내 주위에서 사라져 길바닥에는 아무것도 보이지 않는다. 나는 어느새 들판 한쪽 끝 나무 울타리 앞까지 와 있다. 돌아선다. 마찬가지로 거기도 얇고 옅은 안개 막에 둘러싸여 있다. 울타리 위로 보이는 해는 이제 길가에 드리워진 위쪽 나뭇가지의 윤곽이 충분히 드러날 만큼 높이 솟아 있다. 햇살의 감미로운 손길이 얇은 안개 막을 부드럽게 헤집는다. 세계가 깨어나는 중이다. 새들이 날아간다. 갈매기, 비둘기, 까마귀 등이 가만히 숨죽이고 있는 하늘에 나타난다. 말 세 마리가 얌전히 풀을 뜯고 있다.

나는 거기 잠시 머물며 해가 커져 가는 사이 창백한 수증기의 베일이 따뜻한 온기 속에 증발하면서 메마른 대지에 감미로운 수분으로 스며드는 것을 지켜본다.

한 시간쯤 지나 산울타리 옆에서 마지막 남은 참새 두 마리가 지저귀는 소리를 듣는다. 발길을 돌려 상수리나무로 향한다. 찌르레기 떼가 울다가 묘석 사이로 날아다니면서 교회 묘지 앞에서 문득 멈춰 선다. 하늘은 희뿌연 피막으로 뒤덮여 있다. 태양이 그 피막을 가르고 나와 가을 잎사귀를 금빛으로 물들인다. 밤나무는 완전히 회갈색으로 변했다. 마로니에 열매는 도로 가장자리에 흩어져 있다.

근방에는 아무도 없다. 무거운 정적이 이 저지대를 내리누르고 있다. 개울 위 다리를 건너 상수리나무 두 그루를 향해 올라간다. 그러고는 내가 지금 유일하게 챙겨줄 수 있는 것을 상수리나무에게 건넨다. 내 주머니 안에 쑤셔 박혀 1년이나 묵은 도토리 한 알이다.

어디에서든 상수리나무가 눈에 띈다. 내가 걸어 다니는 동네 길목 가장자리에서도 상수리나무가 눈에 들어온다. 나는 이 일대에 상수리나무가 어디 어디 있는지 표시해서 상수리나무 지도를 제작해보고 싶은 생각도 든다. 상수리나무는 내가 런던에서 차를 몰고 돌아올 때 고속도로 가장자리에서도 보인다. 다른 나무들이 헐벗고 있어도 상수리나무 잎사귀만큼은 금빛으로 반짝거린다. 상수리나무 잎사귀는 어디서나 내 눈에 들어온다. 새날이 밝아 현관문을 연 후 나의 두 딸 에바와 몰리를 서둘러 학교에 보내놓고 나면 집 앞 길가에 상수리나무 잎사귀가 한 움큼 공물처럼 쌓여 있다. 그렇게 상수리나무를 발견해도 그 자리에 서서 오래 지켜보고 있을 시간이 많지는 않다. 흘끗 보고 내 일상에 상수리나무의 존재감을 새겨둘 정도로만 시간을 낼 수 있을 뿐이다.

그렇게 잠깐 스쳐 지나가더라도 내 눈가나 의식의 모서리에 항상 상수리나무를 남겨두려 한다. 하루는 너덜너덜해진 진흙투성이의 상수리나무 잎사귀 한 장이 차 앞 범퍼에 붙어 있다. 그것은 자기를 봐달라는 신호다. 나는 그 잎사귀를 본다. 또 다른 날에는 도서관 콘크리트 계단을 올라가다가 4층에서 상수리나무 잎사귀 한 장이 맨바닥에 떨어져 있는 것을 발견했다. 나는 그것을 콘크리트 바닥에서 주워들지 않을 수 없었다. 그러고는 그때 내가 늘 끼고 다니던 책의 갈피에 신성한 서표처럼 끼워 넣었다. 그 책은 바로 스튜어트 피고트의 『드루이드』다. 나는 상수리나무를 떠날 수 없다. 상수리나무들 또한 나를, 혹시 내 일부라도 그들 곁에서 떠나가도록 하지 않을 것이다.

그날 늦게 마크스 홀 에스테이트로 향하는 문을 막 빠져나오다가 또 한 번 대기를 감싸는 벌집 조각 향내에 멈칫한다. 마치 지금이 봄인 것처럼 이름도 모르는 어느 낯선 관목 부근에서 벌 떼가 왕성하게 윙윙거리고 있다. 자그마하고 창백한 초롱꽃다발이 여전히 대롱거리며 꿀을 내주고 있는 모양이다. 낯선 오렌지 핑크빛 과일 열매도 주렁주렁 열려 있다. 나는 과일 하나를 따서 쭈그러진 사과와 배들로 어질러져 있는 잔디밭을 가로질러 지나간다.

나는 호숫가 옆 개울 위 다리를 건넌다.

나는 호니우드 오크 남쪽을 향해 가서는 낮은 목재 난간을 넘어 나무 옆에 선다. 새로운 벌집 조각이 바닥에 떨어져 있다. 이건 선물이다. 나는 그 보물을 주워든다. 그러고는 눈앞에 가져다대고 살핀다. 그 섬세함과 연약함에 온몸이 찌릿찌릿해진다. 온몸에 희열이 느껴진다. 코앞에 가져다대본다. 달콤한 훈제향이 난다.

나중에 왜가리 한 마리가 개울 위 북쪽으로 날아간다. 날아가는 자태가 가볍고 우아하다. 하지만 허공에서 땅으로 내려앉는 모습은 납덩이처럼 무겁다. 새 노랫소리가 들리지 않는다. 마치 세계와 이 근처 생명체들, 그리고 내가 숨죽인 채 뭔가를 기다리고 있는 것만 같다. 꿩 한 마리가 상수리나무 앞에서 조용한 걸음을 내딛고 있을 뿐이다. 거위 두세 마리가 몸을 일으켜 하얗게 흩날리는 깃털을 퍼덕거리더니 이내 다시 제자리에 눌러앉는다. 왜가리가 다시 허공으로 날아올라서는 개울의 흐름을 따라 북쪽으로 향한다. 소나무 숲 언저리에서 혹시 상모솔새의 소리가 들리지 않을까 싶어 나도 잠시 북쪽으로 걸음을 내디뎌본다.

이윽고 나는 야생 능금과 쭈그러진 배가 열려 있는 잡목림으로 발길을 돌린다. 그러고는 신비한 벌집 조각의 머스크 향이 코끝에 스치는 것을 느끼면서 작은 나무문을 빠져나온다.

_10월 25일

상수리나무 잎사귀의 속삭임

겨울바람의 냉기는 거의 얼음과 견줄 만하다. 밖으로 나간다. 옅은 구름 조각이 하늘을 둘러싸고 있다. 내 옆으로 트랙터가 들판을 따라 지나간다. 이윽고 햇빛이 구름 사이로 새어나오자 온기가 솟아난다. 새하얀 비둘기 여섯 마리가 벌판 위로 날아올라 마치 녀석들의 갑작스런 출연이 어느 멀고 낯선 지역에서 바람을 몰고 오기라도 한 것처럼 나를 깜짝 놀라게 한다.

나는 남쪽으로 걸음을 내디디며 햇빛과 마주하고자 눈을 가늘게 뜬다. 온통 바스락거리고 폭음이 작렬하는 소리로 하루가 열린다. 바싹 마른 잎사귀들. 멀리서 들려오는 총소리. 날은 맑다. 꿩들이 꺽꺽거린다. 겨우살이개똥지빠귀 한 마리가 교회 근처에서 높고 넓게 비행한다. 나는 계속 남쪽을 향해 걷는다. 까마귀 두 마리가 사슴뿔 가지에 앉아 있다. 내가 목초지로 들어서자 한 마리는 날아가고 다른 한 마리는 그대로 남아 있다. 햇살이 여전하다. 날이 맑다. 언덕에 올라 나는 한동안 그대로 선 채 초록 벌판에서 날아오른 까만 당까마귀 떼가 열 지어 농장 저편으로 멀어져 가더니 나무숲 위 파란 하늘을 가로질러 남쪽으로 향하는 것을 멀거니 지켜본다.

나는 상수리나무 안으로 미끄러져 들어간다. 그러고는 능숙하게 기어올라 남쪽과 마주한 자리에 웅크리고 앉아 나무 몸통에 의지해 북쪽에서 몰려오는 최악의 추위를 막아낸다. 햇빛이 잎사귀들 사이로 산산이 흩어져 내 얼굴 위로 떨어진다. 나는 상수리나무에 머리를 기댄다. 눈을 감는다. 얼마간 나는 그대로 있는다. 지면 위 높은 위치에서 상수리나무 가지와 가지 사이에 가로막혀, 그렇게 나뭇가지에 감싸여, 잎사귀들이 수런거리는 소리를 들으면서. 나는 아늑한 온기와 고즈넉한 안정감과 평화가 서서히 차오르는 것을 느낀다.

_11월 8일

겨우살이개똥지빠귀의 비행

교회 옆 울타리선 너머로 묘지가 건너다보이는 친숙한 공간 앞에 멈춰 선다. 햇빛이 따스하다. 나는 거기 서서 아버지에게 말을 건다. 겨우살이개똥지빠귀 한 마리가 상수리나무가 있는 남쪽에서 날아온다. 멀리서 날아오는 게 보인다. 창백한 앞가슴이 볼록 튀어나온 새 한 마리가 일정한 속도로 나를 향해 날아오고 있다. 방향을 바꿔서 내 옆 개암나무 위에 잠시 떠 있다가 다시 제 방향을 찾아 어디론가 날아간다.

어쩌면 며칠 전 내가 지금처럼 그 자리에 그대로 서 있었을 때 다른 겨우살이개똥지빠귀 한 마리가 날아간 방향을 따라 날아간 것일 수도 있다. 그런 장면을 목격하다니 아무래도 운이 좋을 징조인가 보다.

_11월 13일

가을의 열기

상수리나무 지역 전체가 온통 가을의 열기로 활활 타오르고 있다. 내가 언덕에 다다르기도 전에 하늘이 활짝 열린다. 투 오크 힐 위에 멈춰 서서 나는 남쪽으로 시선을 고정한다. 아스라이 보이는 지평선에 다도해의 섬처럼 구름 조각들이 묘하게 흩어져 있다. 그 지평선은 아득히 멀리 망망대해 너머에 떠 있는 유럽 대륙일지도 모른다. 나는 사슴뿔 오크로 향해 간다. 그 가지진 뿔은 오늘따라 유난히 잿빛 하늘 위로 우뚝 솟아 있는 것처럼 보인다. 나는 잠시 꾸물거리다 우듬지 구릿빛 잎사귀의 연약한 외피 속으로 뛰어든다.

그러고는 상수리나무를 한 번 어루만진 후 나무 위 아늑한 안식처를 향해 기어 올라간다. 저 아래 땅바닥에는 떨어진 잎사귀들이 수북하다. 오늘은 바람이 서남쪽에서 불어와 냉기를 피해 숨을 수가 없다. 나는 몸을 잔뜩 움츠리고 코가 얼얼해질 때까지 얼어붙을 듯한 공기와 마주하는 수밖에 없다.

_ 11월 18일

세찬 바람

투 오크 힐 능선에서 말똥가리의 울음소리가 들려온다. 녀석은 남쪽 포플러 나무 대열 너머, 멀리 보이는 모닥불에서 피어오른 회색 연기 타래 너머 어딘가로 날아간다. 교회 종이 두 번 울린다. 나는 언덕 꼭대기에 서서 지난주 동안 상수리나무가 얼마나 가늘어졌는지 본다. 상수리나무는 이제 헐벗다시피 누덕누덕해진 차림새로 꼭대기에서 부는 겨울바람에 마냥 노출되어 있다.

나는 나무 위로 기어 올라가서 가지 밑에 피신한다. 그 사이에도 더없이 세차게 불어오는 바람에 떨어져 나간 잎사귀가 내 옆으로 흩날린다. 바다에서 풍랑을 만난 쪽배 위에 타고 있는 느낌이다. 낮게 뜬 겨울 해가 그 광경을 눈부시도록 환하게 비춰 보이고 있다.

_ 11월 25일

소리에 숨어 있는 자연의 섭리

낮이 계속 짧아지고 있는데도 나는 오후 늦게 필드 오크를 찾아간다. 머리 위로 구릿빛 잎사귀들이 금방이라도 타오를 듯이 맹렬하게 빛을 반사하며 낮 동안의 마지막 햇살 아래 불꽃이 이글거리는 숯덩이처럼 타오른다. 이윽고 나는 자리에 눌러앉아 내 주변의 모든 것의 일부로 녹아든다.

개똥지빠귀 한 마리가 다가와서 나뭇잎 부스러기 주변을 뒤지고 다닌다. 녀석의 선명한 앞가슴이 몇 걸음 내디딜 때마다 떨어져 있는 상수리나무 잎사귀 색조와 잘 어울린다. 회색 다람쥐 한 마리가 상수리나무 가지 위로 기어 올라가려다 말고 기겁해서 연신 꼬리를 씰룩거리더니 이윽고 쪼그려 앉아 악에 받친 듯 비명을 내지르기 시작한다. 그 소리는 내 안정감을 송두리째 뒤흔들 정도로 무시무시한 괴성이다. 다람쥐의 비명은 한동안 멈출 줄 모르고 전방을 향해 계속 터져 나온다.

잠시 후 마치 집에서 무슨 연락을 받고 다급해진 사람처럼 다람쥐의 비명이 뚝 그친다. 그러고는 가지를 따라 날렵하게 몸을 움직여 가뿐하게 장애물을 뛰어넘어 산사나무 속으로 미끄러져 들어가더니 이내 시야에서 사라진다.

나는 그대로 앉아서 정적 속에 파묻힌다. 작은 새떼가 날아올라 가물가물 멀어져 가고 하루의 마지막 햇살은 상수리나무에서 가장 높이 솟아난 가지를 어루만진다. 나는 위를 올려다본다. 여기 눌러 앉아 주변 세계 모든 것의 정수 속으로 가라앉으면 가라앉는 만큼 인간 스스로의 존재감은 점점 희미해져갈 수밖에 없다. 나뭇잎 부스러기 안에서 뭔가 바스락거리는가 싶더니 해거름 녘의 잿빛 그림자 같은 형태로 생쥐 한 마리가 나타난다. 녀석은 내 발치에서 1미터 정도 떨어진 땅 위를 기어 다니며 뚜렷한 모습 대신 이리저리 움직이는 소리로만 자신의 존재를 알린다.

아직 밤으로 이울지는 않고 있지만 서서히 어스름이 깔리고 어둠이 배어들면서 빛이 사위어가고 있다. 어둠과 적막감이 커져간다. 구름이 스르르 별빛을 가린다. 나는 상수리나무 아래 앉아 그저 아무런 생각 없이 머물러 있으려고만 해본다. 부드러운 바람이 연약해진 잎사귀를 뒤흔들고 지나간다. 오직 소리로만 들린다. 낮 동안 활기차게 지저귀던 새들은 모두 정적 속으로 사라졌다. 생명체들의 기척이 들리지 않는다. 부엉이도 울지 않는다. 시간이 흐른다. 아무 일도 일어나지 않는다.

상수리나무 안에서 뭔가 흔들린다. 뭔가가 땅에 떨어져 달그락거리는 소리를 낸다. 하지만 시간이 흐를수록 적막감만 더욱 깊어져갈 뿐이다. 하늘을 올려다보니 구름이 걷히고 별빛이 다시 돋아난다. 어두운 상수리나무 우듬지 너머로 창백한 빛의 구체球體가 나타난다. 멀리 떨어진 들판에서 여우가 울고 있다. 살랑거리는 산들바람에 메마른 잎사귀가 맥없이 나부낀다. 더 많은 시간이 흐른다. 형체는 보이지 않지만 생명체의 발소리가 들려온다. 또 한 번 바람이 불어와 상수리나무 잎사귀들을 파르르 떨도록 휘젓고 지나간다. 나는 이런 소리들에도 다 숨은 섭리가 있을 것이라면서 귀 기울인다. 가만히 눈을 감고 어둠이 내게 뒤덮이는 것을 느낀다.

＿11월 26일

상수리나무 불꽃 색깔과 조화를 이룬 태양

투 오크 힐에 다다르기도 전에 햇빛이 벌써 가물가물해져 간다. 금빛으로 쏟아지는 햇살은 언덕 가장자리로 밀려나 있다. 남아 있는 상수리나무 잎사귀들은 금세 날아가버릴 것처럼 가냘프면서도 쇠붙이만큼이나 강인하다. 이제 잎사귀들은 대부분 땅 위에 떨어져 환한 햇살이 그 색조를 더해주는 구릿빛 융단으로 깔린다. 나는 상수리나무에게 다가간다. 햇살이 비쳐드는 심장부로 기어 올라가서 그 안에 앉는다. 그사이 상수리나무가 얼마나 헐벗은 알몸으로 노출되어 있는지를 실감한다. 우듬지에만 나뭇잎들이 듬성듬성 겨우 남아 있을 뿐이다.

내 안에서 뭔가가 바뀌기 시작했다. 상수리나무를 동경하는 동안 뭔가가 나를 더 나은 사람으로 뒤바꿔놓았다.

순식간에 추위가 밀려든다. 나는 다시 아래로 기어 내려갈 수밖에 없다. 아무래도 해가 있을 때 집에 가야겠다.

날이 점점 어두워져 가는 동안 북쪽으로 난 구불구불한 길을 통해 돌아간다. 그러다 교회 근처에서 상수리나무로 지핀 모닥불의 연기 냄새를 맡고 우뚝 그 자리에 멈춰 서서 한동안 기다린다. 불꽃 색깔이 놀랍다. 어쩌면 저다지도 서서히 지고 있는 태양의 빛깔과 멋지게 조화를 이룰 수 있을까. 날이 저물어가고 있다. 담자색 연기가 하늘에 자욱해진다. 내가 언덕에 오르는 동안 교회 옆에서 상수리나무로 피워올린 분향의 연기와 내음은 더욱 강해져 간다.

길섶의 상수리나무를 지나가려는 순간 매 한 마리가 바깥으로 뻗은 가지의 헐벗은 손가락 위에 내려앉는다. 그러고는 이내 남쪽으로 날아오르자 매의 구릿빛 등이 햇빛을 받아 반짝인다. 나는 다시 걸음을 내디뎌 내 갈 길로 돌아온다. 사슴 한 마리가 내 앞으로 지나가다 앙상해진 상수리나무 옆에 서서는 휙 몸을 돌려 나를 빤히 쳐다본다. 나는 겨우 몇 걸음 떨어져서 두려움 없는 사슴의 시선을 마주 본다. 사슴은 다시 돌아서서 이내 벌판 속으로 사라진다.

_ 11월 30일

노을 아래서 나누는 교감

나는 필드 오크 옆에 앉아 광신도의 열정을 체감하고 있다. 내 영혼은 지금 내가 눈앞에서 마주 보고 있는 대상과 더할 나위 없는 교감을 나누고 있다. 그 대상이 영적인 것이든, 아니면 실물로 존재하는 것이든. 찌르레기 떼가 가장 높이 솟아 있는 가지 위에 앉아 있다가 청회색 하늘을 향해 일제히 날아오른다. 서쪽 하늘에 장작불 같은 노을이 번지고 있다. 꿩들이 해거름 녘이 다가왔음을 알리는 음조로 운다. 거기에 다른 새들이 가세한다. 검은 새들이 머무를 곳을 찾는다. 이제 그 패턴은 내게도 익숙해졌다. 새들은 정적이 깃들기 전, 낮 동안의 햇살이 사라지기 전에 그런 식으로 울어댄다.

_ 12월 11일

부드러운 색조로 채색된 달

오늘밤에는 달이 거대하고 새하얀 구체로 떠 있다. 그야말로 빛의 원륜圓輪이다. 나는 상수리나무가 있는 위치에서 벌판을 바라보고 있다. 벌판에 드리워진 달그림자가 여러 조각으로 쪼개져 저 아래 블랙베리나무 잎사귀와 내 주위에 남아 있는 상수리나무 잎사귀 위로 아른거린다.

조금 전에 나는 달이 서쪽 지평선에서 솟아오르는 모습을 지켜보았다. 그것은 그야말로 장관이었다. 처음 떠오를 때 달은 부드러운 당밀의 색조로 채색되어 있었다. 지금은 그보다 훨씬 더 창백해졌다. 나는 앞으로 달이 하늘에 떠오를 때마다 지켜볼 생각이다. 또한 물푸레나무 같은 표면 윤기가 더욱 하얗게 영그는 과정도.

_ 12월 14일

상수리나무와 교감하는 삶

들판 바닥에 얼어붙은 상수리나무 잎사귀가 양탄자처럼 깔려 있다. 오늘 같은 동짓날에도 해는 눈부신 금빛으로 떠오른다. 해가 바뀌어가는 시기다. 빛이 모인다. 햇살은 낮 동안 집중적으로 쏟아진다. 나는 세상이 결코 이전으로 돌아갈 수 없다는 것을 안다. 내 몸 아래서 상수리나무는 따뜻하게 데워진다. 나는 내 살결에 와닿는 나무의 피부를 느낀다. 가만히 눈을 감고 겨울 태양과 마주한다.

핌에게 다시 가보니 그는 부모님 댁인 초가지붕 오두막 부엌에서 부모님과 함께 점심식사를 하고 있다. 오두막 부엌은 훤히 트여 있지만 그래도 따뜻하다. 오두막은 딜런의 공방 바로 아래 폴스테드 서퍽 마을 벽지에 있다. 도로 밑으로 한참 내려가서 아늑한 곳에 자리하고 있는데다 아기자기하게도 따뜻한 오렌지색으로 도색되어 있어서 그 오두막에는 목가적인 정취가 흐른다.

핌의 아들 댄도 그 자리에 있다. 댄이 쓰고 있는 털모자에서 연필 한 자루가 삐져나와 있다. 그는 손으로 능숙하게 담배를 말고 있다. 요즘은 친구 칼과 함께 핌의 공방 뒤편에 방 한 칸을 새로 내려고 나무틀을 짜느라 바쁘게 지내고 있다. 그들은 점심식사를 거의 다 끝냈다. 가정식 호박 수프가 아직 냄비에 남아 있다. 오두막 외벽의 생강처럼 상큼한 진홍빛보다 색깔이 더 부드러워 보인다.

"뭐 좀 드시겠어요?"

핌의 어머니 폴레가 친절하게 묻는다.

나는 괜찮다고 정중히 사양하고 나서 대신 차나 한 잔 마시겠다고 말하면서 부엌 식탁의 한 자리에 끼어든다. 댄은 할머니에게 자기가 만 담배 한 개비를 넘겨준다. 할머니는 칼과 유럽 정치상황에 관해 논하느라 바쁘다. 칼과 댄과 핌의 어머니가 담배를 피우러 나간 사이 핌과 나는 상수리나무에 대한 화제로 돌아온다. 이 지역의 비범한 책방주인 데이브 찰스턴에게 픰이 각별히 아끼는 이 근방의 상수리나무에 대해 들은 적이 있다.

"상수리나무는 여기서 걸어가면 20분 거리에 있죠. 그리 멀지는 않아요. 하지만 사유지에 있어서 접근하기가 쉽지 않죠. 훨씬 젊은 나무들과 오래된 나무들 몇 그루가 나란히 있어요. 사슴 사냥터로 쓰이는 장소예요. 양을 치다가 그런 곳이 있다는 것을 알아냈죠. 암양을 150마리나 기르다 보니 목초지를 빌려야 했거든요."

그는 거기서 잠시 말을 끊는다.

"제가 당시 20대였으니까 여하튼 어렸을 때죠. 저는 나무만 보이면 그 위로 기어 올라가곤 했답니다. 그러다 이 상수리나무를 발견한 거죠. 제가 그 나무에 대해 떠들어대기 전까지는 아무도 몰랐어요. 그제야 사람들이 그런 상수리나무가 있다는 것을 알게 되었죠. 하지만 이 나무는… 제가 지금껏 가장 가까이에서 그 존재를 체험한 상대예요."

나는 테이블 너머를 건너다본다. 그 이야기를 하는 동안 창백하고 파란 픰의 눈에서 섬광이 번뜩인다.

"일단 이 나무 위로 기어 올라가보려고 했어요. 엄청 큰 나무는 아니지만 그 내부는 속속들이 썩어서 움푹 파여 있었어요. 저는 기어코 그 위로 기어 올라가야 했고 그러다 발을 헛디뎌 나무 속으로 떨어지고 말았어요."

그는 잠시 말을 멈춘다.

"아, 뭐 물론 그렇게 되면 난리를 치게 되죠. '여기서 어떻게 나가지! 큰일 났네, 이거. 도대체 여기서 어떻게 나가냐고!'"

그는 아주 당황한 사람의 목소리를 흉내 낸다.

나는 웃으면서 핌이 상수리나무의 움푹 파인 몸통 안에서 어둠에 갇혀 허우적거리는 모습을 상상해본다.

"그럴 수밖에 없는 것이 나무에 갇힌 꼴이거든요. 나무 안에 풍덩 빠진 셈이라고요."

그는 자세를 고쳐 앉으며 시선을 멀리 돌려 오래전의 추억을 더듬는다.

"그러다 갑자기, 모든 두려움이 다 사라지더군요. '후' 하고 말이죠!"

그는 부드럽게 입으로 바람을 내뿜는다. 그 순간의 벅차오르는 감정을 전하려 애쓰는 동안 그의 얼굴에는 강렬한 자부심의 빛줄기가 스쳐 지나간다.

"아름다운 체험을 한 셈이지요. '나는 250살이나 먹은 상수리나무 속에 들어가 본 사람이야'라고 말할 수 있을 것처럼요. 그리고 나니 모든 에너지가 저에게로 쏟아지는 것 같았어요.

팡! 어쩌면 저는 이 나이 먹도록 딱 거기에 머물러 있는 것일 수도 있습니다.”

“와!”

내가 소리친다.

“나무 꼭대기에 올라가보면 구멍이 나 있는 것을 볼 수 있어요.”

핌이 느릿느릿 말을 잇는다.

“그리 높지는 않아요.”

그는 부엌 천장 높이를 눈으로 가늠해본다.

“저 기둥 높이와 비슷하려나… 아마 3미터쯤 될 텐데.”

나도 따라 올려다본다.

“그렇군요. 그러면 선생이 완전히 들어갈 수 있을 만한 크기네요.”

그가 말했다.

“그럼요, 그래서 그 안에 똑바로 서 있었죠. 그러고 있으면 곧바로 에너지가 전해져 오는 게 느껴지죠.”

그는 말을 멈추고 의자에 등을 기댄다.

뒷문이 열리더니 댄이 난로에 넣을 장작 한 단을 안고 들어온다.

“그래서 저는 사람들을 그 상수리나무로 끌어들이기 시작했어요. 뭔가 문제 있는 사람들, 특히 어떤 면에서 정신적으로 문제 있는 사람들이었죠. 사는 게 힘들거나 살아가다 무슨 일인가를 겪은 사람들 말이에요. 하지만 사람들은 거의 대부분 그 위로 올라갈 생각조차 하지 못했어요. 무슨 말이냐면, 그게 쉽지 않았다는 뜻이죠. 게다가 나무 내부에 갇히는 체험을 심리적으로 못 견뎌 하는 면도 있었고요. 저야 그것을 극복한 경우지만…"

어떤 사람들은 그 말만 듣고 상수리나무 안으로 뛰어들 만큼 주술적인 믿음이 없었다. 그래도 다른 몇몇 사람들은 해냈다.

"무엇보다 본인 스스로와 마주하는 게 중요합니다. 상수리나무 안에 빠져 들어 본인 스스로와 마주해야 하는 거죠."

그것은 꽤나 강력한 이미지다. 핌이 그려 보이는 변신의 방식에는 의심할 나위 없이 신화적인 요소가 있다. 상수리나무의 내부 영역으로 자진해서 들어갔다가 다시 빠져 나온다는 것은 이전의 잘못을 씻어내는 일이었다.

댄은 또다시 장작을 한 아름 들고 팔꿈치로 뒷문을 밀면서 들어온다.

며칠 전 내 옆집에 사는 똑똑하고 지혜로운 만물박사 크리스 맥컬리가 내 사무실 앞에 왔던 때가 문득 떠오른다.

"아도니스."*

그는 심상치 않은 의도로 그렇게 말했다.

그 말은 우리가 상수리나무를 비롯해 여러 나무와 신화에 대해 이야기하고 나서 며칠이 지난 후 그가 가지고 온 대답이었다. 나는 아도니스에 대해 다시 생각해본다. 나무로 변한 엄마에게서 태어난 신화적 존재.

핌은 이 순간을 침묵으로 메우고 있다.

"그건 정말이지 믿을 수 없는 체험이지요."

그는 적확한 어휘 표현을 찾기 위해 잠시 머뭇거린다.

"평화로움, 평안함. 아무 불안도 없고 고뇌도 사라진."

실은 그 둘이면 다 끝난 거 아닌가.

평화. 평안.

호니우드 오크 구역으로 걸어 들어가는 동안, 필드 오크 앞에 앉아 있는 동안, 더욱 힘주어 말해서 투 오크 힐의 사슴뿔 오크 위에 머무는 동안, 그 순간 거기서 경험한 느낌을 표현하기 위해 여러 날을 고심했지만 결국 이 두 마디로 되돌아왔다. 평화와 평안. 상수리나무 안에 들어갔던 자신의 경험을 표현

---

* 그리스 신화에 나오는 미소년. 아프로디테 여신에게 사랑받지만 멧돼지의 습격으로 목숨을 잃는다. 그가 피 흘려 죽은 곳에서 아네모네가 피어났다.

하기 위해 이 나무꾼이 고심 끝에 택한 그 두 마디를 듣고 있으니 내 느낌이 옳았다는 뿌듯함이 느껴진다. 그러니 이제 나는 행복하게 이곳을 떠날 수 있다. 이제 그만 부엌 식탁에서 일어나 바깥으로 나가서 다른 사람들과 어울리는 게 어떨까 싶다. 그들과 함께 부엌문 저편에 웅장하게 펼쳐져 있는 서쪽 일대를 느긋하게 둘러볼 수도 있을 것이다. 하지만 핌은 열정에 불이 붙었다.

"저는 자연과의 접속조차 진정 영적인 것이라고 여기지 않으려 합니다. 되도록 그런 부분은 접어두고자 합니다. 제 생각에 우리가 해야 할 일은 사람들에게 나무에 그토록 강력한 에너지가 있다는 사실을 받아들이도록 하는 데 있는 게 아닌가 싶거든요. 뭐라고 부르든 상관없지만 실은 그런 에너지에 영적인 것과 비슷한 뭔가가 내포되어 있는 거겠지요. 거기에는 또 다른 측면도 있어요. 나무의 에너지가 숲을 살리고 숲의 아름다움을 가꾸는 것으로 작용한다는 거죠. 그러면서 스스로 할 수 있는 것과 할 수 없는 것을 구분할 줄도 알아요. 나무 각각의 개체성은 사람들이 이후로도 쭉 나무와 함께 뭔가를 해나갈 수 있도록 큰 영향을 미치기도 하고요. 우리는 그것을 느낄 수 있어요. 그것도 본능적으로 말이죠."

그가 말한다.

그는 양손으로 마치 자기 앞에 목재 조각이 있다는 듯 문지르는 시늉을 한다.

"이렇게 만져보며 연약하구나, 옹이가 많아 꺼칠꺼칠하구나 하고 느끼면서 무의식적으로 '참 사는 게 힘들었겠다'라든가 뭐 그런 생각을 하게 되는 것처럼요."

핌의 어머니 폴레가 부엌으로 돌아온다. 댄과 칼이 공방 쪽으로 가는 게 보인다. 핌이 다시 작업할 수 있도록 놓아줄 시간이다. 하지만 그는 감흥이 고조된 듯 또 다른 상수리나무 이야기로 넘어가고 있다.

"제가 '할로 오크'the Hollow Oak라 부르는 그 움푹 파인 상수리나무 조금 아래쪽에 다른 상수리나무들이 몇 그루 더 있는데 그 나무들도 아주 환상적이랍니다."

그가 계속한다.

"그 나무들 가운데 일부는 최소한 700살쯤 될 거예요. 저는 만나는 사람들에게 나무를 끌어안아주되 둘레를 한 바퀴 빙 돌면서 손으로 쓰다듬어보라고 당부하곤 하죠."

그는 이런 생각만으로도 너무나 즐겁다는 듯이 너털웃음을 터뜨린다.

"물론 그런 당부를 하는 이유는 예전에 제가 나무를 그런 식으로 대했기 때문이라는 것을 저도 알지요. 하지만 저는 이렇게 외치고 다녀요. '자자, 다들 모여 봐요! 우리가 몇 명이나 둘러싸야 나무 둘레를 한 바퀴 돌 수 있을까요? 자, 한번 해봅시다! 그러면서 손으로 나무를 쓰다듬어봅시다!'"

그 말에 핌이 자기 친구들과 오랜 상수리나무 주위에 빙 둘러서서 제각기 양팔을 넓게 벌려 나무 둘레를 에워싸는 모습이 떠오른다.

"막상 해보면 아주 근사하겠네요."

"사람들에게 이 나무가 얼마나 큰지 확실하게 알리려면 대충 눈으로 그 크기를 가늠하기보다는 직접 나무를 껴안아보는 체험만 한 게 없어요. 손과 손이 맞닿는 간격으로 나무 한 그루를 에워싸려면 여섯 사람 정도가 필요하죠."

나는 속으로 대충 견적을 내본다.

"그 나무는 한 800살쯤 먹었겠군요."

나는 자신 있는 태도로 그렇게 단언한다. 몇 년 전 호니우드 오크의 지름을 측정했던 경험이 있어 그 정도 크기면 대충 몇 살인지 감이 잡힌다. 물론 사람 팔을 벌려 측정한 것은 아니었지만.

"800살 정도면 8미터쯤 되죠."

이제 신난 건 나다.

"나무 한 그루와 개별적으로 그런 작업을 하고 나면 곧바로 그 나무와는 남다른 친분이 생겨요."

나는 한 무리의 아이들이 호니우드 오크를 빙 둘러싸고 제각기 나무를 끌어안으면서 손으로 어루만지는 모습을 상상해본다.

"네, 그렇죠."

핌이 고개를 끄덕이며 말을 잇는다.

"제 경우에는 '다른' 사람들이 상수리나무와 연결되는 느낌을 체험할 수 있도록 도와주면서 그것을 이해시키는 일이 그랬어요."

그러고는 그는 다시금 너털웃음을 터뜨린다.

"제 말인즉슨, 어쨌든 저도 거기 함께 있다는 거예요."

핌의 말이 부엌에 울린다. 그런 말을 하는 동안 그의 담청색 눈이 웃음 짓는다. 그는 확실히 거기 있다.

우리는 공방을 향해 걸어간다. 오두막 옆으로 흐르는 개울 너머 이어진 길을 따라간다. 나무문 하나와 스무 마리 정도 되는 양 떼가 벌판에 점점이 흩어져 있는 방목지도 지나간다. 운치 있는 목가적 풍경이다. 우리는 핌의 계획에 관해 몇 분 더 이야기를 나눈다. 그러고 나서 그가 작업에 전념하도록 그만 떠나기로 한다. 핌은 당장 폴스테드 목조 의자를 80개나 짜야 한다.

발길을 돌려 차로 돌아오는 동안 나도 모르게 얼굴에서 흐 뭇한 미소가 떠나지 않는다. 핌은 내가 그동안 몸부림쳐온 탐 구과정의 단순한 진실을 이해하고 있는 사람이다. 또한 한 그 루 상수리나무와 교감을 나누며 살아간다는 게 어떤 느낌인 지, 그 결과 어떻게 평화와 평안이 생겨나는지도 잘 알고 있는 사람이다.

_12월 22일

한밤의 파수꾼
상수리나무

신성한 공간을 홀로 지키는 파수꾼

당신의 눈가에서 밤을 몰아내자. 밖으로 나가 차디찬 어둠 속으로 발을 내딛자. 새날이 거의 우리 앞에 다가와 있으니.

주목나무 산울타리의 골조 가장자리 뒤로 몸을 수그리고 들어가서 협곡의 완만한 비탈에 서자. 여전히 지속되는 밤의 잿빛 여운에 아랑곳하지 않고 졸졸졸 흘러가는 개울 위 다리를 건너자. 만월로 영글어가는 달이 희뿌옇게나마 앞길을 비춰준다. 투사된 그림자는 맑고 깨끗하다. 귀 기울여보라. 사방이 온통 적막하다. 모두가 밤이 곧 물러가리라는 기대감 속에서 조용히 숨죽이고 있다.

호수 한 귀퉁이에는 왜가리가 묵념에 잠겨 있다. 이 신성한 공간을 홀로 지키는 파수꾼은 초야에 숨어 경배를 올리는 은둔자의 행색 그대로 늙고 구부정하게 회색 수의를 걸치고 유령처럼 출몰한다. 새벽이 오기 전 이 어둠과 빛 사이에서 그가 눈앞에 나타난 모습은 현실이 아닌 것처럼 시야에 각인된다.

빛이 모인다. 상수리나무는 그 자리에 육중한 풍모로 버티고 서 있다. 희미해져 가는 어둠 속에서 철골구조물 같은 자태로 드러난다. 거대하고 어깨가 구부정한 겉모습이 눈앞에 다가온다. 산들바람에 잎사귀들이 들썩거린다. 이 대지에 스며드는 새벽 숨결 같다. 사슴이 맹렬하고 악마 같은 울음소리로 정적을 깨뜨린다. 그러고는 곧 그 울음소리가 스러지자 진공 상태에 평화가 찾아온다. 상수리나무 둥치 주위로 날아든 찌르레기 떼가 재잘거린다. 모스부호 같은 소리로 울어대는 굴뚝새만큼이나 녀석들의 울음소리도 부드럽게 격식을 갖춰 지금 이 순간을 찬송하는 중창처럼 들린다. 나는 저 위 잎사귀 부스러기 사이에서 하얀 깃털 하나가 떨어져 내리는 것을 물끄러미 지켜본다. 그때 사슴 울음소리가 다시 한번 정적을 깨뜨린다.

해가 솟아난다. 만물이 깨어난다. 동쪽에서 몰려드는 회색 구름이 새날을 부드럽게 감싼다. 까마귀 한 마리가 여기저기를 휘젓고 다니다가 호수 위 허공으로 방향을 튼다. 나는 상수리나무 곁에 웅크리고 앉아 이쪽으로 몰려오는 바람을 피한다. 상수리나무 몸통에 기대어 있으니 거칠게 갈라져 있는 몸통 껍질의 표면이 내 등으로 느껴진다. 나는 눈을 감고, 밤의 추위를 부드럽게 어루만져 누그러뜨리는 새날의 햇빛을 느낀다. 새벽의 미명이 상수리나무에 남은 밤의 잔재를 씻어내며 꿀 같은 빛깔로 물들이고 있다.

호숫가에서 왜가리가 우아하고 단정하게 날아오른다. 푸른 하늘에 잠겨 이제 창백한 실루엣으로만 가물거리는 그는 개울의 흐름에 떠밀리듯 그 방향을 따라 남쪽으로 멀어져 간다.

한 권의 책으로 결실을 맺기까지

• 감사의 말

이 책 『상수리나무와 함께한 시간』이 착상의 씨앗에서 솟아난 이후로 8년 동안 많은 분이 한 권의 책으로 결실을 맺을 수 있도록 절대적인 도움을 베풀어주셨다. 내 누이 헬렌 캔턴, 어머니 마그릿 캔턴, 크리스와 주드 깁슨, 로스 그린, 폴 그윈, 피터 홈, 조나단 주크, 줄리엣 로크하르트, 사라 메이틀랜드, 책임편집자 사이먼 소로굿 등이 그들이다. 또한 나의 출판 에이전시 제시카 울라드는 책이 세상에 나오도록 하는 데 결정적인 역할을 해왔다. 이들이 베풀어준 여러 형태의 지원과 지도편달, 조언, 자문 등에 진심으로 감사드린다.

책을 쓰는 데 필요한 시간과 공간을 확보할 수 있도록 도와주거나 현명한 말과 생각을 들려준 분이 많았다. 그분들 모두에게 감사 인사를 전하고 싶다. 마리골드 애트키, 압둘카림 아테흐, 사라 비빈스, 롤랜드 블라이드, 안나 버튼, 사라 클라크, 나의 자녀 에바와 몰리 그리고 조 캔턴, 벤 캐스텔, 데이

빗과 맨디 찰스턴, 롤라 채텀, 캐서린 코킨, 리처드 크로마크, 킴 크로우더, 크리스 커닝햄, 얄다 데이비스, 캐티 도슨, 매튜 드 아바이투아, 한나 엘리먼, 클라이브 엘리스, 리처드 포드햄, 애드리언 개스코인, 맨디 해기스, 야라 이사, 알렉스 킴보, 리즈 쿠티, 리처드 매이비, 매트 매크먼, 마크 맨스필드, 애드리언 메이, 크리스 맥컬리, 엘리 미드, 마리아 메들리코트, 루이즈 밀라, 에드워드 밀너, 프랜시스 마운트, 엘리자 오툴, 앤드 팝스, 크리스티아나 페인, 잭 피크, 크랙 페리, 홀리 페스터, 클레르 폴라드, 딜런 핌, 마이크 로저슨, 닐 롤링슨, 조던 새비지, 마크 셀프, 브리티시 도서관의 희귀 서적 코너와 음악 열람실 스태프, 피오나 스태포드, 호니우드 코뮤니티 사이언스 스쿨 학생들과 스태프, 코게스홀(특히 필리프 빌비, 페드라 비숍, 애이던 톨허스트, 크렉 로버트슨), 스티븐 테일러, 필 테리, 샐리 웹스터, 스티븐과 베키 웨스토버, 줄스 윌키슨과 제인 윈치.

이 책을 쓰는 과정에서 부분적으로 예술위원회 보조금 지원을 받았다. 나에게는 아주 큰 도움이었다. 그런 지원계획으로 재정 보조를 해준 그분들께 심심한 사의를 표한다.

'상수리나무와 함께한 시간' 읽기모임 회원이 되어 일찍이 이 책의 초고에 대해 진정으로 값진 반응과 의견을 보내주신 최고의 독자 분이 여러 분 계셨다. 로빈 베첼렛, 로스 브래드쇼, 바바라 클래리지, 웬디 콘스탄스, 미란다 치키, 렐리아 페로, 피터 노스, 클레르 피어슨, 스티븐 루트, 몰리 슈림턴과 주디스 월튼, 이분들께 감사드린다.

이 책을 편집하고 제작해주신 캐논게이트 출판사 여러분께도 나는 감사 인사를 빠뜨릴 수 없다. 그중에서도 레일라 크룩스행크, 앨리스 쇼틀랜드, 비키 러더포드, 그리고 루시 주 등에게 특별히 감사의 마음을 전한다.

호니우드 오크와 함께 시간을 보낼 수 있도록 친절을 베풀어주신 마크스 홀 에스테이트 관계자 여러분의 호의도 잊을 수 없다. 이안 챈들러, 캐스 코크쇼, 사라 에드워즈, 레베카 리, 엘리자베스 포팅거, 리처드 램시 등 여러분께 각별히 감사드리고 싶다.

내가 일일이 그 이름을 다 기억하지 못하고 알 수도 없지만 이 대장정 기간에 내게 어떤 식으로든 도움을 주신 그밖의 여러분께도 감사 인사를 드린다. 물론 상수리나무들에게도.

미주

상수리나무가 우리와 함께 살아가는 방식

1) Robert Burton, *The Anatomy of Melancholy* 6th Edition(London: B. Blake, 1838), p. 245.

2) *A Choice of Thomas Hardy's Poems*, ed. by Geoffrey Grigson(London: Macmillan, 1969), p. 56.

3) William Plomer, ed., *Kilvert's Diary 1870-1879: Selections from the Diary of The Rev. Francis Kilvert*(London: Jonathan Cape, 1944), p. 305.

4) *The Life and Letters of William Cowper* by William Hayley(Chichester: W. Mason, 1809), vol. 4, p. 455.

5) Michael Tyler, *British Oaks: A Concise Guide*(Marlborough, Wilts: The Crowood Press, 2008), p. 46. 오래된 상수리나무가 마련해준 복합적 서식지에 관하여.

6) J.G.D. Clark, *Prehistoric Europe: The Economic Basis*(London: Methuen, 1952), p. 60.

7) William Bryant Hogan, *Oak: The Frame of Civilization*(New York: W.W. Norton, 2005), pp. 46–47.

8) The Writings of Henry David Thoreau, ed. by Bradford Torrey, 7 vols(Boston and New York: Houghton, Mifflin and Co., 1906), I, p. 305.

9) *Remaines of Gentilisme and Judaisme*, by John Aubrey, 1686-1687; edited and annotated by James Britten(London: W. Satchell, Peyton, and Co., 1881),

    p. 247. Quoted in James Frazer, *The Golden Bough* [1890], 2nd Ed. (London: Macmillan, 1900), vol. 1, p. 172.

10) Dante Alighieri, *The Divine Comedy*, Part I, "Hell", Canto XIII, trans. by Dorothy L. Sayers(London: Penguin, 1949), pp. 149-55.

11) William Bryant Hogan, *Oak: The Frame of Civilization*, pp. 26-27.

12) Frances Carey, *The Tree: Meaning and Myth*(London: British Museum Press, 2012), p. 154에서 재인용.

13) Hogan, pp. 86 and 97.

우리에게 상수리나무가 베풀어준 공간

1) Pliny, *Natural History*, trans. H. Rackham, 10 vols(London: Heinemann, 1968), IV, pp. 549-51.

2) James Frazer, *The Golden Bough* [1890], 3 vols(London: Macmillan, 1900), III, p. 327.

3) *The Golden Bough*, I, pp. 225-26.

4) Robert Graves, *The White Goddess*(London: Faber, 1961), p. 298.

5) https://www.poetryfoundation.org/poems/4431/lallegro 참조.

6) John Claudius Loudon, *Arboretum et Fruticetum Britannicum, or The Trees and Shrubs of Britain*, volume III, Chapter CV [1838] (London: Bohn, 1854), p. 1752.

7) Kathleen Basford, *The Green Man*(Ipswich: D.S. Brewer, 1978), p. 9.

8) Ralph of Coggeshall, *Chronicon Anglicanum*, accessed at http://anomalyinfo.com/Stories/extra-ralph-coggeshalls-account-green-children.

9) Peter Young, *Oak*(London: Reaktion, 2012), p. 117.

10) *The Complete Works of John Keats*, ed. H. Buxton Forman, vol. II(New York: Thomas Crowell, 1900), p. 192.

11) Thomas Keightley, *The Fairy Mythology*, illustrative of the romance and superstition of various countries [1828] (London: H.G. Bohn, 1870), pp. 290-91.

12) On Puck as Robin Goodfellow see William Shakespeare, *A Midsummer*

Night's Dream, ed. Peter Holland(Oxford: Oxford University Press, 1994), "Introduction", pp. 35-49. 장난꾸러기 꼬마 요정으로 나타나는 퍽에 관한 대목 참조.

13) Rudyard Kipling, *Puck of Pook's Hill* [1906], The Writings in Prose and Verse of Rudyard Kipling, vol. XXIV Edition de Luxe(London: Macmillan, 1907), p. 11.

14) Elsie Innes, *The Elfin Oak of Kensington Gardens*(London: Frederick Warne, 1930), n.p.

15) D.H. Lawrence, "Under the Oak", in *New Poems*(London: Martin Secker, 1918). https://www.bartleby.com/128/14. html 참조.

16) Robert Graves, *The White Goddess*(London: Faber, 1961), p. 298.

17) William Shakespeare, *As You Like It*, ed. Alan Brissenden(Oxford: Oxford University Press, 1993), 4, iii, 105-108, p. 203.

18) http://greatpoetryexplained.blogspot.com/2019/01/domicilium-by-thomas-hardy.html 참조.

19) Michael Tyler, *British Oaks: A Concise Guide*(Marlborough, Wilts.: The Crowood Press, 2008), p. 92.

20) Jacob George Strutt, *Sylva Britannica; or Portraits of Forest Trees, distinguished for their antiquity, magnitude or beauty*(London: A.J. Valpy, 1822), p. 1.

21) Strutt, *Sylva Britannica*, p. 10.

22) William Gilpin, *Remarks on Forest Scenery and Other Woodland Views*, 2 vols(London: R. Blamire, 1791), p. 27.

23) Joseph Taylor, *Arbores Mirabiles: or a description of the most remarkable trees, plants and shrubs, in all parts of the world*(London: W. Darton, 1812), pp. 106 and 108.

24) See Peter Young, *Oak*(London: Reaktion, 2012), pp. 70 and 72.

25) Gilbert White, *Gilbert White's Journals*, edited by Walter Johnson(Newton Abbot, Devon: David & Charles, 1970), p. 261.

26) Tyler, p. 182.

27) Louis MacNeice, *Collected Poems*(London: Faber, 2007), p. 272.

28) John Clare, *Poems Descriptive of Rural Life and Scenery*(London: Taylor and Hessey, 1820), p. 208.

29) *The Works of the British Poets*, ed. Robert Anderson(London: J. & A. Arch, 1795), vol. 6, p. 242.

30) J.C. Shenstone, *The Oak Tree in Essex*(n.p: n. pub, 1894). 이 소책자는 1894년 6월 23일 에섹스 필드 클럽에서의 낭송 본을 기반으로 이뤄져 있음.

31) W.H. Davies, *Collected Poems*(London: Jonathan Cape, 1943), p. 174.

32) *Collected Poems*, p. 140.

33) John Fowles, *The Tree*(St Alans, Herts: The Sumach Press, 1992), p. 31.

34) Thomas Hardy, *Far from the Madding Crowd*, ed. Ronald Blythe(London: Penguin, 1978), p. 58.

35) Edmund Spenser, *The Shepheardes Calender*(1579) quoted in John Claudius Loudon, *Arboretum et Fruticetum Britannicum, or The Trees and Shrubs of Britain*, volume III, Chapter CV [1838] (London: Bohn, 1854), p. 1785.

36) *The Eclogues of Virgil*, translated by C. Day Lewis(London: Jonathan Cape, 1963), p. 33.

상수리나무를 끌어안는 시간

1) Martin Buber, *I and Thou*, trans. Walter Kaufmann(Edinburgh: T & T Clark, 1970), pp. 57-59.

2) Gary Snyder, "Kitkitdizze: A Node in the Net", in *A Place in Space: Ethics, Aesthetics and Watersheds*(Washington D.C.: Counterpoint, 1995), p. 263.

3) Ralph of Coggeshall, *Chronicon Anglicanum*, quoted in Thomas Keightley, *The Fairy Mythology*(London: H.G. Bohn, 1870), pp. 281-82.

4) Daniel Defoe, *Mere Nature Delineated: Or, a Body without a Soul: Being Observations upon the Young Forester lately brought to town from Germany*(London: T. Warner, 1726), pp. 5 and 16.

5) Henry Wilson, *Wonderful Characters*, vol. II(London: Robins, 1821), pp. 152-60.

6) Henry David Thoreau, "The Writings of Henry D. Thoreau, Journal volume 2: 1842-48", ed. Robert Sattelmeyer(Princeton: Princeton University Press, 1984), p. 37.

7) Virginia Woolf, *Orlando*(Edinburgh: Canongate, 2012), pp. 5-6.

8) See Italo Calvino, "The Baron in the Trees", trans. Archibald Colquhoun in *Our Ancestors*(London: Picador, 1980).

9) *Far From the Madding Crowd*, p. 88.

10) Leo Tolstoy, *War and Peace*, trans. Louise and Aylmer Maude [1868] (London: Macmillan, 1943), pp. 454-59.

11) Stephen Taylor, *Oak: One Tree, Three Years, Fifty Paintings*(New York: Princeton Architectural Press, 2012), p. 56.

12) T.S. Eliot, "Burnt Norton", in *Four Quartets*(London: Faber, 1963), p. 13, I. 19.

13) William Shakespeare, *The Merry Wives of Windsor*, ed. Giorgio Melchiori(London: Thompson, 2000), 4, iv, 26-29, p. 257.

14) Q. Li et al, "Effect of phytoncide from trees on human natural killer cell function", *International Journal of Immunopathology and Pharmacology*, Oct.-Dec. 2009, 22(4), pp. 951-59.

15) http://www.monicagagliano.com 참조.

16) Monica Gagliano, "The Mind of Plants: Thinking the Unthinkable", *Communicative & Integrative Biology*(2017), 10: 2.

17) "The Philosophy of Plant Neurobiology: A Manifesto" by Paco Calvo, *Minimal Intelligence Lab*(MINT Lab), *Synthese*(2016), 193: 1323.

18) "Note from a Forest Scientist" by Suzanne Simard in Peter Wohlleben, *The Hidden Life of Trees*(Vancouver: Greystone Books, 2016), p. 249.

19) Stuart Piggott, *The Druids*(London: Thames and Hudson, 1968), pp. 15-16.

참고문헌

Anderson, Robert, ed., *The Works of the British Poets* (London: J. & A. Arch, 1795).

Aubrey, John, *Remaines of Gentilisme and Judaisme*, ed. James Britten (London: W. Satchell, Peyton, and Co., 1881).

Baker, J.A., *The Peregrine* (London: William Collins, 1967).

Basford, Kathleen, *The Green Man* (Ipswich: D. S. Brewer, 1978).

Buber, Martin, *I and Thou*, trans. Walter Kaufmann (Edinburgh: T & T Clark, 1970).

Burton, Robert, *The Anatomy of Melancholy* 6th Edition (London: B. Blake, 1838).

Calvino, Italo, "The Baron in the Trees", trans. Archibald Colquhoun in *Our Ancestors* (London: Picador, 1980).

Calvo, Paco, "The Philosophy of Plant Neurobiology: A Manifesto", *Minimal Intelligence Lab* (MINT Lab), *Synthese* (2016), 193: 1323.

Carey, Frances, *The Tree: Meaning and Myth* (London: British Museum Press, 2012).

Clare, John, *Poems Descriptive of Rural Life and Scenery* (London: Taylor and Hessey, 1820).

Clark, J.G.D., *Prehistoric Europe: The Economic Basis* (London: Methuen, 1952).

Dante (Alighieri), *The Divine Comedy*, Part I, "Hell", Canto XIII, trans. Dorothy L. Sayers (London: Penguin, 1949).

Davies, W.H., *Collected Poems* (London: Jonathan Cape, 1943).

Defoe, Daniel, *Mere Nature Delineated: Or, a Body without a Soul: Being Observations upon the Young Forester lately brought to town from Germany* (London: T. Warner, 1726).

Eliot, T.S., *Four Quartets* (London: Faber, 1963).

Forman, H. Buxton, ed., *The Complete Works of John Keats* (New York: Thomas Crowell, 1900).

Fowles, John, *The Tree* (St Albans, Herts: The Sumach Press, 1992).

Frazer, James, *The Golden Bough*, 2nd edn (London: Macmillan, 1900).

Gagliano, Monica, "The Mind of Plants: Thinking the Unthinkable", *Communicative & Integrative Biology* (2017) 10: 2.

Gilpin, William, *Remarks on Forest Scenery, and Other Woodland Views*, 2 vols (London: R. Blamire, 1791).

Graves, Robert, *The White Goddess* (London: Faber, 1961).

Grigson, Geoffrey, ed., *A Choice of Thomas Hardy's Poems* (London: Macmillan, 1969).

Hardy, Thomas, *Far from the Madding Crowd*, ed. Ronald Blythe (London: Penguin, 1978).

Hayley, William, ed., *The Life and Letters of William Cowper* (Chichester: W. Mason, 1809).

Hogan, William Bryant, *Oak: The Frame of Civilization* (New York: W.W. Norton, 2005).

Innes, Elsie, *The Elfin Oak of Kensington Gardens* (London: Frederick Warne,

1930).

Johnson, Walter, ed., *Gilbert White's Journals* (Newton Abbot, Devon: David & Charles, 1970).

Keightley, Thomas, *The Fairy Mythology* (London: H.G. Bohn, 1870).

Kipling, Rudyard, "The Writings in Prose and Verse of Rudyard Kipling", vol. XXIV, Edition de Luxe (London: Macmillan, 1907).

Lawrence, D.H., *New Poems* (London: Martin Secker, 1918).

Li, Q., et al, "Effect of phytoncide from trees on human natural killer cell function", *International Journal of Immunopathology and Pharmacology*, Oct–Dec 2009, 22(4).

Loudon, John Claudius, *Arboretum et Fruticetum Britannicum, or The Trees and Shrubs of Britain* (London: Bohn, 1854).

MacNeice, Louis, *Collected Poems* (London: Faber, 2007).

Piggott, Stuart, *The Druids* (London: Thames and Hudson, 1968).

Pliny, *Natural History*, trans. H. Rackham, 10 vols (London: Heinemann, 1968).

Plomer, William, ed., *Kilvert's Diary 1870-1879: Selections from the Diary of The Rev. Francis Kilvert* (London: Jonathan Cape, 1944).

Ralph of Coggeshall, *Chronicon Anglicanum*.

Sattelmeyer, Robert, ed., "The Writings of Henry D. Thoreau: Journal volume 2: 1842–48" (Princeton: Princeton University Press, 1984).

Shakespeare, William, *A Midsummer Night's Dream*, ed. Peter Holland (Oxford: Oxford University Press, 1994).

——, *As You Like It*, ed. Alan Brissenden (Oxford: Oxford University Press, 1993).

——, *The Merry Wives of Windsor*, ed. Giorgio Melchiori (London:

Thompson, 2000).

Shenstone, J.C., *The Oak Tree in Essex* (n.p.: n. pub, 1894).

Snyder, Gary, *A Place in Space: Ethics, Aesthetics and Watersheds* (Washington D.C.: Counterpoint, 1995).

Strutt, Jacob George, *Sylva Britannica* (London: A.J. Valpy, 1822).

Taylor, Joseph, *Arbores Mirabiles* (London: W. Darton, 1812).

Taylor, Stephen, *Oak: One Tree, Three Years, Fifty Paintings* (New York: Princeton Architectural Press, 2012).

Tolstoy, Leo, *War and Peace*, trans. Louise and Aylmer Maude (London: Macmillan, 1943).

Tyler, Michael, *British Oaks: A Concise Guide* (Marlborough, Wilts: The Crowood Press, 2008).

Virgil, *The Eclogues*, trans. C. Day Lewis (London: Jonathan Cape, 1963).

Wilson, Henry, *Wonderful Characters* (London: Robins, 1821).

Wohlleben, Peter, *The Hidden Life of Trees* (Vancouver: Greystone Books, 2016).

Woolf, Virginia, *Orlando* (Edinburgh: Canongate, 2012).

Young, Peter, *Oak* (London: Reaktion, 2012).

지은이 제임스 캔턴 James Canton

영국 에식스(Essex)대학에서 자연문학 글쓰기를 가르치면서 문학과 자연경관 그리고 환경 간의 매혹적인 관계를 탐구하고 있다. 2011년에는 1882년부터 2003년까지 아라비아를 여행한 영국 탐험가들의 저술들을 모아 분석한 첫 번째 책 『카이로에서 바그다드까지』(*From Cairo to Baghdad*)를 출간했고, 2013년에는 시골길을 산책하며 영감을 받아 쓴 『에식스를 떠나며: 문학적 풍경을 다시 그리다』(*Out of Essex: Re-Imagining a Literary Landscape*)를 출간했다.

옮긴이 **서준환** 徐俊桓

2001년『문학과 사회』로 등단했으며, 작가와 번역가로 활동하고 있다. 펴낸 책으로는 소설집『너는 달의 기억』『파란 비닐 인형 외계인』『고독 역시 착각일 것이다』『다음 세기 그루브』가 있고 장편소설『골드베르크 변주곡』『로베스 피에르의 죽음』등이 있다. 번역서로는 프랑스 소설『알렉스』『일렌』『카마유』『로지와 존』『어린 왕자』『갑자기 혼자가 되다』가 있으며 영미 에세이『무작정 소설쓰기? 윤곽잡고 소설쓰기!』『인간의 130가지 감정 표현법』『주말 소설가』등이 있다.

그림 **리모 김현길** 金玹佶

삼성전자 소프트웨어 연구원으로 재직하다 어느 날 여행과 일상을 그림으로 기록하는 여행 드로잉 작가가 되기로 결심했다. JTBC 16부작 드라마 〈스케치〉에서 극 중의 거친 그림들을 그렸으며, 여행 에세이『시간을 멈추는 드로잉』『드로잉 제주』『혼자, 천천히, 북유럽』과 컬러링북『제주 여행 드로잉 컬러링북』을 펴냈다. 서울교대 평생교육원 등에서 여행 드로잉을 강의하며 함께 그리는 즐거움을 알리고 있다.

상수리나무와 함께한 시간

지은이 제임스 캔턴
옮긴이 서준환
그림 리모 김현길
펴낸이 김언호

펴낸곳 (주)도서출판 한길사
등록 1976년 12월 24일 제74호
주소 10881 경기도 파주시 광인사길 37
홈페이지 www.hangilsa.co.kr
전자우편 hangilsa@hangilsa.co.kr
전화 031-955-2000~3 **팩스** 031-955-2005

부사장 박관순 **총괄이사** 김서영 **관리이사** 곽명호
영업이사 이경호 **경영이사** 김관영 **편집주간** 백은숙
편집 김지수 노유연 김지연 김대일 최현경 김영길
관리 이주환 문주상 이희문 원선아 이진아 **마케팅** 정아린
디자인 창포 031-955-2097
인쇄 예림 **제본** 예림바인딩

제1판 제1쇄 2021년 4월 16일

값 17,000원
ISBN 978-89-356-6349-1 03840